018
REKI KAWAHARA abec bee-pee
SWORD ART ONLINE
Alicization lasting
SAO SWORD ART ONLINE

「怎麼老是這樣，
總是把最棒的部分搶走，
你這傢伙真的是……」
§ 克萊因
公會「風林火山」的會長。和桐人很有孽緣。為了解救Underworld的居民而從現實世界登入。
§ 亞絲娜
為了解救桐人而用超級帳號01「創世神史提西亞」登入Underworld的細劍使少女。
「…………歡迎回來，
桐人。」
「桐人哥……！」
§ 西莉卡
「SAO」裡的馴獸師。為了解救Underworld的居民而從現實世界登入到此的少女。
「真是的……
還是一樣不知道該說是
魯莽還是不按牌理出牌……」
§ 莉茲貝特
「SAO」裡的鎚矛使。為了解救Underworld的居民而從現實世界登入到此的少女。

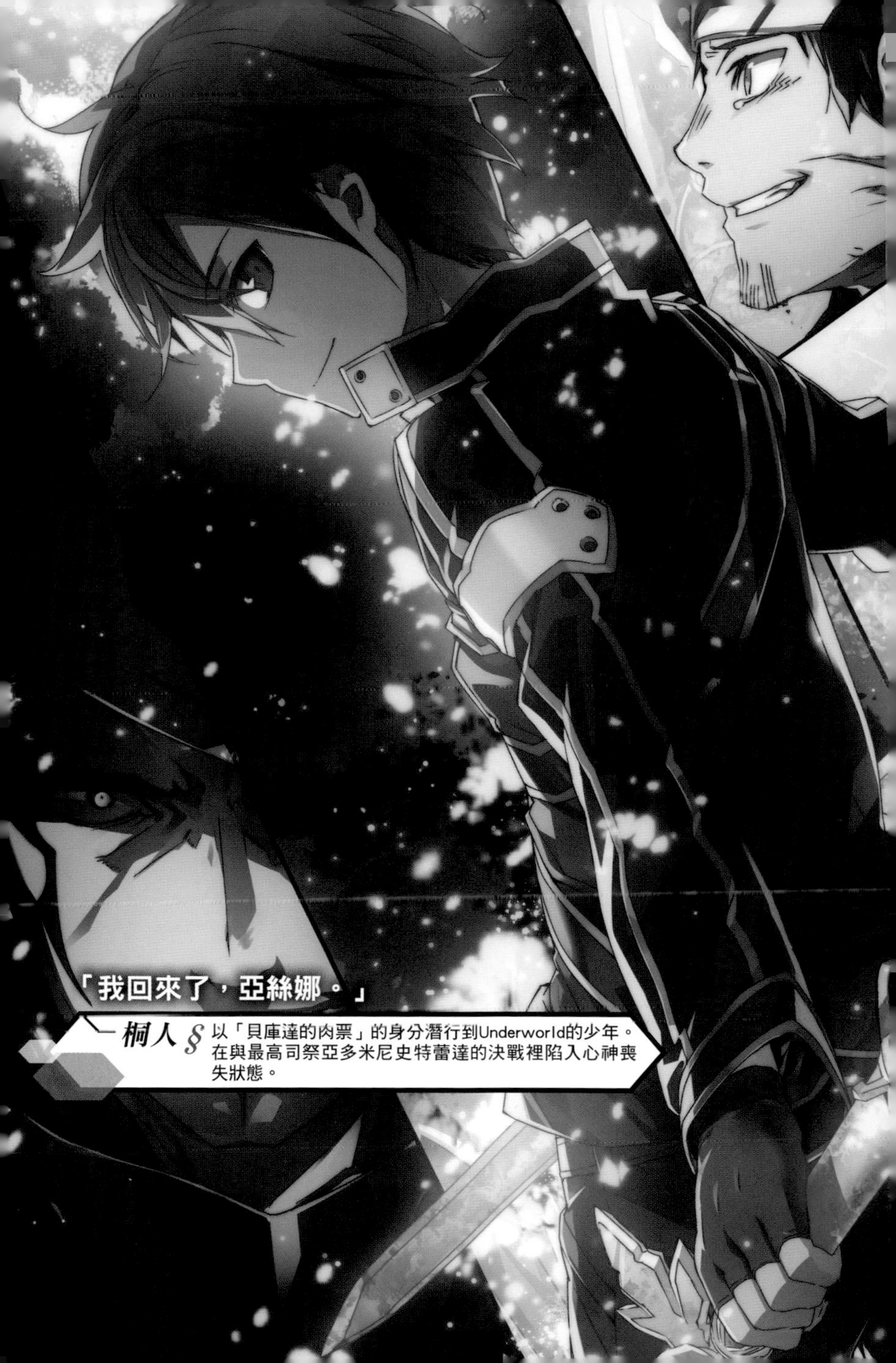
「我回來了，亞絲娜。」
桐人
以「貝庫達的肉票」的身分潛行到Underworld的少年。在與最高司祭亞多米尼史特蕾達的決戰裡陷入心神喪失狀態。

「──要上了，加百列！」

「現在，就把你的感情、記憶、心臟還有靈魂……
一切全部吸收殆盡。」
加百列
§
使用的超級帳號04「闇神貝庫達」死亡之後，
重新以「Subtilizer」帳號登入。
想要奪走「光之巫女」愛麗絲。

「這就表示……
可以到，不對，可以回去了嗎？
回到那個世界……我的世界……」
愛麗絲 §
「地底世界」的整合騎士。
也是搖光突破了界限的「光之巫女」。

「愛麗絲。這是連接那個世界……
也就是Underworld的道路啊！」
「這個網址顯示的伺服器，
也就是……」
結衣 § 原本是「SAO」的精神狀況管理支援用程式。
世界上最頂級的Top-down型AI。

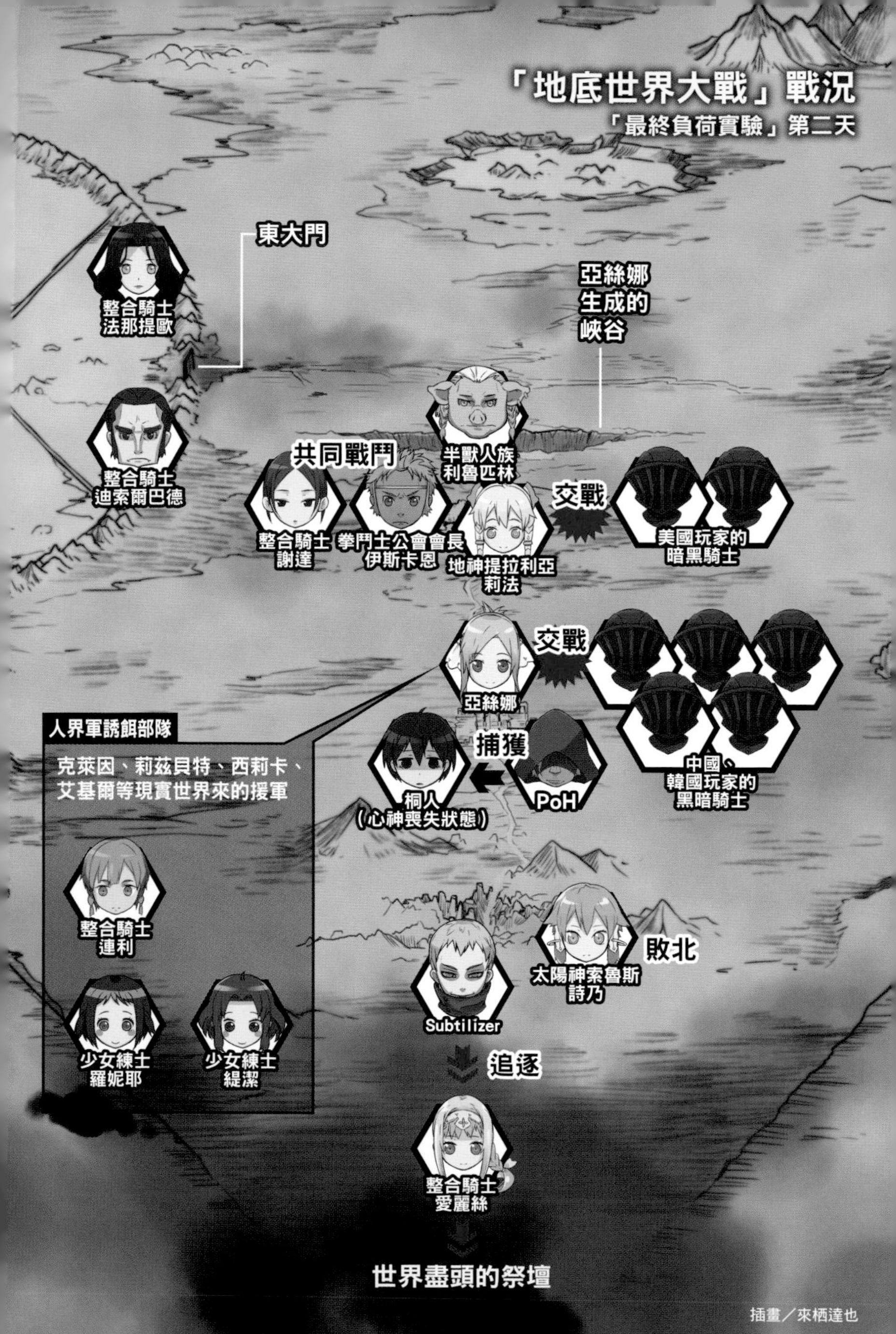
「地底世界大戰」戰況
「最終負荷實驗」第二天
東大門
整合騎士
法那提歐
整合騎士
迪索爾巴德
亞絲娜
生成的
峽谷
共同戰鬥
半獸人族
利魯匹林
交戰
整合騎士
謝達
拳鬥士公會會長
伊斯卡恩
地神提拉利亞
莉法
美國玩家的
暗黑騎士
交戰
亞絲娜
人界軍誘餌部隊
克萊因、莉茲貝特、西莉卡、
艾基爾等現實世界來的援軍
捕獲
桐人
（心神喪失狀態）
PoH
中國、
韓國玩家的
黑暗騎士
整合騎士
連利
少女練士
羅妮耶
少女練士
緹潔
敗北
太陽神索魯斯
詩乃
Subtilizer
追逐
整合騎士
愛麗絲
世界盡頭的祭壇
插畫／來栖達也

SAO SWORD ART ONLINE

「這雖然是遊戲，但可不是鬧著玩的。」

——「SAO刀劍神域」設計者・茅場晶彥——

SWORD ART ONLINE
Alicization lasting

REKI KAWAHARA

abec

bee-pee

018

UNDER WORLD
地底世界

「人界」

盧利特村

桐人——「貝庫達的肉票」。來自現實世界的訪問者。
尤吉歐——桐人的好友。一同作戰的伙伴。
愛麗絲・滋貝魯庫——尤吉歐的青梅竹馬，違反禁忌目錄的少女。

卡利塔爺爺——第六任「巨樹（基家斯西達）的伐木手」。尤吉歐的前任者。
卡斯弗特・滋貝魯庫——愛麗絲的父親。村長。
莎蒂娜・滋貝魯庫——愛麗絲的母親。
賽魯卡・滋貝魯庫——愛麗絲的妹妹。修女見習生。
阿薩莉亞——賽魯卡生活的教會裡頭的修女。

歐力庫——尤吉歐的父親。
絲莉涼——尤吉歐的長姊。
納伊古魯・巴爾波薩——村裡最大的農家主人。
朵意克——擔任的天職是小孩子們憧憬的「衛士長」。
吉克——「衛士」。朵意克的兒子。
多涅提——村民。
傑伊納——在教會裡生活的小孩子。
阿魯古——在教會裡生活的小孩子。
伊貝達——女性藥師。
利達克——住在村子外圍的農夫。

薩卡利亞

巴農・渥魯帝——渥魯帝農場的主人。
托莉莎・渥魯帝——農場主人的妻子。
緹琳・渥魯帝——渥魯帝農場主人的女兒。
緹露露・渥魯帝——渥魯帝農場主人的女兒。
克魯卡姆・薩卡萊特——薩卡利亞的領主。
伊格姆・薩卡萊特——薩卡利亞劍術大會的參加者。

央都聖托利亞

渦羅・利邦提——帝立修劍學院的主席上級修劍士。
索爾緹莉娜・賽魯魯特——帝立修劍學院上級修劍士。桐人的指導者。排名為次席。
哥魯哥羅索・巴魯托——帝立修劍學院上級修劍士。尤吉歐的指導者。排名為第三位。

薩多雷——工匠。加工基家斯西達的樹枝。

阿滋利卡——帝立修劍學院的初等練士宿舍舍監。

萊歐斯．安提諾斯——初等練士，之後的上級修劍士。高等貴族的兒子。
溫貝爾．吉傑克——初等練士，之後的上級修劍士。高等貴族的兒子。
謬雷——初等練士。負責植物栽培。

羅妮耶．阿拉貝魯——桐人的隨侍初等練士。
緹潔．休特里涅——尤吉歐的隨侍初等練士。
芙蕾妮卡．歇絲基——初等練士。羅妮耶與緹潔的朋友。

》》》中央聖堂

亞多米尼史特蕾達——公理教會的最高司祭。
自行解析了UW的系統指令。本名是桂妮拉。
卡迪娜爾——被隔離於中央聖堂之外的巨大圖書館的主人。
是亞多米尼史特蕾達的複製體。本名為莉賽莉絲。
夏洛特——卡迪娜爾的使魔。是一隻巨大蜘蛛，負責監視桐人。

貝爾庫利．辛賽西斯．汪——整合騎士團團長。
法那提歐．辛賽西斯．滋——整合騎士團副團長。

迪索爾巴德．辛賽西斯．賽門——整合騎士。帶走違反禁忌目錄的愛麗絲。
謝達．辛賽西斯．推魯弗——整合騎士。擁有「無聲」的綽號。
達基拉．辛賽西斯．推尼滋——整合騎士。師事於法娜提歐。
與傑斯、何布雷、基羅合稱為
「四旋劍」。

連利．辛賽西斯．推尼賽門——整合騎士。最年少的上位騎士。
里涅爾．辛賽西斯．推尼耶特——偽裝成公理教會修道女見習生的
整合騎士見習生。
費賽爾．辛賽西斯．推尼奈——偽裝成公理教會修道女見習生的
整合騎士見習生。

愛麗絲．辛賽西斯．薩提——整合騎士。搖光突破了界限的
「光之巫女」。
艾爾多利耶．辛賽西斯．薩提汪——整合騎士。師事於愛麗絲。
本名是艾爾多利耶．威魯茲布魯克。

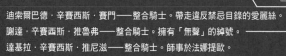

艾修特魯．威魯茲布魯克——艾爾多利耶的父親。帝國騎士團將軍。
亞魯梅拉．威魯茲布魯克——艾爾多利耶的母親。

裘迪魯金——元老長。擁有僅次於最高司祭的權力。

「升降員」——將人從中央聖堂51層送到80層的少女。

星咬——整合騎士貝爾庫利的騎龍。
雨緣——整合騎士愛麗絲的騎龍。
瀧剞——整合騎士艾爾多利耶的騎龍。雨緣的哥哥。
宵呼——整合騎士謝達的騎龍。
風縫——整合騎士連利的騎龍。

「黑暗領域」

》》暗之軍隊

畢庫斯魯．烏魯．夏斯達——暗黑騎士團長。別名「暗黑將軍」。貝爾庫利的宿敵。
莉琵雅．扎恩克爾——暗黑騎士。深愛著夏斯達。
蒂伊．艾．耶爾——暗黑術師公會總長。
西古羅西古——巨人族族長。
夫薩——暗殺公會頭領。本名為費留司．薩爾加迪斯。
利魯匹林——半獸人族族長。
蓮茱——利魯匹林的遠親，豪族家的公主騎士。
連基爾．奇拉．司科波——商工公會的頭領。
伊斯卡恩——拳鬥士公會第十代冠軍。
達巴——伊斯卡恩的得力助手。
優特——嬌小的女拳鬥士。
弗魯咕魯——食人鬼族族長。
哈卡西——山地哥布林族族長。
柯索吉——繼承哈卡西之位的新族長。
酷畢力——平地哥布林族族長。
西勃利——繼承酷畢力之位的新族長。
蜥蜴殺手屋卡奇——試圖入侵人界的平地哥布林族隊長。
阿布利——屋卡奇的部下。
砍腳的魔利卡——襲擊盧利特村的半獸人族大將。

米尼翁——暗黑術師們使役的怪物。沒有智能。

SWORD ART ONLINE

「諸神」

史提西亞──創世之神。生命神。超級帳號01。
擁有「地形操作能力」。

索魯斯──陽神。超級帳號02。
擁有「無限制飛行」「廣範圍殲滅攻擊」能力。

提拉利亞──地神。超級帳號03。擁有「無限自動回復」能力。

貝庫達──闇神。超級帳號04。擁有「記憶改變能力」。

REAL WORLD
現實世界

桐谷和人──「SAO」的英雄。「黑衣劍士」桐人。

桐谷直葉──和人無血緣關係的妹妹。「ALO」的魔法劍士。
遊戲角色名稱為莉法。

桐谷翠──和人的母親。職業為編輯。

桐谷峰嵩──和人的父親。

結城明日奈──「SAO」的細劍使，桐人的戀人。
遊戲角色名稱為亞絲娜。

結城彰三──明日奈的父親。前「RCT」CEO。

結城京子──明日奈的母親。大學教授。

結衣──世界上最頂級的Top-down型AI。

篠崎里香──「SAO」的鐵匠。
遊戲角色名稱為莉茲貝特。

綾野珪子──「SAO」的馴獸師。
遊戲角色名稱為西莉卡。

朝田詩乃──「GGO」的狙擊手。遊戲角色名稱為詩乃。

安德魯．基爾博德．密魯茲──「SAO」的武器店店長。
「Dicey Cafe」的店長。
遊戲角色名稱為艾基爾。

壺井遼太郎──「SAO」的公會「風林火山」的會長。
遊戲角色名稱為克萊因。

刀劍神域 CHARACTERS

朔夜——「ALO」的風精靈族領主。
亞麗莎·露——「ALO」的貓妖族領主。
蒙提法——「ALO」的火精靈領主。
尤金——「ALO」火精靈領地的將軍。蒙提法的弟弟。
克里斯海特——菊岡在「ALO」的虛擬角色。

朱涅——公會「沉睡騎士」的成員。
淳——公會「沉睡騎士」的成員。
提奇——公會「沉睡騎士」的成員。
有紀——公會「沉睡騎士」的會長。
達爾肯——公會「沉睡騎士」的成員。
小紀——公會「沉睡騎士」的成員。

廣野孝——日本人VRMMO玩家。

金本敦——前「微笑棺木」的強尼·布萊克。
讓桐人陷入昏睡狀態。
新川昌一——死槍。前「微笑棺木」的赤眼沙薩。
新川恭一——死槍。昌一的弟弟。原本是詩乃的同學。

Subtilizer——「第四屆Bullet of Bullets」優勝者。擊敗詩乃。

RATH

菊岡誠二郎——外派至總務省假想課的自衛官。
二等陸佐。RATH負責人。
比嘉健——「Alicization」計畫統籌者。
東都大學重村研究室（「重村lab」）最後的學生。
中西——一等海尉。RATH的工作人員。
安岐夏樹——RATH的護士。二等陸曹。

平木——RATH六本木分部的開發主任。

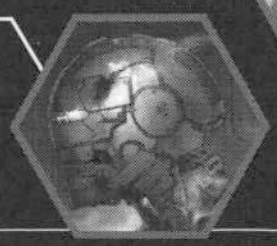

「一衛門」——正式名稱「Electroactive Muscle Operative Machine1」。
人工搖光搭載用人型機械身軀實驗一號機。
「二衛門」——人工搖光搭載用人型機械身軀實驗二號機。
與「一衛門」相比，性能已有大幅度提升。

柳井──RATH工作人員。間諜。
前「RCT PROGRESS」的蛞蝓研究員。

茅場晶彥──「SAO」開發者。出身於「重村lab」。
神代凜子──茅場的前戀人。加州理工學院的博士。
出身於「重村lab」。

須鄉伸之──前「RCT PROGRESS」社員。出身於「重村lab」。

趙月生──韓國人VRMMO玩家。
遊戲角色名稱為Moon Phase。
明完──韓國人VRMMO玩家。Moon Phase的網路遊戲伙伴。
Helix──韓國人VRMMO玩家。Moon Phase的網路遊戲伙伴。

》》Ocean Turtle潛入小隊

加百列．米勒──民間軍事公司「Glowgen Defense Systems」幹部。
試圖奪取愛麗絲LightCube的特攻隊隊長。
闇神貝庫達。GGO裡是Subtilizer。

愛麗西亞．克林格曼──加百列的青梅竹馬。

弗格森──GlowgenDS的COO。

達利歐．吉利亞尼──海狼級核動力攻擊潛艇「吉米．卡特」的艦長。

瓦沙克．卡薩魯斯──試圖奪取愛麗絲LightCube的特攻隊成員。
前「微笑棺木」的首領「PoH」。

克里達──特攻隊的成員。
GlowgenDS裡Cyber Operation部門的駭客。

布里克──特攻隊的成員。中東戰場回來的傭兵。性格好戰。
漢斯──特攻隊成員。中東戰場回來的傭兵。說話口氣帶有女性氣息。

夏克──特攻隊成員。

第二十一章　覺醒（承前）　西元二〇二六年七月七日／人界曆三八〇年十一月七日

6

「只有……你……！絕對……無法原諒……」

咚喀！

鈍重的聲音響起，第二把劍貫穿克萊因的身體。

讓人不敢相信到現在竟然還沒乾枯的眼淚，不斷從亞絲娜雙眼溢出。

即使被深深釘在地上，克萊因還是用右手扒著地面，而黑色斗篷的煽動者——前殺人公會「微笑棺木」的首領PoH則很厭煩般低頭看著他。

「唉～看不下去了。明明雜兵就像個雜兵一樣閃一邊去就可以了，就是喜歡強出頭才會落得這種下場喲。」

他攤開雙手搖了搖頭，然後用亞絲娜聽不懂的言語對站在克萊因背後的紅色騎士玩家們做出某種指示。一名玩家點點頭，然後揮動新的劍。

當閃閃發亮的第三把劍要將克萊因應該僅剩下一點的ＨＰ轟飛的時候——

「하지마（住手啊）——！」

從後方人牆猛然衝出的一名紅色騎士，隨著應該是韓文的吼叫，以自己的劍擋下了準備對克萊因揮落的劍。

＊＊＊

——不會吧……為什麼這麼痛。

趙月生／Moon Phase依然躺在地上，忍耐著被黑色斗篷男砍中的背部所帶來的疼痛。

月生使用的AmuSphere，應該只會產生微弱的痛覺才對。實際上，在玩了很長一段時間的「新羅帝國」裡，就算被巨大的龍咬碎虛擬角色的頭顱，也只會感到近似麻痺的衝擊。

但現在月生卻感受到宛如被噴火器炙烤般的強烈疼痛。

不對，在現實世界受到同樣的傷害時，疼痛應該不只是這樣而已。黑色斗篷男那把像厚實中式菜刀的凶惡武器，揮動的速度連自認已經可以算老鳥玩家的月生都無法反應。在現實世界裡受到那種攻擊的話，恐怕不是立刻死亡，就是會承受無法保持意識的劇痛，所以這股痛楚怎麼說都只是虛擬的擬似感覺。

但是，即使知道這一點，難以承受的感覺依然難以承受。月生幾乎想放棄眼前的狀況，然後立刻登出遊戲。

不過月生即使在黑土上狼狽地縮起身體，也還是持續承受著痛楚。

這是因為，他無論如何都無法接受眼前發生的事情。

日本的駭客「攻擊」了中國、韓國的志願者共同開發的新作ＶＲＭＭＯＲＰＧ封測伺服器，在遊戲世界裡殺害眾開發者。為了阻止日本人野蠻的行為，希望大家一起戰鬥。

月生等韓國人玩家與中國人玩家，是回應ＳＮＳ裡這樣的呼籲而潛行到這個ＶＲＭＭＯ裡。然後實際上也目擊了日本人玩家集團攻擊、殲滅了應該是美國人的集團。

但是——那真的是符合呼籲的發信者所說明的光景嗎？

月生眼裡看起來，反而是日本人這邊比較拚命，遭到攻擊的美國人還比較像是在玩遊戲。這個印象即使在多達數萬名韓國人、中國人玩家的「救援」下扭轉戰局，眾日本人幾乎都無力化的現在也沒有改變。就算裝備遭到破壞，在ＨＰ快要耗盡之前，也還拚命地想……沒錯，不是破壞而是保護某樣東西。

月生在被黑斗篷男砍中之前，日本人集團裡有一名能夠說標準韓文的女性玩家曾經說出這樣的訴求。

——你們都被騙了！這個伺服器是屬於日本企業，而且我們不是駭客而是正規的連線者。

你們被假情報所騙，來到這裡阻礙開發。

自稱朱涅的女性玩家，聲音和表情裡帶有某種強烈打動月生的東西。於是費盡千辛萬苦在混戰中靠近她，提出「有辦法證明妳所說的話嗎」的詢問，而朱涅的伙伴正準備用日文回答他的問題時，月生就受到黑斗篷男的斬擊然後站不起來了。

之後的發展快得令人眼花撩亂，而且是某一邊占盡優勢。日本人玩家們被深紅軍隊擊倒，一大半的人HP全損而強制登出，存活下來的不到兩百人也被奪走武器並集中在一個地方。

這時原本以為再次出現在最前列的黑斗篷男將提出勝利宣言，但是他卻有了奇妙的行動。從應該是日本人玩家支援部隊的一群人裡，有一名坐在輪椅上，懷中抱著兩把劍的黑衣玩家被帶出來，接著黑斗篷男就不斷用日文對他搭話。

月生心裡產生「這下子越來越奇怪了」的感覺。

在虛擬世界——VRMMO裡坐輪椅究竟是怎麼回事？

月生所玩的「新羅帝國」裡要是受到腳部缺損傷害，或者是被施加異常狀態時就會出現無法自由步行的情況，但使用魔法或藥物，甚至等時間經過之後就會完全回復。如果無法行走的時間長到需要坐輪椅的話，那已經不能算是遊戲的懲罰了。

而且那名黑衣年輕人，意識似乎也有某種障礙。對於黑斗篷男的呼喚沒有任何反應，只能任由對方晃動自己的身體。甚至讓人覺得他如果不是NPC，就是玩家沒有連線的空殼虛擬角色。

最後黑斗篷男像是再也受不了一樣，把腳放在輪椅的銀輪上無情地把它踢倒。瞬間，月生忘記背部的疼痛屏住了呼吸，周圍的韓國人們也發出搞不清楚狀況的迷惑聲音。

倒在地面的年輕人，這時候才終於有了自發性的反應。

原本相當寶貝地抱著兩把劍的他，這時對白劍伸出了左手。月生到了這個時候，才發現他的右邊肩口底下都是空的。

但是他的手還是無法碰到劍。因為先撿起劍的黑色斗篷男，像是要欺負小孩子般把劍拿到比較高的地方。在地上爬的年輕人拚命地想把劍拿回來。結果黑斗篷男就一把抓住他的左臂，粗暴地把他拉起來。嘴裡大叫著某些話，然後用右手甩了年輕人的臉頰兩三個巴掌。

忽然間，新的叫聲響徹現場。

被抓住的日本人玩家其中之一，身穿武士般鎧甲，頭上綁著頭巾的男人，試著想抓住黑斗篷男。

但是下一刻就有韓國人的劍從背後揮落，深深地刺進武士的身體裡。明明應該承受著比月生更加嚴重的劇痛，他卻還想要前進，這時候第二把劍阻止了他。

黑斗篷男對被釘在地上的男武士露出扭曲的笑容。然後用韓文對紅騎士們下達命令。

「這傢伙礙手礙腳的。幹掉他。」

其中一名點頭的紅騎士舉起第三把劍。

實在沒辦法再這樣默默地看下去了。雖然沒辦法證明朱涅所說的話是事實，但至少很厭惡黑斗篷男踢翻輪椅這樣的行為，反而是武士男拚命的行動，讓人強烈感覺到他想要保護伙伴的意志。

月生對於日本這個國家也沒有什麼好感。先不管過去的歷史問題與領土問題，他們那種封閉、輕蔑的態度，簡直就像只有他們才是東亞最先進的國家一樣。明明對歐美國家開放了The Seed連結體，卻阻斷韓國、中國的連線就是最好的證明。

——但是。

日本這一整個國家，並不能等於生活於其中的每一個日本人。ＶＲＭＭＯ之前的電腦遊戲裡，數量雖然不多但還是有幾款設立國際伺服器的遊戲，在那裡雖然對於某些日本人玩家有過不愉快的回憶，但是當然也有和氣融融地一起玩遊戲的經驗。

月生現在對黑斗篷男抱持著厭惡感，心裡想要相信朱涅和那個武士男。和因為是日本人或韓國人無關。單純是聽見心裡有一道聲音大叫著應該這麼做。

採取動作的瞬間，再次有令人頭暈目眩的劇痛從背部貫穿頭部，但他還是咬緊牙根站了起來。拔出長劍，胸口吸滿空氣——

「…………住手啊(하지마)——！」

以最大的音量這麼怒吼之後，月生就往地面踢去。

系統給予的紅騎士虛擬角色能力值相當平均，跟平常在新羅帝國使用的速度型角色「Moon Phase」相比動作還是比較沉重。但不知道是什麼能力的作用，只有這一刻月生以疾風般的速度飛奔過荒野，然後勉強用自己的劍擋下想奪走男武士性命的劍。

「你這傢伙……想做什麼！」

眼前的紅騎士用帶著驚訝，以及怒氣加倍的韓文怒吼。如果是中國人的話就無法溝通了，於是月生為了不浪費這小小的幸運而拚命試著說服對方。

「我才想問你都不覺得奇怪嗎？戰鬥已經結束了！但是為什麼還要做這種近似私刑的行為？」

聽見他這麼說的同國人一瞬間被逼得沉默了下來，把視線移到腳底下的武士男以及應該倒在月生後方的輪椅年輕人身上。面甲底下的雙眼像產生動搖一樣不停眨著。隨著戰鬥的狂熱冷卻下來，他應該也開始感覺到疑惑了吧。與月生互抵的劍慢慢放鬆了力道。

但是，在月生再次開口之前，就從包圍現場的人牆當中飛出一道銳利的聲音。

「叛徒(배신자)！」

「幹掉那個傢伙！」

像是被同胞們的怒氣從背後推動一樣，眼前的紅騎士再次握緊長劍。

但接下來聽見的，卻是出乎意料之外的發言。

「等等！聽聽這傢伙要說什麼！」

「那個斗篷男確實做得太過火了！」

一看之下，人牆各處的韓國人玩家之間也開始議論紛紛。這樣的火種瞬間擴散開來，讓玩家分成把活下來的日本人全殺掉的強硬派與等聽完說明也不遲的穩健派，兩派人馬產生了激烈的爭吵。而這樣的對立也傳播到中國人身上，可以聽見不懂意思的怒吼在荒野上此起彼落。

唯一的指揮官要如何收拾這種狀況呢？

這麼想的月生一轉過頭去——

站在倒在地上的獨臂年輕人旁邊的黑斗篷男，這時正用指尖轉動著厚實的菜刀型匕首，兜帽深處的嘴產生了極大的扭曲。

花了一點時間才理解那不是憤怒，而是壓抑著哄笑的表情。這時月生的背部出現足以抵銷疼痛的冷顫。

黑色斗篷男絕對與什麼中韓美共同開發的遊戲沒有什麼關係。說起來是不是有這種遊戲存在也很可疑。雖然內容不明，但只是讓各國玩家在這個存在真實鮮血與痛苦的戰場上戰鬥……不對，應該說是自相殘殺。這就是他唯一的目的。

「……………惡魔（악마）…………」

月生聽見自己嘴裡流露出這樣的沙啞聲音。

＊＊＊

瓦沙克．卡薩魯斯是出生於屬於舊金山貧民窟的田德隆地區，他的母親是西班牙裔而父親則是日本人。

在美國，受理出生證明的單位會拒絕明顯將對孩子造成損害的名字。所以母親才會用瓦沙克這個名字來取代戴維爾或者撒旦。公務員不清楚那是被稱為「地獄王子」的冷門惡魔而直接受理了申請。

母親會給自己小孩取惡魔的名字大概都只有一個理由。也就是孩子是在不期望的情況下出生——說得極端一點就是根本憎恨這個小孩。

雖然不清楚也不想知道父母親是如何相遇，但是用簡潔的表現來說，似乎是「金錢上的交易」。懷孕是計畫之外的狀況，母親原本希望墮胎，但是在父親的命令下生下瓦沙克。這麼說來，父親是想要這個小孩嘍？實際上也不是這樣，他只是偶爾來檢查小孩的健康狀態，連帶個玩具來當成禮物都沒有。他賦予瓦沙克的大概就只有會說日文這樣的能力吧。

瓦沙克到了十五歲才知道，父親為什麼不讓母親墮胎，甚至還付出了最低限度的養育費。

父親的家庭裡有罹患先天性腎功能不全的小孩，瓦沙克被命令成為他的捐腎者。瓦沙克根本無法拒絕。但是他也提出了一個條件。他表示希望在父親的祖國日本過生活。完成捐腎任務之後瓦沙克對父親來說就沒有存在價值，所以錢不知道可以領到什麼時候。繼續留在貧民窟裡也只能想到成為販毒者的未來，既然這樣就乾脆離開這個國家，在新天地重新來過。

父親接受條件，用護照與機票交換了瓦沙克左邊的腎臟。瓦沙克沒有和母親道別就來到日本，但是在那裡等待他的是更加殘酷的命運。

日本在法律上對於跨國領養有複雜的手續與嚴格的審查，而且就算順利領養了，也無法給予六歲以上的小孩子居留資格。因此打從一開始，瓦沙克就只有在黑社會裡生活一途了。

瓦沙克被韓國系的犯罪組織收容，接著組織便給予會說英文、西班牙文、日文的瓦沙克偽造的身分證明，並且教育他成為暗殺者。

在到二十歲為止的五年裡完成九次「工作」的瓦沙克，第十次任務的執行方法卻與之前完全不同。

那是在虛擬世界裡殺掉現實世界完全無法接近的對象。

一開始聽見指示時完全摸不著頭腦，在聽過幾天前發生的「SAO事件」概要之後才終於了解是怎麼一回事。被捲入事件當中的目標，目前是在警備森嚴的白宅裡受到照顧所以絕對不會出門。交給死亡遊戲的話也不知得等到哪一天才會死亡，甚至也有沒死便脫離的可能性。

但是潛行到同一款遊戲裡，然後把對象的ＨＰ歸零的話，現實世界的NERvGear就會幫忙把他幹掉。

但是這個辦法還是有三個很大的問題。

首先是暗殺者瓦沙克在遊戲被完全攻略之前也無法登出，以及在遊戲內死亡的話現實世界也會喪生，還有瓦沙克自身不能直接攻擊目標。因為只要取得誰攻擊了誰的紀錄，就會變成暗殺的證據了。

面對這困難至極的任務，組織提出了極為驚人的報酬金額。瓦沙克雖然認為順利完成任務組織也不太可能支付這筆酬勞，但說起來他根本也沒有拒絕的權利。

尚未使用的NERvGear幾乎都被警察沒收了，但組織不知道從哪裡弄來了一台。再來就只要有ＳＡＯ遊戲軟體以及主動潛行至死亡遊戲的意志，不論是警察或者開發公司都沒有阻止他登入的手段。最後而且是預料之外的難關是角色名稱，沒有玩過電視遊戲的瓦沙克實在不知道該取什麼名字，最後才決定取與母親所賦予的本名相關的「ＰｏＨ」。

首次體驗到的真正虛擬世界，讓瓦沙克的人格產生變化，或者應該說是解放了。周圍的日本人玩家讓他想起忘記好幾年的父親以及其家人，這時他才自覺究竟有多麼憎恨他們——以及所有的東亞人。

因為是工作所以要解決目標。但也要盡量多殺一點目標之外的玩家。

如此下定決心的瓦沙克，組織了ＳＡＯ最大的殺人公會「微笑棺木」，除了原本的目標之外也奪走了大量玩家的性命。最後對於領導過於龐大的公會感到厭煩，就讓公會與攻略組互鬥來毀滅他們，當他正準備主動殺害視為最大、最棒的獵物「閃光」與「黑衣劍士」時，遊戲就被完全攻略了。

從死亡遊戲回歸現實世界的瓦沙克最初感覺到不是喜悅，而是虛脫與失望。雖然知道再也無法回到那個夢一般的世界，還是為了追求同樣的體驗而回到美國。殺害不願意支付酬勞的組織老大，奪走金錢並且回到美國後，就潛入以聖地牙哥為據點的民間軍事公司Cyber Operation部門。

在以該州士兵與海軍為對象的ＶＲ戰鬥訓練裡，充分發揮出ＳＡＯ內鍛鍊出來的技術後，瓦沙克立刻被提拔為教官，但即使獲得過去完全無法比擬的安定生活，他的內心還是沒有充實感。

再一次。想再一次回到那個世界。那個一切全是數位檔案，因此人類才會展露本性的，充滿謊言的真實世界。

持續抱持著這個願望的他，竟然在名為Underworld的這個真實到嚇人的虛擬世界裡，能夠再次與「閃光」與「黑衣劍士」重逢，這應該不是奇蹟而是命運了吧。

現在精神似乎因為某種理由而變調，但只要把周圍的玩家全部都幹掉的話，劍士一定會醒過來才對。正因為黑衣劍士是這種男人，才會比瓦沙克——PoH過去遇見的任何人都還要吸引他。甚至有只要能親手殺了這個男人，之後要他自殺也無所謂的想法。

首先讓用假情報騙到Underworld來的中國人與韓國人玩家互相殘殺然後陷入血海當中。原本就不認為這種臨時想出來的謊言能夠維持太久。已經有不少人覺得狀況不對勁，和依然燃燒著愛國心的傢伙爭論起來了。當緊張達到界限的瞬間，只要稍微散布一些火花就可以了。

剛才給了他一擊的男人，此時毫不死心地在稍遠處試著說服同胞。只要砍掉那個男人的頭，大叫幹掉所有膽小鬼的話，血氣方剛的愛國者們很容易就會拔出劍來了吧。

「等著吧……我馬上就讓你醒過來……」

瓦沙克如此對以空虛表情倒在地上的黑色劍士這麼呢喃著。現在才注意到年輕人的側臉有點像腎臟移植手術前一瞬間稍微瞄到的同父異母哥哥，結果瓦沙克胸口立刻產生銳利的疼痛。

首先在這個世界裡幹掉「黑衣劍士」與「閃光」讓他們登出之後，自己也會登出。然後找出應該在Ocean Turtle某處的兩個人，帶著最大的愛情再次把他們殺掉。

光是想像那個瞬間，在十五歲時腎臟被奪走之後，左側腹就一直沒有消失的疼痛似乎就緩和了一些。

瓦沙克在兜帽深處露出微笑，再次對躺在腳邊的年輕人呢喃：

「你再繼續睡的話，大家都會死喲。拜託你，快點醒來吧。」

瓦沙克一邊用右手玩著愛刀「殺友菜刀」，一邊緩緩走了起來。

＊＊＊

喀沙。

靈魂失去力量的亞絲娜耳裡，聽見某個人鞋底踏著乾燥地面的聲音。

喀沙、喀沙。宛如機械般無機質，但又像跳舞般有節奏感的聲音。那是過去在目前已經消失的浮遊城裡聽過許多次的死神腳步聲。

一抬起臉，就看見黑色斗篷剪影從躺在距離二十公尺左右的桐人身旁往這邊走過來。

不對，他的目標不是亞絲娜。是右側被兩把劍貫穿的克萊因。應該是想親自動手了結那個似乎只靠氣力來遠離死地的武士吧。

一瞬間這麼想的亞絲娜，立刻產生也不是這樣的直覺。

倒在地上的克萊因附近，有兩名紅色鎧甲的騎士正用聽不懂的韓文激烈爭辯著。她這時候才發現，包圍日本人玩家殘活者與Underworld人部隊的數萬名龐大軍隊，也正四處產生激烈的對立。

應該是發現PoH謊言的玩家正在指責依然相信他所言的玩家吧。這樣下去，只要一有什麼風吹草動，憎恨的連鎖反應就會擴及到中韓聯合軍的玩家身上。而ＰｏＨ應該是要阻止……

——不對。

不對。不對。

那個男人是想親自點燃逐漸在戰場上擴散開來的新對立吧。

就像過去主動密告自己建立的殺人公會「微笑棺木」的基地所在，好讓攻略組與其上演一場血腥討伐戰時一樣。

實在不懂讓自己的人馬減少一半後他能獲得些什麼。但可以確信的是，一定有什麼極為惡劣的事情會發生。

ＰｏＨ悠然往前走著，用韓文做出某些指示。

抓住克萊因的兩個人，像是甩開一瞬間的猶豫般抓住另一個人，奪走了對方雙臂的自由。

黑色斗篷的死神，重新握好厚實的菜刀後發出「啪嚓」一聲。

這是為了親自處刑「背叛者」，然後把他的首級高舉起來，藉此煽動目前仍相信自己的中韓玩家攻擊自己的伙伴。

不能允許這種事情發生。雖說為了守護Underworld人這個最終目的，實在不應該阻止紅騎士們的自相殘殺，但他們就算減半了也還有一萬名以上。而且到時他們內心還會滾動比現在更深沉的憤怒與敵意，而這些負面感情應該都會朝著日本人與Underworld人而來吧。

更何況，被ＰｏＨ煽動而快要被殺死的半數中韓玩家，已經逐漸發現這個世界的真實……也就是說他們是相信日本人玩家發言的人們。絕對不能捨棄這樣的一群人。

必須展開行動。必須站起來揮劍阻止ＰｏＨ的處刑才行。

但是手腳都已經沒有力氣。每次呼吸，全身的無數傷痕都會產生猛烈的疼痛來削弱自己的氣力。

……………不行…………站不起來了。

依然跪在乾燥地面的亞絲娜，這時軟弱地呼出一口氣。

緩緩地縮起背部。骯髒、凌亂的頭髮從肩膀滑落，遮住她的視線。

聽著死神快要接近的腳步聲，準備閉上滲出眼淚的雙眼——

就在這個時候……

不要緊的。

亞絲娜的話，一定站得起來。

耳邊響起某個人細微但堅定的聲音。

某個人的手溫柔但強力地環繞亞絲娜的雙肩。

溫暖的光芒——流入身體以及心靈當中。清爽的風吹散了全身的痛楚。

來，站起來吧，亞絲娜。

為了守護重要的事物。

亞絲娜的右手動了一下，然後在地面爬著，抓住掉落在地上的東西。

創世神的細劍「燦爛之光」的劍柄。

一抬起臉來，就看見黑斗篷死神正高高舉起發出血般紅光的菜刀。被抓住的紅騎士像是因為過於恐懼而全身僵住。周圍的喧囂暫時停止，無數的視線集中在毫無慈悲心的刀刃上。

屏住呼吸、咬緊牙根，聚集殘存的所有力量……

亞絲娜用力往地面踢去。

「嗚……啊啊啊啊啊——！」

隨著吐血般的吼叫將右手的細劍往後拉。銳利的尖端迸出白色閃光。這是過去使用過幾千、幾萬次的基本技，劍技「線性攻擊」。

PoH以驚人的反應注意到亞絲娜的奇襲。

「哦……」

一邊發出這樣的聲音上半身一邊往後仰。亞絲娜拚命將右手朝著遠去的兜帽深處的黑暗刺去。

有了些許手感。一搓黑色捲髮飛向天空，淺黑色肌膚上飛濺出幾滴血液。

——被躲開了！

不論是在Underworld還是艾恩葛朗特，發動劍技後都會出現大空檔。亞絲娜頓時陷入剎那且致命的僵硬狀態中，ＰｏＨ的菜刀已經發出風切聲朝著她的身體襲來。

但亞絲娜同時也把精神集中在ＰｏＨ腳邊。

地面上稍微綻放出七彩光芒然後消失。亞絲娜利用創世神史提西亞的力量，在ＰｏＨ作為中心軸的腳底下生成了幾公分的凸起。

雖然只是些微的地形操縱，但頭部已經被閃電般的疼痛所貫穿。付出這樣的代價之後，黑色死神的身體便失去平衡，菜刀只能在亞絲娜的服飾上留下大大的裂痕。

「咕……嗚！」

從僵硬中解放出來的亞絲娜，再次將細劍往後拉。

「嗚喔！」

猛烈翻轉斗篷的ＰｏＨ，把菜刀重新舉到正上方。

神速的突刺技與剛強的斬擊技劇烈碰撞，撒出純白與深紅相交的火光。

亞絲娜用盡所有的力氣，一邊把交叉的劍刃推回去，一邊以沙啞的聲音問道：

「你到底……想要什麼？」

PoH在兜帽底下露出來的嘴角無聲上揚，然後發出刺耳的聲音：

「那還用說嗎？就是那個『黑色』的傢伙啊……從在艾恩葛朗特的第五層第一次想殺他卻無法成功時，我想要的就只有那個傢伙而已。」

「……為什麼這麼憎恨桐人。他對你做了什麼嗎？」

「憎恨……？」

像感到很遺憾般重複了一遍，接著PoH就把臉稍微移近，然後呢喃著：

「還以為妳會了解我有多愛那個傢伙呢。在這個一切都是狗屁的世界裡，那傢伙是唯一可以無條件信任的男人。不論我怎麼讓他痛苦都不會崩潰，怎麼引誘都不會墮落，不論何時都可以給我希望和喜悅。所以……無法允許那傢伙在沒有我的地方變成那種模樣。我一定會讓那個傢伙醒過來。只要能辦到這一點，不論要殺掉誰或者幾千……幾萬人都無所謂。」

從死神嘴裡說出來的恐怖發言，變成黑色瘴氣纏繞到亞絲娜身上，想要奪走她的鬥志。

「你說希望……？喜悅……？你所做的事情，讓桐人多麼……多麼…………！」

雖然拚命想要反駁對方，但是互抵的菜刀與細劍的交叉點，這時一邊爆出火花一邊漸漸往亞絲娜的方向靠近。

不對──亞絲娜的鬥志沒有一絲動搖。ＰｏＨ握在右手上的殺友菜刀，就像生物般一邊震動一邊增加自己的厚度。

ＰｏＨ應該也注意到亞絲娜的驚愕了吧，兜帽深處的黑暗咧嘴笑了起來。

「我也終於了解這個世界的準則了喲。這個地方呢，流出的血和失去的生命直接就會變成能源。就像『光之巫女』發射雷射燒殺黑暗領域軍時那樣。」

亞絲娜也在潛行之前，接受過關於成為Underworld根幹的系統說明。那也就是「空間資源」，但基本上不是要詠唱複雜的術式，就是得裝備具有吸收資源能力的武具。就算殺友菜刀的大型化是空間資源的作用，但是ＰｏＨ嘴裡並沒有詠唱指令，菜刀應該也是ＳＡＯ時代的角色檔案轉移過來，所以應該沒有能夠在Underworld吸收資源的能力才對。

但ＰｏＨ就像看出亞絲娜的思考一樣，繼續開口說道：

「這把『殺友菜刀』呢，在艾恩葛朗特裡是殺掉怪物性能就會變差，越是斬殺玩家……人類性能就提升越多。嗯，似乎砍掉龐大數量的Ｍｏｂ後詛咒就會解開，然後進化為名字類似的刀子，不過我當然對那種事情沒有興趣。重點是，原本吸收人命而變強的性能在這個Underworld也能發揮機能。你們所殺掉的美國人部隊，以及中韓聯合軍殺掉的日本人部隊，生命都環繞在這座戰場上。接下來讓中韓兩國的傢伙自相殘殺的話，就會溢出更多的生命。」

在死神呢喃的這段期間，殺友菜刀也不停發出「嘰嘰、嘰嘰」的吼聲並持續巨大化。亞絲娜身為ＧＭ裝備的「燦爛之光」也像是承受不住壓力般發出摩擦聲。所有的背景音都逐漸遠去，耳朵裡只能聽見自己的呼吸與心臟的鼓動。

簡直就像連魔刀的主人都逐漸增高一般，ＰｏＨ一邊對亞絲娜施加壓力一邊這麼說：

「吸收完所有的生命後，我就殺光這個世界的所有人工搖光。不只有在後面發抖的那些傢伙喲……包含所有暗黑界的怪物以及人界的人類。雖然不知道有幾萬人，但到那個時候，那傢伙應該就會醒了吧。如果他是我相信的那個『黑衣劍士』的話。」

冷風吹動黑色皮革斗篷，讓黑暗深處的雙眸一瞬間露出來。那是帶著晦暗紅光的眼睛。

他是惡魔。不是人類。是真正的惡魔。

這就是那個叫作ＰｏＨ的男人的本性。不論是在艾恩葛朗特戴著的「開朗煽動者」的假面具，還是在這個戰場戴著的「嚴厲指揮官」的假面具，全都只是虛偽的身分。真正的他是要折磨、虐待人類，只追求殺戮的冷酷復仇者……

亞絲娜的膝蓋失去了力量。細劍再次發出摩擦聲，菜刀的刀刃靠近她的喉頭。

「放心吧，我不會殺掉妳。只會讓妳不能再繼續阻撓我而已。因為得讓妳看見……那個傢伙醒過來，然後死在我手裡的那一幕才行啊。」

殺友菜刀已經巨大化成將近原本兩倍的大小。燦爛之光發出尖銳清澈的悲鳴，劍身出現些許裂痕。

右膝整個跪到了地上的亞絲娜，視界被從兜帽裡流出來的漆黑霧氣遮住。黑暗當中，只有厚厚的鋼鐵刀刃與深紅眼睛發出閃亮的光芒。

在筋疲力竭之前，某個人的小手……

再次推了亞絲娜的背一把。

別擔心。

我一直都在妳身邊。

亞絲娜胸口的中央迸發藍色清澈光芒，撕裂了她眼前的黑暗。

從自己映照在殺友菜刀的身影背後，看見了擴展開來的純白羽翼。

所有的聲音一起回歸，讓她聽見伙伴們混雜在戰場喧囂當中的聲音。

「亞絲娜！加油啊，亞絲娜！」

「亞絲娜小姐！亞絲娜小姐——————！」

「站起來，亞絲娜！」

「亞絲娜————！」

莉茲貝特。西莉卡。艾基爾。克萊因。

不只有伙伴們而已。殘活下來的朔夜與亞麗莎等ＡＬＯ組、朱涅等沉睡騎士、人界守備軍的騎士連利與緹潔、羅妮耶、索爾緹莉娜等許多衛士與修道士的聲音都傳到亞絲娜耳裡。

——謝謝大家。

——謝謝妳，有紀。

——我還能戰鬥。大家的心給了我力量。

「…………不會輸…………我絕對不會輸給……像你這種只懂得憎恨的人！」

這麼大叫的瞬間，亞絲娜全身就迸發出白色波動，把ＰｏＨ的身體整個推了回去。

亞絲娜一邊站起身，一邊把右手的細劍全力往後拉。從劍身迸發多重讓人聯想到百里香花朵的淡紫色閃光，把世界染成同樣的顏色。

「唔……！」

對準想要踩穩腳步的死神那出現大空檔的身體。

亞絲娜發動從「絕劍」有紀那裡取得的原創劍技。

從右上開始五次的超高速突刺技，斜斜地刻劃下五顆亮點。

從左上開始的五次突刺與剛才的軌跡交叉，又打通了五顆光點。

「咕啊……」

即使混雜著鮮血吐出空氣，ＰｏＨ手上巨大的菜刀依然帶著深紅的光輝。如果被他反擊的

大技直接轟在身上，剩下不多的ＨＰ一定會完全歸零。

但是亞絲娜的攻擊還沒有結束。

「嗚喔啊啊啊啊啊啊啊——————！」

把剩下來的所有能量都集中在細劍前端，朝著交叉的軌跡中心施放出最後——同時也是最大的一擊。

十一連擊ＯＳＳ，「聖母聖詠」。

近似流星的紫色光輝貫穿了ＰｏＨ的胸口。

黑色斗篷的死神高高飛上天空，落到遙遠的地面後發出沉重的聲音。

用盡所有精神力的亞絲娜，再次單膝跪地，在心中再次呼喚。

——謝謝妳，有紀。

已經聽不見回答了。說不定打從一開始，就不過是從亞絲娜記憶當中產生出來的虛幻之手與聲音。不過就算是這樣，在這個一切都是由記憶構成的世界，那也絕對不是虛假的存在。

沒錯——本來這個Underworld應該無法使用ＯＳＳ聖母聖詠才對。即使比嘉和菊岡隨著The Seed一起導入了舊ＳＡＯ的劍技，但繼承了聖母聖詠的是ＡＬＯ裡的水精靈亞絲娜。沒有把角色轉移過來而是使用史提西亞帳號的亞絲娜，身上應該沒有附隨這個檔案。

但是ＯＳＳ還是伴隨著特效光線正確地發動了。如果這就是想像的力量，那麼暫時從亞絲娜記憶當中甦醒的有紀鼓勵了亞絲娜也就是無庸置疑的真實。因為回憶永遠不會消失。

ＰｏＨ的虛擬角色依然橫躺在地面。但是被ＧＭ裝備使出的十一連擊轟中，實在不可能存活。和其他玩家不一樣，他使用的應該是ＳＴＬ，所以就算死了也不會立刻四散，而是會像人界人與暗黑界人一樣，屍體暫時留在現場吧。

靠著細劍支撐才好不容易站起來的亞絲娜，這時回過頭去確認克萊因的情況。腹部雖然仍被劍貫穿，但是逮住他的三名玩家都離開他身邊，和幫忙去阻止處刑的第四名騎士一起以啞然的表情望著亞絲娜。

雖然想盡快趕到桐人身邊，但還是應該先把劍從克萊因身上拔起來並為他療傷，當亞絲娜準備走過去的這個時候——

就感覺到地面微微地震動。

亞絲娜屏住呼吸，再次回頭。

依然倒在地上的ＰｏＨ一動也不動。但是握在他右手上的殺友菜刀卻綻放出紅黑相混的異樣光芒。仔細一看就能發現，戰場的空氣以菜刀為中心形成了緩慢的漩渦。

「糟糕……它在吸收神聖力！」

如此大叫的，是站在人界部隊前方的索爾緹莉娜衛士長。

亞絲娜咬緊牙根，為了破壞魔刀而準備往前跑。

但是比她快了一步，黑衣死神簡直像被浮上天空的殺友菜刀拖動般撐起了身體。

斗篷前面的部分出現極大的破損，讓他包裹在緊身皮革服裝裡的身體露了出來。被ＯＳＳ最後一擊轟中的胸口開了一個大洞，從該處可以看見後面的風景。

看見ＰｏＨ即使心臟整個被轟飛還是能站起來的模樣，Underworld人便發出驚恐的聲音。連認為這裡是普通ＶＲＭＭＯ世界的中國、韓國人們都產生劇烈的騷動。

恐怕是殺友菜刀吸收大量空間資源，並且將其轉換成ＰｏＨ的ＨＰ吧。即使做出這樣的推測，亞絲娜全身還是不停地發抖。

ＰｏＨ是使用ＳＴＬ潛行。

這樣的話，應該會承受與現實世界相同等級的痛楚。亞絲娜被長槍貫穿側腹部時就已經嘗到幾乎讓她昏過去的痛楚了，實在很難想像胸口中央被開了個大洞會有什麼樣的疼痛。

但是死神滴著血的嘴唇露出無聲的笑容——然後以幾乎震動整個戰場的巨大聲音吼叫著：

「同胞們啊！這就是日本人的本性！把軟弱的背叛者……還有骯髒的日本人全都幹掉吧！」

明明說的是韓文，亞絲娜卻不知道為什麼能聽得懂意思。

從ＰｏＨ高舉的殺友菜刀上迸發出紅黑色氣息，一直擴散到荒野的盡頭。

喔喔喔喔……

喔喔喔喔喔喔喔喔！

中韓玩家的半數同樣舉起劍來，發出猙獰的吼叫聲。

他們開始攻擊試著想說服自己的穩健派……其中一部分也準備襲擊殘存的日本人玩家以及Underworld人部隊，而亞絲娜沒有任何阻止他們的手段。

突然被人從背後推了一把，亞絲娜整個人倒到地上。滿是傷痕的細劍離開右手，滾落到乾燥的土上。

遙遠的前方，黑髮年輕人拚命對著亞絲娜伸出了左手。

「……………桐人。」

亞絲娜這麼呢喃，跟著也一邊對愛人伸出右手，一邊等待最後一刻來臨。

明明只是在教室裡稍微打了個盹，感覺卻像是作了很長的一個夢。一個快樂、痛苦又悲傷的夢。走在無人走廊上的我雖然試著回想內容，但是卻怎麼樣都想不起來。

7

放棄繼續回想之後，在樓梯口換上鞋子。

離開校門後，冰冷乾燥的秋風就吹動有點太長的瀏海。

把書包揹在左肩上，雙手插進學生褲的口袋裡，接著我便微微低著頭往前走。

同校的學生正在前方熱鬧地談笑著。為了阻絕這些充滿夢想與希望、戀愛與友情的對話，我把音樂播放器的耳機深深插進雙耳裡，然後縮起背部走在回家路上。

途中在便利商店檢查所有本週發售的遊戲情報誌，大約一個月後「Sword Art Online刀劍神域」就要開始正式營運，我當然選擇購買介紹相關特輯頁數最多的雜誌。順便在網路遊戲用的電子貨幣帳號裡儲值了一些點數。

如果有信用卡的話就能省掉這個手續了，雖然之前曾經不經意地詢問過母親，但立刻就得到升上大學之前都別想的回答。說起來，每個月都給不是親生小孩的我零用錢就已經很讓人感謝了，所以對她的判斷也沒有什麼不服。

差不多該廢止現金，完全電子貨幣化了吧……我一邊這麼想，一邊走出自動門來到店外。

結果就注意到進入店裡時還不存在的五人集團蹲坐在停車場角落。應該是我集中精神在雜誌上時來店的吧，迴響著粗野笑聲的他們周圍，散落著點心麵包與零食的包裝袋。

從制服看來是跟我同一所國中的學生，我當然無視他們而準備離開，就在這個時候——

集團的一個人拚了命地把視線對準我。

這名如果不是穿著學生服，幾乎會被誤認為小學生的嬌小男學生，雖然和我不同班但是卻認識——不對，應該說到某個時期為止都還是朋友。

他也參加了暑假時舉行的Sword Art Online刀劍神域的封測。

全國只有一千人能通過的窄門，同一所國中的同一個學年竟然就有兩個人被抽中，這已經可以說是奇蹟了。所以連完全沒有社交性的我，在聽見傳聞之後都主動前去和他接觸。

和他的交流是在暑假快要開始之前，然後暑假——正確來說是ＳＡＯ封測結束的同時就終止了。封測時在虛擬遊戲世界裡三天就組一次隊，然後彼此相處得也還算不錯，第二學期開始後隔了一個多月才在學校見面的瞬間，我那古怪的個性——對於近在眼前，自己應該很熟的人產生「這傢伙真正的身分究竟為何」的怪癖又出現了。

感覺活生生的人類對象裡，有某個不認識的人。一出現這種想法，就沒辦法真心和對方來往。因為有時候連對雙親與妹妹都是這樣了。

他似乎是在十月開始的ＳＡＯ正式營運時，以及在現實世界的學校裡都想繼續跟我當朋友，但最後就察覺到我的態度而遠離我。之後就再也沒有說過話。

這樣的他，為什麼會和看起來和他不會扯上關係的學生們一起泡在便利商店的停車場呢？理由從他求助般的眼神，以及身邊布丁般髮色的男學生丟過來的話就能相當清楚了。

「你這傢伙，看什麼看啊。」

剩下來的三個人立刻皺眉並噘起嘴來發出「啊啊～？」以及「怎麼？」的威嚇聲音。

也就是說他被班上的「小混混」集團給盯上，不是被勒索就是被逼著跑腿吧。然後現在用視線跟我求助。

其實我只要說一聲「一起回去吧」就可以了。但我的嘴巴無論如何就是沒辦法動。

從像被糨糊黏住的喉嚨裡擠出來的就只有……

「…………沒什麼。」

這樣沙啞的呢喃聲。然後我就捨棄一個月前的朋友，再次開始往前走。他雖然沒說什麼，但我的眼角可以看見他稚嫩的臉龐已經因為快要哭出來而扭曲。

迅速走出便利商店的用地後，我邊縮著背垂頭喪氣地走在染上一片夕陽顏色的道路上。腦袋裡什麼都沒想，只是看著柏油路面一直走、一直走。

背後的夕陽以驚人的速度下沉，街道立刻被紫色黑暗所籠罩。應該相當熟悉的放學道路，感覺卻像完全陌生的場所。沒有人車通過的路上，只有我的腳步聲響起。

啪噠、啪噠、啪噠……嚓喀、嚓喀、嚓喀。

「咦…………」

我忽然停下腳步。不知不覺間，腳底下的柏油路面已經變成濃密的短草。放學路上有這種未經過鋪設的路段嗎？我一邊這麼想一邊抬起頭來。

結果映入我眼簾的不是埼玉縣川越市的生活圈道路，而是貫穿深邃森林的陌生小徑。

稍微環視了一下周圍後也看了看自己的身體。

原本穿在身上的黑色學生服消失，變成藍色緊身短上衣與皮甲。雙手戴著露出手指的皮革手套，腳上則是附有金屬鉚釘的短靴。而背上取代側背書包的則是一把雖然比較短，但相當沉重的劍。

「這裡是哪裡…………？」

雖然如此呢喃，但沒有回答的聲音。我聳聳肩，開始在森林小徑裡走了起來。

不到一分鐘，我的記憶就不斷遭到刺激。老樹那枝節扭曲的模樣、腳底下草地的感觸。這裡是浮遊城艾恩葛朗特第一層「起始的城鎮」的西北方那片廣大的森林裡。這樣的話，繼續前進應該就能抵達霍魯卡村。

快點到村莊裡去投宿吧。現在只想快點鑽進被窩。只想什麼都不想地再次睡一覺。

我專心走在朦朧月光下形成一片藍色的森林深處。

忽然間，感覺前方可以聽見細微的叫聲。

一瞬間停下腳步，然後再次往前走。樹林在前方右側中斷，藍色月光照耀著小徑。再次聽見某個人發出的悲鳴。此外還有怪物宛如摩擦聲的低吼。

畏畏縮縮地往前進，靠近樹林中斷處。然後偷偷地窺探大樹的後方。

那裡是一塊宛如圓形舞台的寬敞空地。在藍白光線照耀下，有著奇怪的皮影戲蠢動著。

五六隻讓人聯想到巨大豬籠草的植物型怪物，銳利的觸手正不停地蠕動著。被包圍的是跟我有著同樣打扮的年輕男性。雖然拚命揮舞著劍，但怪物的觸手砍斷後立刻就又再生，根本是沒完沒了。

男人的側臉讓我發現自己認識這個人。

為了收集那種植物型怪物掉下來的道具而合作，和我組成了小隊。名字確實是……柯貝爾。但他為什麼會被如此大量的怪物包圍住呢？

不論理由是什麼，既然是伙伴就得幫助他才行。

雖然這麼想，但這次我的腳又不能動了。就像在地面落地生根一樣，連一步都無法前進。

腳被從後面襲擊過來的觸手掃中，柯貝爾就跌到草地上。怪物們一邊開合著長有人類般牙齒的嘴一邊朝柯貝爾逼近。

臉上露出絕望表情的柯貝爾對我伸出左手。

但他的身影立刻就被怪物群覆蓋住，不一會兒就隨著細微的破碎聲升起一道藍光。

「啊啊…………」

以沙啞的聲音發出呻吟後，我就像在便利商店前捨棄朋友時那樣深深低下頭。

只看著腳下的野草，搖搖晃晃地站起身子。然後改變身體的方向，開始走在小徑上。月夜的森林當中只有我的腳步聲響著。

沙喀、沙喀、沙喀…………喀滋、喀滋、喀滋。

我忽然停下腳步。曾幾何時，腳邊的短草已經變成泛藍的石塊。

一抬起臉來，發現現場已經不是艾恩葛朗特第一層的森林，而是不知名的微暗通道。應該是迷宮區的某個地方……但從外表看不出是哪一層的迷宮區。總之還是只能先前進了。

在幾乎沒有意識到全身裝備與背上的劍已經全都改變的情況下，默默地走在一直線的通道上。像要追逐牆上油燈映照出的自身影子般，只是一直、一直走著。艾恩葛朗特的迷宮區最大也只有直徑三百公尺左右，應該不可能有這麼長的直線通道，但我沒有停下腳步也沒有回頭，只是一直動著自己的腳。

忽然間，感覺從前方傳來細微的聲音。

那不是悲鳴，而是很高興的叫聲。而且是複數的歡呼聲。

那些聲音令人感到有些懷念。我稍微加快腳步，往聲音的源頭趕去。

最後在前方左側的牆壁上，看見透露出溫暖黃光的四角形入口。我拚命動著不知道為什麼相當沉重的腳來到了入口。

從通道往裡面一看，發現該處是較為寬敞的房間。深處的牆邊，有四名玩家正背對著我。

沒有看見長相，也立刻知道他們是誰了。

戴著奇妙帽子，頭髮亂翹的槍使是笹丸。

高挑的持盾錘使是鐵雄。

戴著針織帽的嬌小短刀使是德加。

最後裝備短槍的短髮女孩是……………幸。

他們都是跟我同一個公會的成員。在會長啟太去交涉購買公會小屋期間，為了賺取家具費用而來到這個迷宮區。

太好了……大家都平安無事嗎？

不知道為什麼這麼想的我，正準備對伙伴們搭話，結果這次又無法開口。腳也像黏在地板上一樣無法動彈。

呆立現場的我，視線前方的四個人正彎下上半身。他們窺看的是放在牆壁邊的大寶箱。當注意到這一點的瞬間，我的背部就閃過一道惡寒。

職業是盜賊的德加，正得意洋洋地著手解除著寶箱的陷阱。

——不行啊。快住手。不要啊。

雖然在心裡這麼大叫了好幾次，但是卻發不出聲音。即使想衝進房間裡，腳也無法動彈。

德加迅速打開寶箱的蓋子。

下一刻，刺耳的警報聲響起，隱藏在牆壁左右兩邊的門打開。從裡面衝出無數渴望鮮血的怪物。

「啊……啊…………！」

從我的喉嚨裡發出沙啞、破碎的悲鳴。

這就是我唯一能做的事了。連一根手指都動不了，只能在旁邊看著伙伴們被怪物包圍住。

最先死亡的是笹丸。接著是德加，再來是鐵雄變成藍色粒子四處飛散，剩下自己一個人的幸回頭看著我。

滲出悲傷微笑的嘴唇輕輕動了起來。

下一個瞬間，怪物的武器與鉤爪無情地落下，她纖細的身軀包裹在藍光當中。

「…………………！」

在發出無聲尖叫的我面前，幸也變成無數玻璃碎片四處飛散。

幾十隻怪物也像融化在空氣中一般消失，房間籠罩在黑暗當中。

好不容易能移動身體的我當場跪了下去。

已經夠了。我不想再走了，也不想再看了。

蹲在冰冷的地板上，塞住雙耳用力閉上眼睛。但記憶卻變成冰水一樣，不斷湧上來吞沒了我。

在鋼鐵浮遊城裡長達兩年的戰鬥生活。

朝著精靈國度前進的無盡天空。

黃昏的荒野上交錯飛翔的鮮紅子彈。

不願再想起來。也不想知道接下來的事情。

雖然拚命如此祈求著，但記憶的洪流卻還是不斷朝我湧至。

突然被從現實世界切離。

在被深邃森林包圍的空地醒過來。

像被斧頭的聲音引導般往前走，來到一棵參天巨樹的根部，我遇見了他。

和哥布林的戰鬥。被砍倒的大樹。

朝著世界中央前進的漫長旅途。在學院勤於修練的兩年。

不論何時，他都在我身邊。露出那種平穩的笑容。

和他在一起的話，不論什麼事都辦得到。

並肩奔上大理石高塔，不斷地打倒強敵。

然後終於到達塔頂，

與世界的支配者交戰，

經過漫長艱苦的戰鬥，

他把自己的……

性命——

「嗚……嗚啊啊啊啊啊——！」

我用雙手抱住頭，放聲大叫。

是我。我的沒用、愚蠢、軟弱殺害了他。流了不能流的血，失去了不應該失去的生命。

這個擁有虛擬生命的我應該死掉才對。我和他應盡的任務互換，應該沒有任何問題才對。

「啊啊啊……啊啊啊啊……！」

大叫並且痛苦掙扎的我，用手摸索著應該在背後的劍。為了拿它刺自己的心臟、抹自己的脖子。

但是指尖卻碰不到任何東西。原本以為是掉了而在周圍搜索，但只看到無盡的黑色黏稠液體。

我用雙手撕裂黑色上衣的胸口部分。

彎成鉤爪般的右手指尖插到骨瘦嶙峋的胸部中央。

皮膚裂開，肌肉被扯裂，但卻幾乎感覺不到疼痛。我持續用雙手貫穿自己的胸口。

為了把心臟挖出來捏碎。

這是我為了他……以及至今為止我所背叛、捨棄的人所能做的最後的……——

「桐人……」

突然有人叫了我的名字。

我停下手來，抬起空虛的視線。

黑暗後方，不知道什麼時候已經站著一名栗色頭髮的少女。

棕色的眼睛含著淚水一直緊盯著我看。

「桐人……」

右側隨著新響起的聲音又出現一個人，那是一名戴著眼鏡的少女。鏡片底下的眼睛同樣閃爍著淚光。

「哥哥……」

接著又出現一個人。

黑髮筆直切齊的少女，從大大的眼睛不斷流下淚水。

三名少女的意志與感情變成光芒迸發出來，流入我的體內。如陽光般的溫暖治癒我的傷口，溶化了我的悲傷。

——但是。

但是……啊啊，但是。

我怎麼可能擁有獲得這種饒恕的資格呢。

「抱歉。」

我聽見從自己的嘴裡掉出這樣的話。

「對不起，亞絲娜。對不起，詩乃。對不起，小直。我已經站不起來了。已經無法戰鬥了。對不起……」

接著我準備用力把從胸口挖出來的心臟捏碎。

＊＊＊

「為什麼……為什麼呢，桐人！」

比嘉健拚命保持持續隨著右肩槍傷流出的血液一起遠去的意識，用沙啞的聲音這麼大叫。

為了填補桐谷和人受傷的人工搖光，已經從接續結城明日奈、朝田詩乃、桐谷直葉的三台Soul translator流入龐大的泛用視覺化檔案。連至今為止已經進行過無數次實驗的比嘉，也對可以稱為奇蹟的龐大檔案量感到驚愕不已。

但是手機螢幕上顯示和人人工搖光活性的３Ｄ圖表，卻在機能回復線之前停住了。

「就算這樣……還是不夠嗎……」

比嘉這麼呻吟著。

桐谷和人快要回復的「主體」——Self-image，這樣下去將無法回到現實，只與折磨著他的痛苦回憶連結，然後無法從該處回來。等待著他的是不斷重複的惡夢。這樣的話，甚至可以斷言一直處於機能停止狀態還幸福多了。

至少再一個人。

再一個與和人有深切的羈絆，儲蓄了強烈印象的人存在的話！

但是據菊岡誠二郎所說，目前接續的三名少女，似乎就是世界上最了解、最愛桐谷和人的人了。而且不論是RATH六本木分部還是Ocean Turtle裡，都沒有可以使用的STL了。

「可惡……可惡啊……」

比嘉咬緊牙根，握緊右拳想要敲打隔板的壁面。

但立刻就又鬆開握緊的手。

「……這個連線……是什麼……？」

比嘉茫然這麼呢喃，並把被血與汗弄髒的眼鏡靠近機器。

之前都沒注意到，不過他現在才發現顯示桐谷和人人工搖光狀態的視窗上，除了少女們從STL連接過來的三條線之外，還有另外一條——從下部畫面之外延伸過來的，顏色極淡的灰色線條。

像被吸引過去一樣，以右手食指按了一下觸控面板，然後在上面擊點。

畫面整個拉近，顯示出灰線源自何處。

「從……從Main Visualizer來的！為什麼……？」

忘了自己身受重傷的比嘉大叫了起來。

Main Visualizer是位於收納Underworld人靈魂的LightCube Cluster中心部的巨大資料庫。

那裡保存的不過是構成Underworld的地形、建築物、道具等物體，應該不存在任何人類的靈魂才對。

但是——

「物體……身為物體的記憶……」

比嘉一邊全速運轉著腦袋，一邊無意識地說著話。

「搖光們的記憶與Underworld的物體，檔案形式是相同的……這樣的話，某個人把自己的意識、思念烙印在某種物體上的話……那個物體就可能有擬似搖光的……機能…………嗎？」

即使自己做出這樣的推測，比嘉還是感到半信半疑。如果可以辦到這種事的話，在Underworld就可以光靠持有者的意志之力來控制無生命的物體了。

但他也認為，這條單薄的接續線就是唯一的希望了。

會發生什麼事呢——比嘉無法推測事態是會就此好轉，或者是更加惡化，但他還是下定決心，打開了Main Visualizer通往和人所在ＳＴＬ的線路。

＊＊＊

「桐人。」

在心臟快被破壞之前——

一道新的聲音呼喚我的名字。一道堅強、溫暖，像能包容一切的聲音。

「桐人。」

慢慢、慢慢抬起頭來的我看見的是……

他用雙腳確實站在一瞬間前都還是一片無盡黑暗的地點。

藍色服裝上沒有一絲汙漬。亂翹的亞麻色頭髮即使在黑暗當中也發出耀眼光澤，嘴唇則是露出平穩的微笑。

深綠色的眼睛就跟平常一樣，充滿了溫柔且堅強的光芒。

我的雙手離開不知不覺間已痊癒的胸口，朝他伸出雙手，站起身子。

從發抖的嘴唇裡，悄悄落下呼喚他名字的低沉聲音。

「……尤吉歐。」

然後又叫了一次。

「你還活著嗎，尤吉歐？」

我的好友兼最棒的伙伴尤吉歐他——

笑容裡參雜了一些哀傷，接著靜靜地搖了搖頭。

「這是你心中關於我的回憶。以及我留下來的記憶碎片。」

「回……憶………………」

「沒錯。你忘記了嗎？那個時候，我們不是有過這樣的確信了嗎？回憶……」

尤吉歐攤開右手按在自己的胸口。

「……就在這裡。」

我也像照鏡子一樣做出同樣的動作，然後接著說道：

「永遠都在這裡。」

尤吉歐聽了便露出微笑，這時他身邊的亞絲娜往前走出來並表示：

「我們的心隨時都跟桐人連結在一起。」

從另一側走出來的詩乃晃動綁在臉龐旁邊的頭髮點了點頭。

「不論相隔多遠……就算有一天終究要別離。」

從她旁邊跳出來的直葉，以充滿元氣的聲音接著說：

「回憶和心意會永遠連接在一起。沒錯吧？」

我的雙眼終於開始流下滾燙的透明液體。

我往前踏出一步，拚命地回望著我永遠的摯友的眼睛。

「可以嗎……尤吉歐？我可以再次……往前走嗎？」

回答來得相當快速且堅定。

「那是當然了，桐人。許多人都在等你呢。那麼……一起走吧，無論到什麼地方，我都會跟你在一起。」

彼此伸出來的手互碰。這時亞絲娜、詩乃以及直葉的手也疊了上來。

瞬間，眼前的四個人變成白色的光之波動，然後流入我的體內。

緊接著——

8

帶有紅色裝甲的靴子，往亞絲娜朝桐人伸出的右手踏下。

往上一看，就發現面甲深處的雙眼燃燒劇烈憎恨的紅騎士，正高舉雙手反握的長劍。

長劍隨著刺耳罵聲往下刺。

雖然已經沒有任何戰力，但至少不能閉上眼睛，這麼想的亞絲娜凝視著即將貫穿自己胸膛的鋼鐵。

鏘。

硬質的金屬聲。橘色的火花。

騎士的劍像是被無色透明的劍刃彈開一樣，在空中直接往回彈。

「嗚……？」

發出困惑聲音的騎士再次把劍往下揮落。但是也再次爆出火花，劍依然無法砍中亞絲娜。

第三次、第四次依然是一樣的結果。

然後就沒有第五次攻擊了。往亞絲娜這邊跑過來的索爾緹莉娜，藉由大型劍劍柄的回彈用劍技「激流」把紅騎士整個彈開。

索爾緹莉娜一邊幫助亞絲娜起身，一邊用無法隱藏住驚訝的聲音問道：

「剛才的『心念之太刀』……是亞絲娜小姐使出的嗎？」

「心念……？」

首次聽見的名詞讓亞絲娜輕輕搖了搖頭。

「不，不是我喔。」

「那麼……是連利先生嗎……」

索爾緹莉娜邊說邊回過頭，亞絲娜雖然追著她的視線，但身負重傷的少年騎士正為了迎擊接近的紅騎士大軍而對部隊做出指示，實在不像有多餘的心力能夠保護亞絲娜。

但現在與其探索剛才那種現象的理由，倒不如盡量多救一些Underworld人還比較重要。

藉由索爾緹莉娜的手站起來的亞絲娜，奮力鼓起快要見底的氣力，開始確認周圍的狀況。

接著就感覺有新的絕望變成黑色冰水潛入內心。

超過兩萬名的中國、韓國人玩家，這時已經有八成以上陷入同室操戈的狀態。不過主戰派在士氣上似乎占壓倒性上風。到處可以看見虛擬角色消滅的藍色特效光柱升起，而且每當出現光柱就會響起猙獰的吼叫聲。

而且一部分主戰派——人數依然超過兩千名以上的部隊，逐漸接近聚集在一處的日本人玩家與人界守備軍。日本人們幾乎沒有戰鬥能力，以整合騎士連利為首的Underworld人也已經滿身瘡痍。即使具有神聖術與劍技這些優勢，看起來還是不可能擊退他們。

已經無話可說，只能倚靠在索爾緹莉娜手臂上的亞絲娜，耳朵裡……

傳來了PoH伴隨著數重回音的哄笑聲。

躺在地上的桐人身邊，胸口開了個大洞的死神高舉起握住巨大化殺友菜刀的右手以及整個攤開的左手，仰著上半身大笑著。上空不知不覺間出現黑雲構成的巨大漩渦，在戰場上放射出的生命資源就像龍捲風一樣降下並且被吸收進PoH的身體裡面。

正確來說，吸收資源的是他右手上的魔刀。只要能破壞那把刀，供給到主人身上的能源也會斷絕，失去心臟的死神應該會立刻死亡。

但事態已經來到光是打倒敵人指揮官還是無法收拾的地步。被PoH煽動的言詞與邪惡氣息操弄的主戰派，即使指揮官退場，也只會將其當成增添憤怒的柴火，戰鬥會一直持續到把日本人以及Underworld人都殺光為止吧。

怎麼辦？

該怎麼辦——

在焦躁與絕望的煎熬下垂頭喪氣的亞絲娜，忽然注意到某種不可思議的現象。

到剛才為止還是黑色砂石整個外露的地面，現在全飄盪著淡淡的白霧。

它們像白色絲絹做成的緞帶一樣起伏著，通過亞絲娜他們腳邊，並且在後方擴散開來。鼻孔同時還能聞到一股清爽的甜香。

這是……薔薇的香味…………？

亞絲娜與索爾緹莉娜的視線隨著霧氣緞帶移動。

當看見霧氣源頭的瞬間，兩人就一起從嘴唇裡吐出細微的氣息。

「啊啊…………」

然後再一次。

「啊啊。」

霧氣的源頭是躺在距離她們數十公尺外的一名瘦削青年。

正確來說，應該是握在他左手上那把泛藍的白色長劍。雖然劍身從中折斷，但整體包裹在霧氣當中，看起來簡直就像發出淡淡光芒一樣。

「桐人……」

在亞絲娜以顫抖聲音呼喚最心愛的人名字的同時。

「那個心念……是桐人的……」

索爾緹莉娜也像是感慨良多般這麼呢喃著。

白霧不知不覺間已經來到包圍四周的中韓聯合軍腳底下並且繼續擴張。戰鬥中的他們似乎沒有發現，但是膝蓋以下的部分已經逐漸被純白的緞帶吞沒了。

這時持續笑著的ＰｏＨ才終於也注意到這個異變。

他先是凝視著腳底，接著像彈起來一樣看著背後的桐人。高挑的身體一瞬間強烈震動，右手的殺友菜刀轉了一圈後啪嘰一聲重新握好，並且大步走了過去。

一步。兩步。

但是他沒有踏出第三步。

一道像是呢喃，又像是詠唱……但相當明確的聲音響徹整座戰場。

Enhance armament！

亞絲娜腦袋中響起的確實是桐人的聲音，但感覺好像還有另一道從未聽過的聲音重疊在一起。

下一個瞬間。

規模難以估計的——可以說足以匹敵史提西亞神地形操作的超級現象籠罩住整座戰場。

從白色煙霧當中伸出藍色透明的冰藤蔓，纏繞住兩萬名以上的中國人、韓國人玩家以及ＰｏＨ的身體。外表看起來明明相當纖細，好像用手指一碰就會折斷，但是進行激烈戰鬥中的玩家們簡直像被施加了時間停止魔法一樣瞬間停止動作。

短暫的寂靜之後，雖然傳出驚訝與憤怒的聲音，但這些聲音也立刻減少了。被冰藤蔓捲住的玩家角色迅速被白色冰霜覆蓋，不到幾秒鐘的時間就凍結住了。

亞絲娜瞄了一眼背後前來幫助克萊因的紅騎士，結果他也變成了冰雕。但似乎感覺不到痛苦，面甲底下的雙眼安穩地閉著。不造成疼痛與艱苦，只是封住行動的技巧──

再次回過頭，就看到PoH也被凍成雪白。亞絲娜看著索爾緹莉娜的臉，然後對她點了點頭。

「謝謝妳，莉娜小姐……我不要緊了。」

女性衛士長的手靜靜離開後，亞絲娜就踩著覆蓋地面的冰霜，拚命往桐人身邊趕去。除了背後的索爾緹莉娜之外，另一名從人界軍中跑出來的少女衛士羅妮耶也追了上來。

左手握住斷劍的桐人，依然趴著倒在地上。但亞絲娜已經知道。

現在這個瞬間，桐人的心正要甦醒過來。觸碰他的手並抱緊他，然後呼喚他名字的話，他一定會回來。一定、一定會的。

僅僅十幾公尺的距離，就像天涯海角那麼遠。短暫的十幾秒，宛如永遠那麼漫長。但是，每當拚命動著疲憊不堪的雙腳，心愛的人身影就一點、一點地變大。看啊，還差一點點，手就能碰到──

亞絲娜全力伸出去的右手，正要碰到懷念黑髮的那個剎那。

傳出了刺激鼓膜的尖銳破碎聲。

立刻把臉往右邊轉去的亞絲娜看見的是……

把白霜與冰藤蔓撕碎，猛力往前踏出一步的死神身影。

黑色斗篷的下襬像惡魔翅膀般飄動，接著ＰｏＨ便用破鑼般的聲音大叫：

「我等好久了……！來，讓我們跳舞吧…………桐人！」

就亞絲娜所知，即使經過ＳＡＯ時期也是第一次叫出這個名字的ＰｏＨ，一邊舉起右手的殺友菜刀，一邊像隻怪鳥一樣跳了起來。

纏繞著紅黑色死亡氣息，厚到令人害怕的刀刃從天而降。瞄準的不是桐人，而是亞絲娜等人。

「糟糕……！」

迅速來到前面的索爾緹莉娜，把全是傷痕的長劍舉到頭上，準備迎接死神的這一擊。

但是，巨大化到將近原本三倍的魔刀，刀刃根本不用互碰，光靠纏繞在上面的氣息就把索爾緹莉娜的劍粉碎成兩半。

衛士長因為衝擊而往後倒。亞絲娜與羅妮耶死命從背後支撐著她。

致命的斬擊迫近在地面縮成一團的三個人——

鏘————！

劇烈的衝擊聲出現，亞絲娜等人跌坐到地上。

但是菜刀的刀刃沒有擊中她們。像是在空中與透明障壁猛烈撞擊般震動著。就跟剛才從紅騎士手中保護了亞絲娜的現象一樣。

亞絲娜這次真的感覺到了。被溫暖、可靠、懷念的兩條臂膀守護著的感覺。

障壁的前方，可以看見某種發出細微光芒的物體。金色光粒在空中描繪出來的那個是，五根手指頭完全攤開的——右手。

可以聽見「嚓哩」的細微聲音。

亞絲娜像被吸引過去般看向左邊。

面朝下躺在地上的桐人，用左手把從中折斷的白劍插在地面上。

然後以它為支撐，瘦削的身體慢慢、慢慢地爬了起來。

黑色上衣沒有內容物的右袖隨風飄揚。不對，不是這樣。它逐漸膨脹起來，朝著前方——支撐住障壁的虛幻右手靠近。

袖口與虛幻的右手接觸的瞬間。

黃金光輝炸裂，將障壁後方捲動的紅黑色氣息衝散。障壁直接猛烈撞擊ＰｏＨ的身體，讓他整個人被彈到後面。

光芒變淡時，亞絲娜眼裡看見的是完全取回實體的右手。視線隨著還有些纖細的手臂往上移，通過肩膀後——亞絲娜就看見了。

隨著微風搖曳的稍長瀏海。露除平穩笑容的嘴唇。以及在同樣高度回望著她的兩顆黑色眼睛。

嘴唇動了起來，那個聲音呼喚了女孩的名字：

「我回來了，亞絲娜。」

淚水不斷從雙眼落下，無法抑制喉嚨裡面洩漏出又細又尖銳的嗚咽。亞絲娜在胸前緊握雙手，拚命將滿溢出的心情化為聲音。

「…………歡迎回來，桐人。」

接著索爾緹莉娜與羅妮耶也同時呼喚：

「桐人……」「桐人學長。」

也微笑著對兩人深深點頭後，桐人便把視線移回正面。側臉上又出現嚴肅的表情。

被彈飛十公尺以上的PoH，正再次以像是感覺不到重力般的動作緩緩站起來。

開始全面自相殘殺的中國與韓國玩家雖然已經全部被冰藤蔓纏住並且凍結，所以應該不會出現新的空間資源才對，但上空的黑雲仍像生物般捲動，而PoH的菜刀則持續吸收著它們。

看來不破壞那把魔刀，就無法阻止這名死神。

比PoH晚一些站起身的桐人，一瞬間腳步踉蹌，但立刻就穩住了。亞絲娜拚命抑制想衝過去支撐他身體的衝動。因為她自己也沒有能夠好好走路的力量了，隨便闖過去只會礙手礙腳罷了。現在要相信桐人。只要專心相信他，應該就能成為力量。

桐人舉起再生的右手，掉落在遠處的漆黑長劍就自己離鞘，無聲地浮起並來到他的掌中。雖然形狀和過去的愛劍「闡釋者」形狀不同，左手上的白劍也從中折斷，但拿著黑白雙劍的模樣，正是從相遇那天起就守護、引導亞絲娜，並且給予她力量戰鬥的「黑衣劍士」。

左手上的白劍持續放射出鑽石星塵般的光芒與森森寒氣。雖然現在應該也維持著瞬間凍結兩萬名以上玩家的超絕技巧，但桐人平靜的側臉卻絲毫沒有這種感覺。簡直就像有人靠在他身邊賦予他力量一樣。

PoH兜帽深處發出紅光的雙眸緊盯垂著兩把劍，緩緩走過來的桐人。像是要表示歡迎般攤開雙手，露出胸口的大洞開口說：

「……終於醒過來了嗎？有多久沒像這樣看著你的臉說話了呢……」

死神宛如生鏽金屬互相摩擦的聲音，讓桐人以彷彿艾恩葛朗特時代那種飄然中帶著冷冽的聲音回應：

「誰知道，我忘了。但可以確定的是，這已經是最後了。」

PoH吹了一聲口哨。

「不錯喔……你真是太棒了，桐人。來吧，讓我們繼續……在艾恩葛朗特被中斷的那場秀吧。」

光靠一隻右手，就輕鬆舉起脹大三倍以上，已經像是開山刀一樣的殺友菜刀。上空的黑雲捲動得更加激烈，厚厚的鐵塊上爬著紅黑色閃電。

對峙的桐人也筆直地舉起黑色長劍。

但是，劍在到達頂點的瞬間，瘦削的身體像是無法承受武器的重量般再次晃動了一下。

亞絲娜已經理解，這個Underworld不只是The Seed規格的ＶＲＭＭＯ世界而已。所有物體全是「汎用視覺化記憶」——也就等於是記憶本身，而且可以藉由印象加以干涉。

據整合騎士愛麗絲所說，桐人在這個時間遭到加速的世界裡，已經有將近半年的時間處於心神喪失狀態。雖然不清楚這段期間是不是有記憶，但他應該理解自己一直沉睡著才對。恐怕是「自己衰弱了」這樣的印象讓桐人的肉體實際上弱化了吧。

不對，或許不只是這樣。

ＲＡＴＨ的比嘉健是這麼說明桐人的主體——Self-image被破壞的理由。

——桐人他似乎有好幾名協力者，也就是說他應該有伙伴。在和教會的戰爭當中，他的伙伴幾乎全都死亡，結果就是成功打開聯絡我們的線路時，就產生強烈的自責感。換句話說，也就是自己攻擊自己的搖光。剛好這個時候，那群全身黑的傢伙又切斷電源纜線，因為短路而發生的過電流讓ＳＴＬ的輸出瞬間上升。結果桐人小弟他自我破壞的衝動變成現實……讓他的「自我」非活性化。

雖然不是立刻就能理解的內容，但總之就是桐人在這個世界失去了重要的人。因為太過於悲傷，讓他的心靈壞掉了。亞絲娜已經知道那個人的名字。與愛麗絲、羅妮耶、索爾緹莉娜在帳篷裡聊到天亮的那一夜，曾數次聽過那個名字。也就是上級修劍士尤吉歐。

桐人雖然不知道因為什麼奇蹟而取回自己的心，但是依然無法接受與尤吉歐的別離。無法痊癒的悲傷，在心靈……以及肉體上留下了陰影。

——桐人。

亞絲娜一邊凝視著架起黑劍的站姿，一邊在心裡呼喚著。

——現在的我……無法想像你究竟經歷了如何辛苦、悲傷的事情。但只有這一點是我能確信的。

——你重要的朋友，現在也還活在你心中。就像有紀還活在我心裡一樣。這些回憶一定會給你力量。給你再次拿起劍來戰鬥的力量。

亞絲娜的思念像是變成聲音傳達了出去一樣——

桐人右手依然舉著黑劍，左手則是舉起折斷的白劍來貼在自己胸口。

可能是認為這個動作是空檔吧，ＰｏＨ開始有所行動。

高挑的身體輕輕往前傾，就像在充滿瓦礫的地面上滑行一樣，瞬間跑過十公尺的距離。以像是感覺不到重量般的流暢動作，揮落厚厚的巨大開山刀。

桐人沒有用腳步迴避，而是準備以右手的劍來迎擊。但是在亞絲娜眼裡，他使出的斬擊已經失去過去的凌厲度了。

與巨大開山刀衝突的長劍好不容易才沒有被彈開，但是無法造成勢均力敵的互抵狀態，而是被從正上方往下壓。桐人的膝蓋跪下，背部整個拱了起來。緊踏地面的靴子，往後打滑了三十公分以上。

「……喂喂，別讓我失望啊。我為了今天已經等了將近兩年的時間喲……」

以陰鬱的聲音這麼呢喃完，黑斗篷死神就把左手放到殺友菜刀和刀身同樣巨大化的刀柄上。

接觸點產生「嘰嘰」的摩擦聲，桐人的膝蓋繼續往下沉。如果和ＰｏＨ一樣用雙手持劍的話……雖然這麼想，但桐人的左手上還握著白劍。而且因為從中折斷，根本無法用它來攻擊。死神兜帽深處厚厚的嘴唇露出殘虐的笑容。一點一點，但是確實往下降的開山刀刀刃迫近桐人的脖子。

「……桐人……！」

以沙啞聲音這麼呢喃的索爾緹莉娜，手拿折斷的長劍準備站起來。

但是亞絲娜卻確實地按住了她的左肩。

「不用擔心，莉娜小姐。」

她一邊壓抑自身的恐懼，一邊對在人界的劍術學校裡指導桐人的女性衛士長這麼呢喃。

「桐人他不要緊的。他絕對……不會輸給那種傢伙。」

這時反過來是由桐人加以指導的羅妮耶，也雙眼含淚地點了點頭。

「沒錯。桐人學長他不會輸的。」

「…………說得也是。」

如此回答的索爾緹莉娜，用力握住亞絲娜放在自己肩膀上的手。

但就在下一刻。

像要嘲笑三人近似祈禱的確信般，ＰｏＨ的殺友菜刀大大地往下壓。桐人的左膝跪到了地上。支撐黑劍的右臂不停發抖，讓人產生已經將近界限的預感。

面對露出咬緊牙根表情的桐人，ＰｏＨ把自己的臉靠過去再次笑著說：

「……差不多該丟掉那把爛劍，把左手拿來用了吧。被你凍住的那些中國與韓國的傢伙，可是幹掉很多你的同伴喲。那種傢伙自相殘殺根本不關你的事吧？」

聽見惡魔的呢喃——桐人一邊抵抗著重壓一邊冷冷地回應：

「我很清楚你的手法。讓人互相鬥爭，種下憎恨的種子好引起下一場鬥爭。雖然ＳＡＯ時代被你這種手法弄得一個頭兩個大，但在這個Underworld……你絕對不可能得逞。」

「哦……那你想怎麼樣？冰融化的話，那些傢伙就會把殘存的日本人和你重視的Underworld人殺得一個不剩喲。為了阻止這件事，你只能把他們都幹掉。趁著凍結的時候全都砍死。你的伙伴應該能辦得到才對。來，下達把中韓那些傢伙全殺掉的命令吧……」

「……………」

桐人沒有回答對方滴著毒液般的唆使。

亞絲娜也很清楚PoH邪惡的企圖。

被冰藤蔓捲住的中韓玩家們，現狀似乎感覺不到痛苦，但是把冰藤蔓擊碎應該會產生劇烈的疼痛。而疼痛將帶來憤怒，將會造成他們對日本人玩家懷有決定性的敵意。同時PoH則可以藉由殺友菜刀吸收中韓玩家死亡之後放射在空間當中的大量資源。因此獲得戰勝桐人，並獨自把剩下來的日本人玩家與Underworld人全滅的力量。

應該理解這一點的桐人，當然不可能聽信PoH的煽動。但是為了避免決定性的破局，就只能維持左手白劍所使出的大規模凍結術，而這麼做也讓他在跟宿敵的決戰當中陷入更加艱難的狀況。

每當擋住巨大開山刀的右手發抖，接觸點就會爆出火花。巨大開山刀的刀刃持續確實地下降，到達桐人的左肩已經剩下一個拳頭左右的距離。

「……嗯，要因為頑固而死我是無所謂啦。」

PoH嘻皮笑臉地這麼說著。

「放心吧。殺掉你之後，我會把『閃光』和其他傢伙一個不留地送進棺材裡。」

兜帽深處，死神的雙眸發出鬼火一般的紅光。嘴巴裂到臉頰骨附近，露出了尖銳的牙齒。

「來吧……讓我嘗嘗你的血與生命吧，桐人。」

用宛如爬蟲類的尖舌頭舔了一下嘴唇，PoH握住殺友菜刀的雙手更加用力了。黑劍發出嘰嘰的悲鳴，致命的刀刃每一秒都確實地往桐人移近一公分的距離——

忽然間，亞絲娜正後方傳出細微的祈禱聲。

「拜託你，尤吉歐學長。救救桐人學長吧。」

回過頭的三個人看見的是在胸前緊握住雙手的紅髮少女——緹潔。

瞬間，亞絲娜確實感覺到了。緹潔的頭髮輕輕擴散開來，綻放出宛如微風般的波動。

再次回頭往前看。

化成開山刀的殺友菜刀，正觸碰到桐人的左肩。

光是這樣，黑色上衣的布料就像爆開般被撕裂了。接著預感會出現桐人濺血的光景，亞絲娜不由得屏住呼吸。

但是——

這時候，殺友菜刀停止下降了。

甚至還一點一點地被確實地推了回去。桐人纖細瘦削，而且疲憊不堪的右臂怎麼可能有這種力量……

「啊…………」

不知道是羅妮耶還是索爾緹莉娜發出細微的叫聲。

同一時間，亞絲娜也看見了。另一隻金色透明的手臂緊緊握住了黑劍的劍柄。

遲了一會兒，桐人似乎也注意到那條手臂了。他瞪大雙眼，接著臉龐扭曲了起來。眼角隨之滲出淚水，化成光粒飛散在空中。

雖然他的嘴唇微動，不過卻聽不見聲音。

但是下一刻——

「喔喔……喔喔喔喔喔喔！」

從桐人喉嚨裡迸發出足以撕裂綿帛的吼叫，然後把殺友菜刀用力彈了回去。雙臂整個往後彈的PoH，一邊咒罵一邊腳步踉蹌地往後退去。

桐人立刻從單腳跪地的情況下迅速站起來，高高舉起左手上的斷劍並大叫：

「Release recollection！」

難以形容的眩目閃光炸裂，把世界染成一片純白。ＰｏＨ就像是討厭光線一樣，把一隻手遮在臉孔前方並繼續往後退。

即使瞇起眼睛，亞絲娜還是看見了。

光線本身凝聚在從中狼狽折斷的白劍劍身，宛如結晶化一般逐漸再生。

短短幾秒鐘便恢復原來模樣的劍，綻放出更加強烈的光芒——

閃光隨著「咻啪！」的聲音擴散開來。

經過一瞬間的寂靜，整座戰場就像有幾千、幾萬顆鈴鐺震動般，響起了清澈且雄壯的聲響。移動視線的亞絲娜等四個人，隨即茫然瞪大了眼睛。

凍成白色的中國、韓國ＶＲＭＭＯ玩家身上逐漸開出無數的花朵。那是宛若從琉璃中雕刻出來一般，綻放出清澈藍光的薔薇。

競艷的大朵薔薇們，開始從花心綻放銀色粒子。亞絲娜直覺那正是純粹的生命資源——也就是玩家們的ＨＰ。

短短十幾分鐘前還燃燒著怒火，準備互相殘殺的玩家們，像是睡著了一樣一個又一個地被光柱包圍並且消滅。沒有任何痛苦，可以說是能想得到的方法裡最為安穩的強制登出。

ＰｏＨ想種植在中韓玩家心裡的憎恨種子，這樣應該就不會發芽了。

「你這傢伙……竟然敢這麼做……！」

邪惡企圖遭到破壞的死神雖然發出咒罵聲，但立刻就又恢復充滿自信的笑容，舉起右手上的巨大開山刀。

看見ＰｏＨ的動作，亞絲娜就注意到他的想法了。

現在這座戰場充滿無數藍薔薇放射出的生命資源——以Underworld的話來說就是飄盪著濃密的神聖力。ＰｏＨ是想利用擁有吸收資源能力的殺友菜刀把它們全占為己有。

「桐人……」

感到戰慄的亞絲娜忘我地呼喚著意中人的姓名。

光是吸收剛才的戰鬥裡被殺害的日本人玩家，大約兩千人的生命，ＰｏＨ的菜刀就脹了三倍大，發揮出與史提西亞的ＧＭ裝備同等甚至在其之上的威力。如果吸收了十倍，也就是兩萬人的生命，ＰｏＨ將會變成貨真價實的惡魔……不對，應該說是魔王。如果桐人在行使大規模術式中無法有所行動的話，那麼亞絲娜就必須去幫忙——

但是，當她鞭策著無力的雙腳想要站起來的時候。

不用擔心……妳看。

原本以為已經消失的有紀聲音，再次宛如微風般吹過耳朵旁邊。

同時亞絲娜就注意到了。在空中聚集起來，形成幾條緞帶一樣飄動著的銀色光芒，完全無視PoH的殺友菜刀。死神不論再怎麼樣舉起魔刀，它們都沒有靠近的模樣。

再次傳出細微的聲音。

亞絲娜不是說過嗎？生命會運送、傳遞心意啊。

聚集在這個世界的各國人民，其實也不想自相殘殺。

大家有著共同的願望，想去一個充滿興奮、期待……像我和亞絲娜相遇的精靈國度那樣漂亮、快樂又高興的世界……就是這麼簡單喲。

「……嗯。說得也是呢，有紀。」

亞絲娜不成聲的呢喃似乎變成了下一個行動的契機。

桐人依然舉著完全再生的白劍，接著又把右手的黑劍也筆直地指向天空。

PoH呼喚過來的旋轉黑雲，一邊反向旋轉一邊往外擴散。從中央稍微露出的一絲藍天中降下一道金色陽光，讓黑劍的劍身像是黑水晶一樣閃閃發亮。

「Release recollection。」

桐人這次像是感慨良多一般，詠唱出與剛才同樣的指令。

下一個瞬間——

在戰場的天空緩緩流動的無數銀色緞帶，就像是互相揉合在一起般開始被黑劍吸收進去。

「Ｓｕｃｋ！」

用英文咒罵著的ＰｏＨ，像要對抗桐人般揮舞著殺友菜刀。但緞帶宛如有自己的意志一樣避開魔刀，不斷地與黑劍融合。

「……尤吉歐學長曾經說過。桐人學長的黑劍，原本是長在人界北方盡頭的一棵巨大黑杉樹。」

亞絲娜身後的緹潔以顫抖的聲音這麼說。索爾緹莉娜立刻像瞭解怎麼回事般點了點頭。

「這樣啊……所以才擁有吸收神聖力的力量……」

她的話在腦袋裡和剛才有紀的呢喃融合在一起，亞絲娜這才終於了解發生在眼前的事情是什麼意思。

就算桐人的黑劍擁有吸收資源的能力，那麼ＰｏＨ應該擁有同樣力量的殺友菜刀，為什麼完全無法吸收藍薔薇所放射出來的資源呢？那是因為，菜刀的力量原本不是「吸收生命」，而是「吸收死亡」。

ＰｏＨ自己也說過。殺友菜刀是殺害越多玩家……殺害越多人類越強的武器。如果說是持有者的想像給予魔刀吸收資源的能力，那麼就算能夠吸收經由慘烈互相殺戮所放射出來的「死之資源」，它也無法吸收藉由白劍力量，不經過死亡就直接放射出來的「生命資源」。

但桐人的黑劍就不一樣了。如果原本就是靠著大地與太陽力量成長的樹木，那麼劍以及持有者應該都擁有吸收生命的想像才對。

左手的白劍凍結廣範圍的對象，將其生命解放至空中。

右手的黑劍從周圍的空間吸收生命力，然後轉變成能源。

這是極為簡單，但也因此而強力無比的相乘效果。最完美的一對劍。也是最棒的搭檔。

隨著吸收數量龐大的緞帶，黑劍的中心部分開始閃爍金色光輝。資源透過劍柄流進桐人的手臂。

原本像木棒一樣又瘦又無力的身體，急速地取回原本強壯的模樣。復活現象不僅限於肉體，連在激戰中到處出現破洞的黑色上衣都瞬間再生，手上出現露指手套，腳上也換上帶有鉚釘的靴子。

光之線條繼續從肩口延伸到雙臂然後降到背部，晚了一會兒後就實體化成帶有烏亮光澤的皮革。出現的是ＳＡＯ時代作為他註冊商標的長大衣。猛烈飄動的下襬平靜下來後，掉落在遠方的兩把劍鞘也飛過來，以交叉的形式著裝在他背後。

「……………桐、人…………」

百感交集的亞絲娜，透過溢出的淚水凝視著高舉雙劍的「黑衣劍士」桐人完全復活的模樣。右邊的索爾緹莉娜以及左邊的羅妮耶臉頰上也都流著發光的液體。背後的緹潔甚至發出細微的嗚咽。

幾秒鐘後，完全吸收生命緞帶的桐人，緩緩放下右手的劍。

充斥整座戰場的中國、韓國玩家似乎有大半都登出了。亞絲娜回過頭，以視線向前來救助克萊因的紅騎士表達謝意。下一刻，他也跟著消失，不毛的荒野籠罩在一片寂靜之中，讓人感覺至今為止的連場死鬥就像在作夢一樣。

能聽見的就只有乾燥的風聲，以及「鏘、鏘」這種高溫金屬摩擦般的聲音。聲音的來源是積蓄龐大能源，纏繞著黃金氣息的黑劍。

終於放棄吸收資源的ＰｏＨ，默默地放下殺友菜刀。

他的胸口依然開著被亞絲娜的ＯＳＳ聖母聖詠直接轟出來的大洞。殘留在魔刀上的資源用盡時，ＰｏＨ也將喪命。

明明應該了解這一點，但死神已經不再咒罵，只是靜靜地直立在現場。但是他完全沒有承認敗北的模樣，從全身放射出冷冽凍氣般的氣息，讓只是在遠處觀看的亞絲娜感覺皮膚刺痛。

兜帽深處，只有一端露出扭曲笑容的嘴唇微微動了起來。

「你果然是最棒的傢伙，桐人。能讓我這麼主動想要殺掉的人，你也算是空前絕後。雖然就此結束真的很可惜，但應該不會有比這更棒的舞台了……」

以流暢的動作擺出右手的巨大開山刀，然後左手往前伸出。像是要展示手背上「微笑棺木」刺青一樣，以細長的手指招喚對方。

「……來，讓我們好好享受一番吧，黑衣劍士。」

面對這宛如將惡意濃縮到極限般的挑釁台詞，桐人只回應了一句話：

「嗯，讓一切結束吧。」

打開雙腳沉下腰部，接著擺出白劍在前，黑劍在後的架式。

對峙的雙方鬥氣急遽膨脹，在中間地點爆散出激烈的火光。

正如兩人所說的，接下來的攻擊將結束一切。有了這種預感的亞絲娜，把雙眼瞪大到極限並屏住呼吸。

乾燥的風再度吹起，停下來的瞬間，黑衣劍士與死神同時動了起來。

PoH舉起的殺友菜刀包裹在紅黑色黏液質的光芒下。下一刻，死神以驚人速度奔跑的身體就分裂成三個。這是亞絲娜不知道的劍技。

相對地桐人右手上的劍則是依然往下垂，左手的白劍上帶著深紅色光輝。這是單手直劍用劍技「七大罪」。

桐人的連續技迎擊著PoH由前方與左右揮出的斬擊。每當纏繞著血般紅色的巨大開山刀與帶著紅寶石般光芒的長劍劇烈碰撞，地面與大氣就會產生激烈震動。

變成三個人的ＰｏＨ在各攻擊了兩次，總計六次的攻擊之後，左右兩邊的分身便消失了。剩下來的本體以厚厚的刀刃由上段猛然揮落。桐人則是用左斜斬擋下這一擊，結果便造成宛如爆炸般的火花與衝擊。

「七大罪」是七連擊技。這時桐人將陷入技後僵硬狀態。如果ＰｏＨ還有接下來的一擊，那麼他就無法抵擋了。

上段斬被反彈回來的衝擊造成死神的兜帽翻起，讓他自從ＳＡＯ時代以來首次露出底下的真面目。

那不太像日本人，輪廓深邃的臉上露出激烈的笑容——ＰｏＨ再次準備把依然纏著紅黑色氣息的巨大開山刀轟向桐人肩口。還有第八記攻擊。

但是，剎那間。

握在桐人右手上的黑劍開始迸發鮮紅光芒。比「七大罪」的特效光線更深、更熾熱的火焰般紅光。

消除了本來應該會持續一秒以上的僵硬時間，黑劍發動了神速的突刺技。以左右手連續使用單手用劍技，是桐人才能辦得到的絕技——「劍技連攜」。

隨著如同外燃機般金屬質轟聲的單發重攻擊「奪命擊」，在空中與應該是ＰｏＨ分身八連

擊技的最後一擊劇烈碰撞。

造成至今為止最大的衝擊波後，地面產生放射狀的裂痕。雖然有混雜著沙塵與熱氣的暴風湧至，但亞絲娜只是微微瞇起眼睛，想要看清楚激戰的最後結果。

暴風止歇後，可以看見的是兩人手上黑劍與紅色巨大開山刀尖端互相接觸並且靜止不動的模樣。

戰鬥尚未結束。兩人皆把巨大的能源集中在極小的接觸點上，用盡全身的力量想把對方的攻擊推回去。

如果光是比較積蓄在武器上的資源，那麼桐人吸收兩萬人生命的黑劍絕對遠超過ＰｏＨ的殺友菜刀，但事情並非如此單純。這個世界裡，印象……也就是騎士們所說的「心念」是帶有可以顛覆任何數值性能的可能性。

ＰｏＨ的心念相當單純，也因此而非常強大。為了殺戮……死神是為了讓世界充滿不和與猜忌，並且充滿敵意與惡意而作戰。

這樣的話，桐人又是為何而戰呢？

他在這個世界裡失去了重要的朋友。雖說也有外在因素，但他依然嘗到足以令人陷入心神喪失狀態長達半年的哀傷。不過卻還是像這樣站起來握住了長劍。到底是什麼樣的心念，給了他如此的力量呢……

亞絲娜無法用言語來說出答案。但是，她也認為沒有這種必要了。桐人至今為止，可以說是背負了許多東西一路戰鬥過來。不論是在舊ＳＡＯ、ＡＬＯ還是ＧＧＯ都是如此。而現在這個瞬間一定也是一樣。

迷惘、痛苦與悲傷也可以轉換成力量，眼淚也能夠幻化成光芒。所以絕對不可能輸給ＰｏＨ的黑暗。

一定是這樣吧……桐人。

不知道亞絲娜的祈禱能否傳達給桐人。但是下一刻，傳出了細微，同時具決定性的聲音。嗶嘰。

ＰｏＨ的魔刀，人類為了殺人而產生的兇器「殺友菜刀」，從尖端到底部都出現紅色閃電一般的裂痕。

接下來，巨大開山刀就變成無數碎片四散——

桐人的奪命擊連ＰｏＨ握著菜刀的右臂都轟成碎片，然後繼續延伸了五公尺以上。

被再次湧至的暴風奪走視界後，亞絲娜忍不住站起身子。另一邊的緹潔等人，以及後方從束縛當中解放出來的克萊因、西莉卡、莉茲貝特等也一起站起來。

最後煙塵變淡，緊靠在一起的兩位前ＳＡＯ玩家現出身影。

失去武器，無力垂著雙臂的ＰｏＨ，胸口被桐人的黑劍深深刺入。但該處原本就被亞絲娜轟出一個大洞，所以沒有給肉體造成新的傷害。

或許是殺友菜刀的供給斷絕了的緣故，從大洞與嘴裡流出大量鮮血，但ＰｏＨ依然露出充滿自信的笑容。

「……不愧是你，就是得這樣才行。但是……不是這樣就結束了喲。即使從這個世界登出，我還是會不斷出現在你面前。在割斷你和『閃光』的喉嚨、挖出你們的心臟前，不論要出現幾次都沒問題……」

面對這近乎詛咒的宣言。

桐人以幾乎不帶感情的平靜聲音回應：

「不，這次就結束了。你不會從這個Underworld登出。」

下一刻，黑劍便一瞬間綻放出閃光。

閃光收束後，桐人就把劍緩緩從ＰｏＨ胸口抽出來並後退幾步。

即使沒有支撐，ＰｏＨ也沒有倒下。臉上依然帶著悽慘笑容的他，似乎還想說些什麼。

但是張開的嘴巴卻隨著嗶嘰的聲音僵住了。

而且手腳也是一樣。以不自然的姿勢停止的四肢，一邊發出嗶嘰嗶嘰的摩擦聲一邊改變質感。光艷的黑皮革變成纖細碎裂的纖維質。金屬鉚釘變成了隆起的瘤。

桐人再次對進行著異樣變身的死神說道：

「……這把劍原本是盧利特村裡被稱為『惡魔之樹』的大杉樹。村民用斧頭花了兩百年的時間都砍不倒它。而『劍的記憶』已經流進你的身體裡。」

正如他所說的，PoH的身體表面已經有一半以上變成黑炭般的黑色樹皮。雙腳融合在一起，開始在地面長出根來。兩手變成扭曲成奇妙角度的樹枝，頭髮則變成尖銳的樹葉……至於雙眼與嘴巴則成為三個並排的小樹洞。

「確認中韓玩家登出之後，你的伙伴就會再次開始時間加速吧。不知道把你移出STL之前會經過幾年……或者幾十年，你還是盡量祈禱時間短一點吧。要是將來這邊附近建立起開拓者的村莊，可能會有拿著斧頭的小孩子來把你砍倒喔。」

已經不知道PoH有沒有意識聽見這些話了。存在桐人面前的不是人類，而是高約兩公尺的醜陋杉樹。

凝視著那棵樹一會兒後，桐人才轉過身子，首先看向亞絲娜等人。微笑著點點頭後，就把視線移到受傷的日本人以及Underworld人身上。

接著右手再次高舉起劍身深處還殘留著金色光芒的黑劍——

「System call。Transfer human unit durability right to area！」

沙啊啊啊……

這種細微且毫無界限的聲音充滿整座戰場。

開始下雨了。

從劍上解放出來的資源在上空實體化，變成淡淡的光雨降了下來。治癒了遍體鱗傷、筋疲力盡而躺在地上的日本人玩家們，以及經過連番激戰而脫力的人界守備軍衛士們的身體。

或許——連心靈也一起治癒了吧。

桐人接著把積蓄資源用盡的黑劍以及左手的白劍靜靜地插進背部的劍鞘裡。

治癒一切的光雨底下，亞絲娜只是凝視著一步步踩著堅定腳步靠過來的黑衣劍士。

她沒有動作，也沒有向對方搭話。感覺一開口，一切好像就會變成幻影。所以亞絲娜只是確實睜開雙眼，嘴唇露出微笑等待著。

代替她走到前面的是克萊因。

被砍下來的左臂與身體被貫穿的傷勢已經完全痊癒。但是這名刀使卻像是依然感到疼痛般緊抓住胸口附近，然後搖搖晃晃地前進。

「桐人……桐人啊。」

平常開朗的聲音裡此時帶了一些濕潤的感覺。

「怎麼老是這樣，總是把最棒的部分搶走，你這傢伙真的是……」

嘴裡發出的幾乎已經是哭聲了。

高挑的刀使抓住黑衣雙劍士的雙肩，就把失去頭巾的額頭，靠到比自己矮的對象肩口。只見他震動著背部，發出渾厚的嗚咽。

「嗚喔……嗚喔喔喔喔嗚嗚嗚…………」

桐人也把雙臂繞到痛哭的好友背後。緊閉雙眼，咬緊牙根的桐人臉頰上也有發光的液體。

「……學長。」

在亞絲娜身邊這麼呢喃完，羅妮耶就站起來開始往前跑。在空中拖引著淚珠，撞到桐人的右肩上。索爾緹莉娜也立刻從後面追上來。

這時艾基爾的眼睛也濡濕了。莉茲貝特與西莉卡則是互相抱著哭泣。從周圍聚集過來的日本人玩家們——ALO領主朔夜與亞麗莎、尤金，沉睡騎士的朱涅與淳等其他多數人臉上也都流著混雜了光雨與眼淚的水珠。

在遠處看著這一幕的眾人界軍衛士與修道士也紅了眼眶。他們全都跪下來，把右拳靠在胸口並深深低下頭。

「………第一次見面時，我就知道了。那個人還有那兩把劍會解救大家。」

忽然從背後傳來這種平穩的聲音。

回過頭的亞絲娜所看見的是少年騎士連利，以及跟在他身後的飛龍。兩者原本都身負瀕死的重傷，但現在只有鎧甲上還留有痕跡。

胸口充塞感觸的亞絲娜這時只能點了一兩下頭。連利向她回點完頭，就走近依然跪在地上的緹潔，然後在她身邊坐了下去。

再次環視周圍，就能發現超過兩萬名以上的中國與韓國ＶＲＭＭＯ玩家們全都消失得一個不剩了。

確認他們登出的話，襲擊者們應該會中止從現實世界找來戰力的作戰，再次把時間加速提升到上限才對。以AmuSphere潛行到這裡的克萊因他們，那個時候就會自動被切斷連線。

桐人應該也注意到這一點了吧，他拍了拍克萊因的肩膀並移開身體，然後環視周圍的日本人玩家。

接著深深低下頭去，開口說道：

「各位……謝謝你們。我絕不會浪費大家的心意，以及為我流下的血與汗。真的很謝謝你們。」

沒錯——

戰鬥尚未結束。

雖然強敵ＰｏＨ以及來自美國、中國、韓國的攻擊者已經被排除在外，但敵人首腦皇帝貝庫達還殘留在這個世界裡。綁架Alicization計畫的精髓，也就是整合騎士愛麗絲的他，現在這個瞬間也正朝著遙遠南方的「世界盡頭的祭壇」飛去。

亞絲娜用力吸了一口氣後，終於才站了起來。

在百感交集之下，穿越呆立在現場的諸玩家之間，緩緩走向桐人。

抬起臉來的桐人，筆直地看著亞絲娜。

瞬間，極為強烈的衝動襲上心頭，讓亞絲娜屏住了呼吸。

立刻就想衝進愛人的懷抱裡。像個小孩子一樣大哭一場，把壓抑的情感解放出來。

但是亞絲娜還是費盡心思壓抑住快要溢出的感情，宣告目前擔心的事情：

「桐人……皇帝貝庫達他抓走了愛麗絲。」

「嗯。狀況我有朦朧的記憶。」

桐人露出嚴肅的表情點點頭，然後伸出右手。

「我們去救她。來幫忙吧，亞絲娜。」

「…………嗚…………」

再也無法忍耐了。

亞絲娜小跑步過去拉起那隻手，然後把臉頰貼上去。

桐人的左臂繞過她的背後，用力把她抱過去。

雖然只是一瞬間的擁抱，亞絲娜卻感覺兩人的靈魂瞬時交換了言語無法形容的大量情報。

桐人在至近距離下與亞絲娜視線相交並且點了點頭，接著眼睛便朝向南方的天空。

他往那個方向舉起右手。五根指頭像在找尋什麼一樣動著。

「…………找到了。」

「咦……？」

亞絲娜雖然眨了眨眼睛，但是桐人沒有回答，只是露出些許微笑。

桐人再次環視了一下眾人，輕拍克萊因的肩膀與羅妮耶的頭之後就開口說：

「那麼，我過去了。」

緊接著——

＊＊＊

緊接著莉茲貝特就看見被鮮豔綠色光芒裹住的桐人與亞絲娜，以驚人的速度朝著南方飛去。

瞪大的雙眼眨了一眨，莉茲貝特才「呼」一聲嘆了長長一口氣。

「真是的……還是一樣不知道該說是魯莽還是不按牌理出牌……」

身邊的西莉卡輕笑了一聲。

克萊因拍手發出啪嘰一聲，然後大叫：

「喂喂，可惡……那個傢伙是——嗎？這樣不是無敵了嗎？氣死了，老是把最精華的部分搶走……」

說出很久以前少年格鬥漫畫的主角名字來抱怨了一聲的刀使，臉頰上閃動著新的淚光。對他來說，自從在艾恩葛朗特相遇以來就對其憧憬不已的桐人，一定就是那樣的存在吧。無敵且具壓倒性的，永遠的英雄。

——而且，對我來說也一樣。

莉茲貝特也把淚流不止的眼睛朝向南方的天空。

這是為了把不久後就要登出，說不定一輩子再也不會到訪的這個世界烙印在記憶裡。

也是為了對許多在苦痛與屈辱下被切斷連線的玩家，傳達我們的努力沒有白費的訊息。

第二十二章　決戰　西元二〇二六年七月七日／人界曆三八〇年十一月七日

1

「Damn！」

Ocean Turtle襲擊小隊裡，負責情報戰的隊員克里達，一邊死盯著操縱臺正面的大型螢幕一邊發出簡短的罵聲。

最多時到達三萬的紅點聚合體，正從中心往外側急速地消滅。

這也就是說，藉由瓦沙克的密技投入到Underworld的中國以及韓國ＶＲＭＭＯ玩家們，都被某種手段殲滅而自動登出了。

紅色圓環的中心部分，以藍色顯示的人界軍以及白色的日本人部隊合起來還殘存了一千名左右。這是沒辦法無視的龐大數量，而且如果這千人還擁有擊破三萬中韓聯合軍的力量，那就更危險了。

「……瓦沙克那個笨蛋在搞什麼……」

克里達一邊咂著舌頭，一邊凝視著螢幕的一點。

距離日本人部隊相當近的地方，唯一留著一個發出強烈光芒的紅點。那是從隔壁的ＳＴＬ室裡，轉移自身帳號潛行到裡面的瓦沙克。明明就在敵人旁邊，但是不要說戰鬥了，甚至沒有移動的樣子。

是變成俘虜之類的而無法動彈了嗎？還是說，他還擁有獨自解決數千名敵軍的秘策呢——

克里達壓抑住立刻衝到ＳＴＬ室，把瓦沙克打醒並且抓住他衣領拚命搖晃的衝動。

在對於Underworld的管理者權限被鎖住的現狀中，也沒辦法重置帳號。也就是說，強行讓瓦沙克登出時，他就再也不能使用現在這個帳號了。目前能辦得到的，就只有分離於The Seed program之外的時間加速倍率的操作了，但要進行這種操作必須非常慎重地看準時機。

用力深呼吸了一下後，克里達就調降了螢幕上地圖的倍率。

Underworld的南方深處，可以看到現在依然以高速移動中的紅點。那正是襲擊小隊的隊長，加百列·米勒。

現在應該思考的是，人界軍有多少機率可以追上已經捕獲愛麗絲，或者正在追趕她當中的米勒隊長。

從美國、中國、韓國送入大量玩家的結果，讓人界軍的南進受到相當大的阻礙。目前米勒隊長在內部的距離已經領先了數百英里。如果是噴射戰鬥機的話，這就是一眨眼就能到達的距離，但Underworld實在不太可能有那種東西。最多也只存在有翼生物的個體吧。

——不可能追得上。

克里達經過三秒漫長思考後做出這個決定。

他看了一下左手腕上的手錶。現在是七月七日的上午九點四十分。

距離自衛隊的突擊隊預定從護衛艦衝進來的下午六點還有八小時二十分。米勒隊長留下來的指示，是剩下八小時——也就是上午十點時重新開始加速，但從外部投入的部隊已經全滅的現在，維持等倍的時間也沒有意義了。

這樣的話，現在就應該再次把Underworld的時間加速一千倍，爭取米勒隊長捕獲愛麗絲的時間才對吧。

「沒辦法了……瓦沙克，在那裡再支持一下啊。」

對主戰場上目前仍一動也不動的紅點這麼搭話完，克里達就為了操縱人工搖光加速倍率而把右手朝著控制桿伸去。

抬頭看著主螢幕上與控制桿連動的倍率顯示器時，視線忽然停在旁邊的刻度上。

現在顯示器的指針是在最下方的×1的地方。從該處開始每×100刻度便有所區隔，接著到×1000時便畫了條紅線加以區分。

實際上刻度還繼續往上，在×1200處再次分隔開來。看來這就是活生生的人類使用S

TL潛行時的安全界線了。

但倍率顯示器還能繼續往上升，最後在×5000的地方才停下來。沒有人類潛行——也就是世界的居民全都是人工搖光的話，內部時間可以加速到這個地步。

時間加速倍率是操作操縱臺上的物理控制桿，然後按下旁邊附有開合護套的按鈕來決定。克里達小心翼翼地不去碰到按鈕，然後緩緩把像是船舶與飛機的油門控制桿那樣的橫握式控制桿緩緩往上推。

螢幕上的顯示器流暢地上升，旁邊的數位數字急促跳動。

到了×1000時，就忽然產生抵抗感。

用力推之後控制桿便繼續移動，到了×1200時再次停止。接下來無論再怎麼用力都沒有移動的跡象了。

「唔…………」

這種情況刺激了克里達的好奇心，讓他開始觀察金屬製的大型控制桿。

結果馬上發現決定按鈕旁邊有一處發出銀色光輝的鑰匙孔。

「原來如此。」

他一邊用一根手指搔著平頭一邊咧嘴笑了起來。

安全上限是一千兩百倍的話，實際的危險領域應該還要再上面一點才對。為了預防內部時間到了最後關頭的情況，先試著解除安全裝置似乎也是不錯的選擇。

連同椅子整個轉過去的克里達，對著剛回到主控室的其他隊員啪嘰一聲彈了一下手指。

「你們裡面有沒有開鎖達人啊？」

＊＊＊

——實在太柔軟……也太香了……

無疑是這幾個月來，最為香甜的睡眠了。因此比嘉健到最後都抵抗著在耳邊拚命要叫醒自己的某道聲音。

「……喂，比嘉！聽我說啊！快點睜開眼睛！」

——不過這也太拚命了吧。簡直就像我快要死了一樣。

——怎麼說也太誇張了一點。又不是被刺中，還是被槍打中……了……

「————嗚哇！」

意識清醒的瞬間記憶也同時復甦，比嘉一邊發出悲鳴一邊睜開雙眼。

結果在他眼前的是，黑框眼鏡正在發光的三十多歲男性臉龐。

「嗚喔哇！」

比嘉再次大叫。

雖然反射性想往後飛退，但是身體卻不聽使喚。相對地，右肩出現劇痛，讓比嘉第三次發出怪聲。

——對了。

我在光纖導管裡被那個男人用槍打中了。

雖然流了很多血卻不管它，以操作ＳＴＬ為優先。雖然把三個女孩子的搖光輸出直接連結到桐谷小弟的ＳＴＬ卻還是無法讓他覺醒……之後好像又發生了什麼事……

「……桐……桐人小弟他……」

比嘉一邊遠離眼鏡男從至近距離看著自己的臉一邊這麼詢問。

回答他的是一道帶有清爽感的女性聲音。

「桐谷小弟搖光的活性已經完全恢復了。甚至還過於好動了呢。」

「這……這樣啊……」

比嘉混雜著嘆氣這麼呢喃著。

Self-image從那種狀態中回復，只能說是奇蹟了。而自己在經過那樣的出血量後還能活著，也是貨真價實的奇蹟——

他一邊這麼想，一邊再次確認自己身處的狀態。

目前正躺在副控室的地板上。上半身赤裸，右肩上纏著繃帶。左臂上有輸血用的導管。

而眼鏡男也就是菊岡誠二郎在自己身體左側。右側可以看到脫下白袍的神代凜子博士直接坐在地板上。導管前方是擁有護士資格的安岐夏樹二等陸曹正在交換血袋。一定是她幫忙處理了自己的傷勢。

比嘉把視線移回來後，至今為止一直保持沉默的菊岡才深深嘆了口氣並說：

「真是的……說過多少遍別亂來了……——不對，沒有發現技術人員裡面有間諜應該是我的責任…………」

菊岡的瀏海顯得凌亂，眼鏡鏡片上也留有汗水滴落的痕跡。仔細一看才發現凜子也渾身大汗，看來是他們兩人幫比嘉急救。這樣的話，半夢半醒間那種舒服的感觸，就是那個時候……

——嗯？

是哪個人進行人工呼吸，哪個人進行心臟按摩呢？

比嘉忍不住想這麼問，但緊要關頭還是閉上嘴巴。世界上還是有那種不應該追究的事實。

相對地，他提出比這件事重要好幾倍的問題。

「Underworld……愛麗絲她怎麼了？」

結果菊岡一邊輕碰比嘉的左肩並回答：

「從美國、中國、韓國連線的玩家們全都登出了——而且，中韓的玩家合起來將近三萬人，但是也全部都離開了……」

「咦……中國和韓國也來了嗎！而且不是援軍……而是敵人？」

忍不住想跳起來，結果就因為從右肩貫穿腦門的劇痛而呻吟。安岐二曹立刻發出斥責聲。

「不能太亂來！子彈雖然貫穿過去，但剛才好不容易才止血的。」

「知……知道了……」

比嘉放鬆身體後，凜子就告訴他狀況。

「——關於中國和韓國，似乎是使用SNS，巧妙地煽動線上遊戲玩家的不滿與對立後把他們誘導到遊戲裡。」

「是這樣……啊……」

比嘉輕輕嘆息。之所以會參加這個Alicization計畫，是存在……為了服兵役中在伊拉克遭遇炸彈恐怖攻擊而死的韓國人朋友這樣的動機。但雖說是襲擊者幹的好事，還是出現讓日韓遊戲玩家的對立感情更為惡化這種非出於本意的情況。

無意識中搖了搖頭，再次因為疼痛而繃起臉後，比嘉就又提出新的問題：

「中韓兩國來了多少人？」

「最多似乎到達三萬人。從日本過來援助的兩千名玩家幾乎全滅了。」

菊岡一瞬間閉起眼睛，然後繼續說道：

「那個時間點，中韓玩家都還殘留著兩萬人以上，幸好這時桐人覺醒，一瞬間就把他們給……」

「咦，你說什麼？」

比嘉忍不住打斷指揮官的話。

「桐人一個人……而且是一瞬間就把多達兩萬人的大軍無力化了？不可能吧，Underworld裡沒有武器以及指令能進行如此大規模且高威力的攻擊。應該……是這樣啦……」

說到這裡時，比嘉才終於清晰地想起在光纖導管被柳井擊中前後的對話。

須鄉伸之的前部下柳井，除了是襲擊者們的間諜之外，同時也深深為名為「亞多米尼史特蕾達」的人工搖光著迷。到底是什麼樣的經歷，讓事態發展成這個樣子呢？

而且，和桐谷和人的ＳＴＬ接觸的「第四個人」——Main Visualizer內異常的搖光。雖然那個，不對，應該說他或她成為和人復活的關鍵，不過實在沒想到不具有主體的一般物體，雖然只是擬似，卻能發揮出人類意識的機能。

「……那個……菊老大…………」

比嘉感受著大量失血之外帶來的寒氣，對指揮官呢喃道。

「我們……說不定……創造出很恐怖的……」

就在這個時候——

由埋藏在副控室的擴音器裡發出的警報聲響徹整個房間。

那正是比嘉所設定的，通知時間加速倍率產生變動的聲音。

＊＊＊

灰色的雲以極快的速度流過我和亞絲娜周圍。頭上血一般的天空，以及眼睛下方漆黑的荒野不斷往前延伸。

人界雖然寬廣，但是能夠使用空中飛行術的，就只有最高司祭人人而已——整合騎士愛麗絲曾經這麼說過。而那名最高司祭亞多米尼史特蕾達，以及與她「成對」的賢者卡迪娜爾都已經離開Underworld，所以根本沒有辦法得知飛行術的術式究竟為何。所以我能像這樣在黑暗領域的空中飛行完全不是術式的效果，而是藉由想像力來直接操作事象……也就是整合騎士們所說的「心念」的力量。

自從離開盧利特村後，卡迪娜爾的使魔夏洛特就一直守護著我，這時耳朵深處又響起那隻大蜘蛛說過的話。

——所有的法術都只不過是道具，用來引導、調整「心念」……也就是你所說的意念。在這個時刻，你不需要任何咒語或媒介。

——來，擦乾眼淚，站起來吧。然後感受花朵們的祈禱。

——感受這個世界的真理。

與亞多米尼史特蕾達在公理教會中央聖堂最上層戰鬥，接著陷入自閉狀態之後，到幾十分鐘前恢復正常的這段期間，我似乎和這個世界的「真理」有了極為深厚的聯繫。

可以明確地感覺到飄盪在周圍空間的神聖力，而且不需要術式就能很容易地把它們轉變成素因。剛才恢復克萊因和莉茲貝特他們的天命時雖然詠唱了術式，但應該光靠想像就能達到同樣的效果了吧。

現在除了用風速包裹我和亞絲娜的身體來消除空氣摩擦之外，也像噴射引擎一樣不斷在後方引爆風素來飛行。雖然比飛龍的速度快了好幾倍，但至少也要五分鐘左右才能追上搭乘雨緣在遙遠南方飛行的愛麗絲。

有太多的話、道歉以及感謝想利用這段時間對亞絲娜說。但我再怎麼努力，都無法直視攜手飛翔在我右側的亞絲娜。

理由是——

覺醒之後，全能感隨著全身血液變成光一般變淡之後，最近的記憶迅速地經過整理並且在腦袋裡鮮明化的緣故。

問題是，昨天深夜的光景。

橫躺著被放在帳篷中央的我周圍，亞絲娜、愛麗絲、羅妮耶與索爾緹莉娜學姊坐成一圈，所有人說著關於我的回憶……正確來說是輪番暴露我種種惡行的一幕，除了活地獄之外還有什麼詞可以形容呢？

——桐人學長經常偷跑出學院買一大堆跳鹿亭的蜂蜜派或者向日葵屋的樹果餅乾，然後分給我跟緹潔喔。

——話說回來，我畢業的時候，那傢伙送給我應該只開在西國的賽菲利雅花。他說是花了一整年的時間讓花發芽。

羅妮耶與索爾緹莉娜發表這樣的軼事之後……

——在攀爬中央聖堂外牆時，桐人從口袋裡拿出包子來分給我一半喔。因為他忽然就用熱素加熱，差點就把包子給燒焦了。

——初次見面時，他就給我塗了奶油的黑麵包。還有就是藍莓塔、超巨大瑞士捲之類的，我們真的一起吃過許多食物呢……

結果愛麗絲與亞絲娜不知道為什麼也用食物相關情節與她們對抗。之後就是永無止盡的我做了什麼說了什麼的發表大會…………

「嗚……」

一邊高速飛行，我一邊就忍不住雙手抱頭叫了出來。

「哇呀——————！」

這個瞬間我集中的意識產生波動，風素的生成與解放就停了下來。強烈的風阻立刻擊打全身，讓我陷入呈圓錐狀墜落的狀況當中。

呢喃著「糟糕」的我先讓長大衣下襬變換成巨大翅膀的形狀來恢復穩定。但根本沒有放心的時間……

「……哇啊啊啊啊啊！」

亞絲娜從上空隨著悲鳴掉落下來，所以我便極力攤開雙臂一把將她接住。

千鈞一髮之際成功接住了她後，就在至近距離與她瞪大的栗色眼睛四眼相對。要道歉的話只有現在了。

「亞絲娜，不是那樣的！」

——雖然這不是謝罪而是藉口，但已經無法回頭了。

「我和莉娜學姊、愛麗絲以及羅妮耶真的沒什麼！我向史提西亞神發誓，真～～～的什麼都沒有喔！」

聽見我拚命辯解後，亞絲娜臉上——

綻放出溫暖的微笑。以纖細的雙手夾住我的臉頰，以有點傻眼又有點懷念的聲音說：

「……桐人，你真的一點都沒變呢。說是在這裡努力了兩年，還以為……會稍微變得成熟一點………」

突然間，從亞絲娜的雙眼流下透明的淚滴。她的嘴唇微微震動，然後擠出沙啞的聲音。

「太好了……是桐人……一點都沒變……是我的桐人……」

這些話直達我內心深處，感覺有某種熱騰騰的物體湧了上來，但我拚命在喉頭把它擋住並回答：

「……我就是我。怎麼可能會變呢。」

「因為……你就像是神明一樣啊。一瞬間就凍結住那樣的大軍……而且一次就讓兩百人完全回復……再加上，還能在空中飛行……」

聽見她這麼說，我也只能露出苦笑。

「只是對這個世界的結構比較熟悉而已。飛行的話，亞絲娜習慣之後一定馬上能辦得到喔。」

「……辦不到也沒關係。」

「咦？」

「想像這樣讓你抱著我飛。」

亞絲娜以笑中帶淚的表情這麼說完，就把雙臂繞到我背後緊緊抱住我。我也用力回抱她，並再次開口說：

「真的……很謝謝妳，亞絲娜。即使自己渾身是傷，也要保護Underworld的人民……那一定很痛吧……」

兩年前，我在盡頭山脈被隊長哥布林砍中時，就首次了解這個世界裡疼痛的真實度了。只是左肩的肉稍微被刨開的傷勢，就足以令我痛到差點站不起來。

但是亞絲娜卻正面與ＰｏＨ帶來的大軍戰鬥，即使全身都是令人慘不忍睹的傷口也還是撐到最後。沒有亞絲娜的奮鬥，緹潔與羅妮耶等人界軍一定早就全滅了吧。

「不……那不只是我的功勞。」

聽見我這麼說的亞絲娜，靜靜地動著互貼在一起的臉頰。

「小詩詩、莉法、莉茲、西莉卡、克萊因先生、艾基爾先生……還有沉睡騎士與ＡＬＯ的眾人也都相當努力。整合騎士連利先生、人界軍的衛士先生們、索爾緹莉娜小姐、羅妮耶小姐、緹潔小姐也……」

說到這裡，亞絲娜才像發現什麼般繃緊身體。

我在聽她繼續說下去前，就察覺到她出現這種反應的理由了。

「……對了，桐人！騎士長先生……貝爾庫利先生獨自去追敵人的皇帝……」

「…………」

我先默默點點頭，接著緩緩搖了搖頭。

這是因為我已經察覺，到最後都沒有機會直接與其交談的最古老整合騎士，貝爾庫利・辛賽西斯・汪的巨大劍氣早已不存在於地上的緣故。

和他在這場戰爭開始之前，只曾經以想像力之刃——「心念之太刀」互相交過一次手。在慢慢甦醒的記憶當中，感覺貝爾庫利在那個時候就已經預感自己會死亡了。

他選擇了守護愛麗絲的戰役，作為自己長達三百年人生的終點。

了解我動作的意思，亞絲娜的雙臂就更加用力，並發出細微的啜泣。但立刻就壓抑住嗚咽，對著我問道：

「……愛麗絲小姐她……平安無事嗎……？」

「嗯，還沒被抓住。馬上就要到達黑暗領域南方的盡頭……第三個系統操縱臺了。但是，有一股巨大的氣正在追趕愛麗絲……」

「這樣啊……那麼為了貝爾庫利先生，我們一定得保護愛麗絲才行。」

亞絲娜靜靜離開的臉龐雖然被淚水濡濕，但卻充滿堅定的決心。我也慢慢對她回點了一下頭。這時亞絲娜的眼裡出現些許猶豫。

「但是，現在……暫時，再當一陣子只屬於我的桐人吧。」

隨著呢喃靠近的嘴唇，貼上了我的嘴唇。

異世界的紅色天空底下，黑色翅膀一邊緩緩拍動，我和亞絲娜一邊交換了一個長長的吻。

這個瞬間，我終於想起為什麼兩年半前我會在這個世界醒過來的原因。

現實世界的六月最後一個星期一。

送亞絲娜回家的路上，我被「死槍事件」的第三名主犯，也就是紅色公會「微笑棺木」的幹部，強尼·布萊克襲擊了。記憶在被對方用槍型高壓注射器注射肌肉鬆弛藥劑的畫面就為之中斷。我應該是陷入呼吸停止狀態，腦部受到某種傷害，為了治療我才會使用ＳＴＬ與Underworld吧。

不知道是什麼樣的因果，混在襲擊Ocean Turtle那群人裡的微笑棺木首領ＰｏＨ，現在也變成基家斯西達小型化般的樹固定在黑暗領域的地面上了。再次開始時間加速的話，在從外部強制切斷連線之前，雖然不知道他會度過幾天甚至是幾個星期眼不能見、耳不能聞的狀態，但應該會對他的精神造成不少傷害才對。說不定就跟這半年來的我一樣。雖然覺得很殘酷，但卻不認為做得太過火了。

因為那個男人，想要殺害亞絲娜……以及我所重視的人們。

經過存在幾乎要融合在一起，而且令人暈眩的幾秒鐘，我和亞絲娜的嘴唇才分開。

「讓人想起那個時候……」

亞絲娜說到這裡，忽然就閉起嘴巴。我立刻就了解她出現這種反應的理由。

她應該是想起死亡遊戲ＳＡＯ被完全攻略之後，以崩壞的浮遊城作為背景，我們兩個人在夕陽底下的那個吻吧。沒錯，那正是離別的吻。

我露出微笑，像是要掃除她的不安般堅定地說：

「那我們走吧。打倒皇帝貝庫達，救出愛麗絲，大家一起回到現實世界……」

在我把話說完之前。

腦袋裡就直接響起一道迫切的聲音。

「桐人！桐谷小弟！聽得見嗎？桐人！」

這低沉沙啞的聲音是——

「咦……你是菊岡先生？沒有系統操縱臺是怎麼……」

「沒有時間說明這件事了！事情不好了！時間加速倍率……那些傢伙把ＦＬＡ的限制給……」

＊＊＊

布里克漲紅長滿鬍子的臉，把兩根細鐵絲插進鑰匙孔裡挖著，而克里達則是帶著些許不安看著他。

雖然隨著「開鎖就交給我」的威風發言自告奮勇，但只能說不愧是時間加速的安全機關，和一般的喇叭鎖果然不同。布里克指尖的動作越來越粗暴，不停丟出來的咒罵聲，音量也逐漸上升。

站在布里克身後的漢斯，一邊看著左手腕的數位手錶一邊很高興地說：

「好的，經過三分鐘嘍～再過兩分鐘就輸五十美金喲～」

「少囉嗦，給我閉嘴！有兩分鐘的話……夠我把它打開，然後去夏威夷游個一圈再……回來了……」

當細電線在鑰匙孔裡轉動的聲音已經不像開鎖而是破壞行為時，克里達就準備插嘴說「還是算了」。但兩人一旦開始打賭，在分出勝負之前就沒人能阻止了。

「好了，還有一分鐘～差不多該把錢包準備好嘍～」

「Holly Shit！」

布里克忽然隨著叫喚聲站起來，把截斷的鐵絲丟到地板上。

克里達才剛放心地想著「終於放棄了嗎」……

鬍子臉漲成紅黑色的戰鬥員，默默地從腰間的槍套裡拔出巨大的手槍，然後把槍口對準鑰匙孔。

「喂喂，等…………」

轟然巨響。接著又是一槍。

在除了他以外的所有人茫然注視下，布里克把手槍放回槍套裡，先是看著漢斯，然後看向克里達聳了聳肩。

「打開啦。」

克里達在張大嘴巴的情況下，望著控制面板上出現的直徑兩英吋左右的大洞。

黑暗的深處爆出兩三次火花，下一刻，在傾斜狀態下停住的控制桿緩緩地開始傾斜。動了五英吋左右就隨著「喀咚」的細微聲音停住了。確認螢幕後，發現大大地顯示著比原本克里達想設定的一千兩百倍多了一點——當然不可能是這樣，顯示的是上限的×5000。

「……五……五千……」

當克里達反射性在腦袋裡計算現實世界的一秒鐘在Underworld是幾分鐘時——再次傳出鈍重的金屬聲。

應該在界限值停住的控制桿，又繼續往底下傾斜。

「不……不會吧……」

如此呢喃的克里達眼前，螢幕上的數位數字超過5000——甚至超過了10000……

——不對，還不要緊。只要不觸碰開始實行的按鈕，倍率就不會實際產生變動。還可以靜靜地把控制桿移回來，讓一切就像沒發生過一樣。

「喂……別碰啊！誰都不准碰喔！」

克里達以沙啞的聲音這麼叫喚，以手勢要漢斯與布里克遠離操縱臺。

接著躡手躡腳地靠近控制桿，靜靜地把右手伸出去。

砰。

在克里達的手碰到控制桿之前，傳出了這道細微的爆炸聲。

眼前紅色實行按鈕的透明護套整個被轟飛了。

設置在主控室正面整片牆壁上的巨大螢幕變成鮮紅色，從擴音器裡傳出刺耳的警鈴。螢幕隨即顯示剩下十五分鐘的倒數，並且開始以目不暇給的速度減少。

＊＊＊

聽見時間加速機能再次被操作的警報聲，比嘉瞬間忍不住想要起身，但臉隨即因為劇痛而扭曲。

「比嘉！我說過不能亂來……」

神代博士跑過來，把手貼在比嘉背後，下一個瞬間——

副控室的主螢幕一口氣變成紅色。

「怎……怎麼了？」

這麼大叫的是菊岡。藉著凜子的手撐起上半身的比嘉，從衝到操縱臺前的指揮官身後拚命定眼凝神。

極粗黑體字所表示的，是設置在時間加速機能上多達三段的限制全都被解除，整個Underworld經過十五分鐘倒數之後就要進入界限加速階段的訊息。

「什……………」

代替說不出話來只能喘息的比嘉，神代博士發出銳利的質問：

「界限加速是怎麼回事？FLA的倍率上限不是一千兩百倍嗎？」

「……那是現實世界的人類潛行到裡面時的界限……只有人工搖光的話，五千倍才是上限……」

比嘉幾乎是自動地這麼回答完，博士修長的眼睛便瞪大了。

「五千！這也就是說……這邊的一秒，內部大約是八十分……十八秒就是一整天了嗎！」

雖然是令人佩服的心算能力，但比嘉和菊岡還是面面相覷並以生硬的動作搖了搖頭。

「咦……哪裡不對？」

「一千兩百倍是考慮到現實世界人類的『靈魂的壽命』所決定的安全上限……五千倍是從外部可以觀察Underworld的上限……兩者都不是硬體面的界限……」

比嘉拚命把話從乾渴到快要燒起來般的喉嚨裡擠出來。神代博士支撐他背後的手震動了一下。

「這……這樣的話……硬體面的上限……究竟是……」

「正如妳所知，Underworld是由光子所建構並且演算。其傳輸速度，理論上在Main Visualizer內部是無限……也就是說，界限是搭載在下級伺服器的系統結構所規定……」

「好了，快點說！到底是幾倍！」

比嘉把視線從螢幕移到凜子臉上，然後開口說：

「界限加速階段……ＦＡＬ倍率是略微超過五百萬倍。六本木分部那兩台由衛星線路的ＳＴＬ無法對應這樣的速度，應該會自動斷線……但對於在Ocean Turtle內部使用ＳＴＬ的桐谷小弟與明日奈小姐來說……」

現實世界的一分鐘——就等於Underworld的十年。

應該是瞬間完成這樣的心算了吧，凜子瞪大到極限的雙眼，看起來像是產生輕微的痙攣一樣。

「怎……怎麼會這樣……得快點……快點把明日奈小姐與桐谷小弟從ＳＴＬ裡救出來！」

博士正準備起身，就換成比嘉按住她的手臂。

「不行呀，凜子小姐！已經進入初期加速階段，硬是把人從機器裡拖出來的話，搖光會有所缺損的！」

「那就快點開始斷線的處置！」

「妳覺得我剛才為什麼要特地爬下光纖導管！只有從主控室才能進行ＳＴＬ的操縱啊！」

比嘉也用拔高的聲音這麼大叫完後，就看著操控臺前的指揮官。

菊岡似乎也已經察覺比嘉想說什麼了。

「……菊老大。我再到下面去一次。」

聽見這句話的瞬間，安岐二曹就以擔心的表情想開口說些什麼，但立刻又閉上嘴巴。然後只是走過來呢喃了一句「我把導管拔掉了」。

指揮官也以苦澀的表情點頭並且說：

「知道了。我也去吧。我自認還有揹著你爬下梯子的體力。」

「萬……萬萬不可，二佐！」

這麼大叫的，是擔任護衛小隊隊長的中西一尉。臉色大變的他，用力踏著靴子來到前面。

「太危險了，這個任務就由我……」

「不，還得讓你們負起防衛樓梯的任務。因為還得再次打開隔板……而且無法使用一衛門，二衛門又沒辦法動。」

這句話讓所有人瞄了一眼副控室的左邊角落。

由大衣架般固定框架所支撐的人型剪影並不是真正的人類。而是比嘉作為Alicization計畫的一部分所研究、開發的人型機械身軀，Electroactive Muscle Operative Machine二號機，通稱「二衛門」。與在之前的隔板開啟作戰裡被用來當成誘餌並且遭到破壞的一號機相比，外表之所以苗條許多，是因為這架二衛門原本就是開發成LightCube搭載型。

當然現在頭部的插口沒有任何東西，在這種狀態下就算打開電源它也不會動。也就是說，沒辦法像一衛門那樣成為自行走動的盾牌。

把視線從沒有靈魂的機器人上拉回來的菊岡，以前所未見的嚴肅表情對中西下達指示，不對，應該說是命令。

「以危險的程度來說，應該是和敵人交戰的你們比較高才對。但還是得讓你們去執行。」

聽見指揮官的話，中西便收下顎並簡短地行了個禮。

「了解了！」

比嘉一邊聽著自衛官們的對話，一邊畏畏縮縮地舉起右手。雖然還是感到疼痛，但指尖確實能夠活動。

表示在螢幕上的，距離進入界限加速階段的倒數還剩下十分鐘左右。

但是無論再怎麼計算，現在再次打開隔板，爬下那長長的梯子，從連接器進行斷線操作都需要三十分鐘。

這二十分鐘的差距，Underworld經過的時間——已經是兩百年。

那是遠超過人類靈魂一百五十年壽命的歲月。

而且在那之前，現實世界的人……實在不太可能承受在Underworld內部度過這種等同於無限的歲月……

Underworld內部…………

「對……對喔！」

比嘉這麼大叫，然後對著菊岡揮舞著剛拔下輸血用導管的左手。

「菊……菊老大！剛才操作ＳＴＬ的時候，我已經確保了與桐人小弟的通訊頻道！請用Ｃ12號線路呼叫他！」

「但是……該說些什麼……」

「要他從內部脫離啊！在十分鐘內到達系統操縱臺，不然就是ＨＰ歸零，ＳＴＬ就會自動開始斷線處理了！但是，進入界限階段後操縱臺就會失去機能，要是死掉就更糟糕了！將會在阻斷所有感覺的狀態下度過兩百年……只有這一點要特別警告他！」

＊＊＊

「你…………」

你說兩百年？

我在緊要關頭把快要衝出口的話吞了回去。

眼前的亞絲娜這時候露出了詫異的表情。因為她聽不見菊岡的聲音。

「聽好了桐人，還有十分鐘！這段時間裡到達操縱臺，然後自行登出！如果實在辦不到，還有主動讓ＨＰ歸零這個方法……但這是充滿不確定的要素而且相當危險，理由是……」

因為可能得在擬似死亡的狀態下度過兩百年的時間。

了解這一點的我，隨即打斷菊岡的話直接問道：

「我知道了，我會想辦法從操縱臺登出！當然也會把愛麗絲帶出去，你們就先做好準備吧！」

「……拜託了。不過，這個時候，跟帶出愛麗絲相比，還是以你們兩個人的登出為優先。聽好了，就算登出後可以消除記憶，兩百年這樣的時間還是遠超過人類的靈魂壽命！可以正常回復意識的可能性……趨近於零……」

聽見菊岡帶著苦澀情感的聲音——

我只是靜靜地回應：

「別擔心。我們一定會回去的。還有，菊岡先生。半年前……不對，很抱歉昨天晚上對你說了那麼過分的話。」

「沒有啦……我們原本就應該被責難。為了在這邊挨你的揍，我會先準備好OK繃……比嘉似乎準備好了，我也差不多該走了。」

「嗯。那麼十分鐘後見了，菊岡先生。」

接著通訊便被切斷。

我讓大衣下襬不停拍打好在空中浮遊著，並且一直凝視著懷裡的亞絲娜。

「……桐人，菊岡先生跟你聯絡了嗎？有什麼……嚴重的事情嗎？」

我緩緩搖搖頭，然後回答：

「沒有……十分鐘後將再次開始加速，他要我們盡快趕回去。」

亞絲娜眨了眨眼睛，輕輕微笑並點了點頭。

「說得也是，一直耗在這裡，對愛麗絲小姐也不好意思。來，我們快點去救她吧！」

「嗯。我要繼續飛了。」

我緊抱住亞絲娜，再次大量生成風素。立刻有綠光湧起，包裹住我們兩個人。

捕捉到一直往南方天空前進的愛麗絲，以及追著她的巨大異質氣息——我便往前飛去。

2

要被追上了。

在雨緣的鞍上往後看的愛麗絲輕咬住嘴唇。

飄浮在天空的不祥黑點，確實比五分鐘前還要大。並不是敵人的速度加快，而是雨緣與瀧刳的力量終於逐漸耗竭了。

因為牠們完全沒有休息就持續飛行，所以這也是理所當然——或許應該說，能拚到這種地步已經是奇蹟了。不到半天的時間，就移動了從央都聖托利亞到盡頭山脈，也就是數倍於人界半徑的距離。兩頭龍明顯是猛烈地消耗天命來硬撐著持續飛行。

但是，這樣的話為什麼那個追蹤者不會筋疲力竭呢？

以利用晶素的遠視術確認，發現他是搭乘在與飛龍迥異的奇怪生物背上。那只能用長著翅膀的圓盤來形容的生物，不論是在人界還是黑暗領域都從未見過。

和桐人一樣從「現實世界」來的那名叫作詩乃的弓使曾經說過。追蹤者除了是黑暗領域的皇帝闇神貝庫達之外，真實身分是和桐人與詩乃處於敵對立場的現實世界人。

皇帝貝庫達一度敗於騎士長貝爾庫利的捨身之劍——應該是神器時穿劍的記憶解放術之下。但是又獲得新的生命再次降臨此地來追趕愛麗絲。

對於這像是在嘲笑貝爾庫利的死亡一般的「蘇生」，愛麗絲心中燃燒著一股絕對無法消失的怒火。

但是，愛麗絲在獨自飛行期間，終於找到自己應該做的事情了。

如果敵人在這個世界是不死之身——

那就到現實世界去幹掉他。

為了做到這一點，無論如何都要抵達「世界盡頭的祭壇」。

把視線移回前方，就稍微看見紅色天空的遙遠彼方，聳立著規模難以想像的斷崖絕壁。那是創世神話裡流傳下來的「世界盡頭之壁」。和飛龍能夠飛越的人界山脈不同，據說這包圍黑暗領域的斷崖擁有無限的高度。

絕壁前方，幾乎與飛翔著的愛麗絲同樣高度的地方——

飄浮著一座小小的島嶼。

無法推測到底是什麼樣的力量，讓那座尖底杯般形狀的島嶼浮遊在空中。

定眼凝神後，就能看見平坦的上面中央部位似乎有某種人工的構造物。那應該就是目標的「世界盡頭的祭壇」了吧。除了是這個世界的出口之外，也是通往現實世界的入口。

雖然距離不到十基洛爾，但很可惜的是在愛麗絲快要到達浮遊島之前，背後的皇帝貝庫達應該就會先追上她了吧。

愛麗絲緩緩吸了口氣並呼出來。

右手輕撫愛龍的脖子，對其下達命令：

「雨緣還有瀧剞，謝謝你們。到這裡就可以了，降到地上去吧。」

兩頭龍以微弱的聲音叫了一聲，然後同時進入螺旋下降狀態。

眼睛下方的地形在稍早前已經變成暗灰色的沙漠。在像是神明厭於創造一般，無限延伸的蒼茫沙海上拖了一道長長的軌跡後，兩頭龍有一半像是倒下般著陸了。

巨軀躺在地上的雨緣從喉嚨深處發出「呼嚕嚕嚕嚕」的沙啞聲音，而愛麗絲則是立刻從牠背上跳下來。在腰間的皮革袋子裡摸索，取出僅剩的靈藥小瓶子。

把一半藍色液體倒入雨緣半開的嘴裡，接著把剩下來的一半一滴不剩地倒入旁邊雨緣的哥哥嘴裡。就算是公理教會製的靈藥，也不足以治癒飛龍龐大的天命，但至少可以恢復牠們離陸一次的體力吧。

愛麗絲以左右手溫柔地搔著兩隻龍長著柔軟毛髮的下顎。

「雨緣、瀧剞。」

剛這麼呼喚，雙眼就自然湧出淚水。愛麗絲拚命忍住，又繼續說道：

「要在這裡分別了。這是最後的命令……飛到人界，回歸西域的龍之巢穴，然後雨緣找個丈夫、瀧剳找個太太。生出許多小龍，然後把牠們養育為強壯的孩子。要是將來能夠再讓騎士搭乘的，極為強壯的孩子。」

雨緣忽然抬起頭來舔著愛麗絲的臉頰。

瀧剳則是用鼻頭磨蹭她的右腰，然後聞著掛在那裡的艾爾多利耶的神器——霜鱗鞭。

兩頭龍將頭部移開的同時，愛麗絲便嚴厲地命令著：

「那麼，快走吧！不要回頭，筆直地往前飛！」

咕嚕嚕嚕！

兩頭龍同時昂首，高聲鳴叫了起來。

一讓巨大身軀站起身就再也不回頭，筆直地開始朝西方助跑。

大大攤開的羽翼捕捉沙漠的風，讓巨軀輕輕飄浮。

兄妹龍在羽翼邊緣幾乎互碰的距離下用力拍動翅膀，一口氣提升了高度。

就在這個時候——

雨緣長長的脖子轉了過來。

愛龍那水晶般美麗的眼睛筆直地看著愛麗絲。眼睛邊緣累積著大量水光，在發出光芒後於空中飄散。

「雨……緣……？」

在愛麗絲的呢喃尚未結束時——

把頭轉回去的飛龍以及牠的哥哥，身體就一起右轉，以銳角轉換方向。

牠們發出轟天的凶猛咆哮，不是往西而是朝著北方天空一直線上升。目標是那個已經接近到能清楚看見的黑色追蹤者。

「不行……不行啊！雨緣，不行————！」

愛麗絲發出尖叫並跑了起來。

但沙漠的細沙卻絆住她的靴子。

跌倒後用手撐住身體的愛麗絲，視線前方可以看見雨緣與瀧刳朝著不死敵人等待著的高空猛衝。

銀色鱗片在紅色陽光照耀下發出火焰一般的光輝。

並排著尖牙的下顎打開到極限。

兄妹龍在追蹤者一進入射程範圍時就發射了作為最強武器的熱線。貫穿天空的純白光芒，看起來簡直就像兩頭飛龍燃燒著自己的生命一樣。

搭在古怪生物背上的敵人，即使看見迫近的超高溫火焰，也完全沒有改變飛行軌道。

他隨意伸出左手，打開五根指頭。

不可能擋得住。飛龍的熱線除了整合騎士的武裝完全支配術，以及高階術者的集團多重術式外就是這個世界擁有最高優先度的攻擊了。而且現在還有兩條熱線。在這樣的短時間內，不可能詠唱與其對抗的防禦術。

愛麗絲如此推測，或者可以說如此希望。

但是。

就在傳出尖銳共鳴聲的兩條熱線快要吞噬敵人並且將其燒盡之前。出現了超越愛麗絲理解能力的奇怪現象。

以追蹤者的左手為中心，濃厚的黑暗一邊旋轉一邊往外擴散。

周圍的空間就像是掉進黑暗裡一樣整個產生扭曲。就連飛龍那應該藏著驚人威力的熱線也不例外。直線軌道畫出弧形，然後直接被男人的左手吸進去——

兩條熱線只是撒出些許光芒，沒有閃光或者爆炸就被黑暗吞沒了。

愛麗絲確實看見了，飛在任何術式與劍技都無法抵達的高度，目前只是黑點的敵人嘴角露出了淺笑。

下一刻。

從盤踞在男人左手上的黑暗裡，隨著磨碎砂石般的刺耳聲音迸出幾道漆黑的閃電。

像是吞沒兩頭龍的熱線，變成己身力量後發射出來的攻擊，無情地貫穿了飛翔在空中的雨緣與瀧刳的翅膀與四肢。兩頭龍的巨大身軀瞬間一晃，接著比紅色天空更濃的鮮血就噴灑在空中。

「啊……啊…………」

愛麗絲喘著氣，把雙手舉向天空大叫：

「雨緣————！快逃啊！已經夠了，快逃啊————！」

悲鳴應該確實傳到兩頭龍的耳裡了才對。但是兩頭飛龍卻像聽見愛麗絲的聲音後更加奮力作戰般拍打雙翼，然後再次往前突進。

牠們張大了嘴巴。從牙齒的縫隙當中升起晃動的熱氣，並且有白光不規則地閃爍。

滋啪！

熱線再次燃燒天空。

男人這次也同樣張開黑暗之盾來吸收火焰。

明明知道會出現跟剛才一樣的反擊，兩頭龍卻果敢地繼續突擊。在從下顎持續發射光線的情況下，猛然拍動雙翼朝著敵人撞了過去。

從穿透兩頭龍身軀的傷口上飛散的鮮血變成了火焰。銀鱗不斷剝離，變成光粒後在空中飛舞。

兩頭龍的存在本身逐漸轉變成光素。

燃燒生命持續發射的熱線盈滿黑色漩渦，開始讓其陷入飽和狀態。或許是難耐狂暴的熱氣吧，這時男人的左手也冒出了白煙。

但是——就在這個時候。

敵人全身包裹在藍黑色薄紗當中。從左手發射出來的虛無漩渦也增強力量，緊接著，從中央放射出的黑色閃電把白色熱線推了回去。

衝突的黑白力量在雙方中間抗衡了短短一秒鐘就輕鬆遭到逆轉。

無數的黑色閃電衝向像是筋疲力盡般減緩拍動翅膀力道的雨緣與瀧刳——

「雨緣！雨緣————！」

就在愛麗絲的嘶喊隨著眼淚在沙漠的空氣中擴散開來的這個瞬間。

星星降落了。

兩道閃亮的光芒以驚人的速度從紅色天空落下。

其中一道光芒直接往地面而來。

而另一道則是穩穩地停在兩頭飛龍與追蹤者中間。光芒瞬間飛散，顯露出隱藏在內側的物體。

那是人類。

也是一名劍士。

略長的黑髮與同樣漆黑的大衣正隨風飄揚。背上交叉裝備著黑白兩把長劍。雙臂在胸前交叉，泰然自若地凝視著迫近的黑色轟雷。

磅！啪滋！

閃電隨著這樣的衝擊聲擊中劍士。不對，正確來說是沒有碰到就被彈開了。在雙臂環抱胸前筆直站在空中的劍士前面，雷電被透明的障壁擋住，威力只能空虛地往外擴散。

愛麗絲屏住呼吸，雙眼瞪大到極點。

黑衣劍士回過頭，看著地上的愛麗絲。

還殘留一些少年稚嫩感的臉頰綻放微笑，黑色眼睛裡帶著堅定的光芒。愛麗絲感覺胸口深處爆出火花，這股熱氣瞬間擴散開來，讓她的心燃起一把熊熊的烈火。

愛麗絲一邊意識到從雙眼流下新的淚水，一邊呢喃著：

「桐……人……」

從長達半年的沉睡中甦醒的劍士，露出堅強但帶著點羞澀的笑容點點頭，接著反轉身體筆直地舉起右手。

他的右手前方，瀕死的兩頭龍正用最後的力量拍打著翅膀。兩翼的邊緣以及長尾巴的末端已經像是融化在光線裡一樣逐漸消失了。

雨緣看見在盧利特村郊外小屋一起生活了半年的桐人，便發出「咕嚕嚕」的細微叫聲。

桐人也向牠回點了一下頭，然後閉上眼睛。

忽然間，七彩的膜包覆住兩頭飛龍。看起來簡直就像被巨大肥皂泡給包起來一樣。但是兩頭飛龍沒有感到恐懼，只是疊起翅膀彎曲脖子，並且縮起身體。

七彩球體緩緩降到愛麗絲頭上。

忘記呼吸只是看著頭上的愛麗絲，視線前方發生不可思議的現象。

雨緣與瀧刳纏繞著七彩光芒的巨大身軀開始迅速變小。不對，與其說是變小，倒不如說變年輕、稚嫩了。

銳利鉤爪變得圓潤。厚厚的銀鱗變成柔軟的羽毛。尾巴與脖子都變短，變小的翅膀則被棉毛覆蓋。

當兩頭飛龍輕輕落在愛麗絲張開的雙臂裡時，身體已經不到五十限了。被白中泛藍的毛皮覆蓋的瀧刳，似乎正閉著眼睛陷入沉睡當中。

而雨緣則恢復成愛麗絲首次在中央聖堂遇見牠時的模樣，像是泛綠棉毛球體般的幼龍抬頭筆直地看著愛麗絲，張開並排著宛若珍珠顆粒般牙齒的嘴簡短叫了一聲。

「啾嚕。」

「雨……緣……」

順著愛麗絲臉頰落下來的淚水，在飛龍的羽毛上彈起來後顯得閃閃發亮。

下一刻，包裹兩頭幼龍的七彩光芒就一口氣增加強度。傳遞到愛麗絲手臂上的感觸，從柔軟的羽毛變成了光滑的硬殼。眨了好幾次眼睛後，存在手臂裡的幼龍已經變成兩顆大蛋了。

銀白色的蛋逐漸變小，最後變成能並排在手掌裡的尺寸時，七彩光芒才終於消失。

愛麗絲靜靜地把兩顆小蛋靠到臉頰上，然後大略推測這種現象的意義。判斷雨緣與瀧刳的天命因為數值過於龐大而無法用術式完全恢復的桐人，直接把天命上限縮到最小——也就是還原成龍蛋來讓牠們免於消滅。

連現在已經是世界最高等級神聖術師的愛麗絲，都無法想像要組成什麼樣的術式才能有這樣的效果。但是卻沒有任何不安。將來還能再遇見這兩頭龍，只有這樣的確信溫暖地在胸口擴散開來。

雙手溫柔地包覆兩顆蛋後，愛麗絲再次抬頭看向天空。

「謝謝……還有歡迎回來，桐人。」

她以交織著淚水的聲音這麼呢喃。

雖然聲音不可能傳達到遙遠的高空，但黑衣的人影卻確實點了點頭，然後再次露出微笑。

愛麗絲耳邊聽見懷念的聲音。

——我才要說讓妳擔心了那麼久呢。謝謝妳，愛麗絲。

——接下來就在現實世界裡見面吧。

然後桐人就緩緩改變身體的方向，與纏繞著黑暗的追蹤者相對。

或許是無法承受兩者互相抗衡的心念吧，虛空中斷斷續續地爆出火花。

「……桐人……」

——就算是你，也無法用尋常的攻擊打倒這個敵人。

如此擔心的愛麗絲咬緊嘴唇。

忽然間，從後面不遠處傳出聲音。

「愛麗絲小姐，不用擔心喔。」

一回過頭，站在那裡的是身上包裹著珍珠色裝備的現實世界人少女。

「亞絲娜……」

長長茶色頭髮隨風飄盪的亞絲娜露出微笑，接著觸碰愛麗絲的背部。

「相信桐人吧。我們得趕往世界盡頭的祭壇。」

「嗯……嗯嗯……」

雖然點著頭，但現在要這麼做並不是件簡單的事。

愛麗絲轉向正南方，往上看著屹立在遠方地平線上的「世界盡頭之壁」，以及飄浮在其前方的白色浮遊島。

「……世界盡頭的祭壇應該在那座浮遊島上。但已經無法搭乘飛龍了，要怎麼到達那麼高的地方……」

「別擔心，交給我吧。」

亞絲娜一點完頭，就從腰間拔出華麗的細劍。

然後把劍筆直地對準遠方的浮遊島，並且伏下長睫毛。

突然間，昨夜暗黑界軍奇襲時也曾聽過的天使重唱，也就是「啦————」高聲響徹整個空間。

七彩光芒由天空一直線降落到灰色的沙漠。

隨著沉重的聲音，從眼前的沙子裡浮起白色石板。

轟、轟轟轟！

不斷有聲音傳出，石板增加高度之後就出現一塊又一塊地不斷出現，

短短十幾秒的時間，屏住呼吸的愛麗絲眼前出現一條大理石階梯，通往遙遠空中的那座浮遊島。

結束地形操作，把劍放下來的亞絲娜立刻跪到了沙地上。

「亞……亞絲娜……！」

「我……不要緊。快點吧……距離祭壇關閉只剩下八分鐘左右了……」

關閉——？

愛麗絲無法立刻理解她說的話是什麼意思，但在詢問前就被用力抓住右手。

被站起來開始爬上白色石梯的亞絲娜拖住手，愛麗絲也跟著跑了起來。跑著的愛麗絲只再回過頭一次，往上看著在後方天空中與追蹤者對峙的黑衣劍士。

——桐人。我還有很多想對你說以及想問你的事情。

——所以你一定要贏。獲勝之後，再次回到我面前。

＊＊＊

連接灰色沙漠的大理石漂浮階梯，以及在上面用飛行般速度往上衝的兩名少女劍士，這具象徵性的景象宛如詩一般，美到足以讓人嘆息。

我把這副光景烙印在腦海裡，然後在心底深處呢喃著。

——愛麗絲、亞絲娜。

——到這裡……要跟妳們分離了。

之所以沒有告訴亞絲娜接下來的時間加速將到達五百萬倍，以及如果在那之前沒有登出就得在這個世界度過兩百年時光當然是有理由的。

因為知道這些事情的話，不論是亞絲娜還是愛麗絲都一定會選擇跟我一起戰鬥。即使那樣會造成在時限前無法離開也一樣。

我在察覺追逐愛麗絲的敵人有著什麼樣氣息的瞬間，立刻因為那種異質而感到戰慄。

不對，氣息這種形容不適合用在他身上。存在我眼前的只有一片虛無。吞噬所有情報，連一絲光線都逃不過的黑洞。

要在時限前擊敗這樣的對手，三個人一起平安登出的可能性相當低。這樣的話，我行動的優先順序就很自然地決定了。

也就是確實地讓亞絲娜與愛麗絲登出Underworld。

除此之外，就沒有任何優先事項。

我仔細地把宛如一幅畫的美麗光景刻劃在記憶裡，然後改變臉的方向，看著在正面盤旋的敵人。

終於相遇的「那個」，是我的認知完全無法理解的存在。

那是一個男人。這一點應該沒有錯才對。

但也只能知道這一點而已。

如果臉孔的模樣是自行設定的虛擬角色，那應該是意圖表現出「白人男性平均的容貌」吧。雖然端正，但沒有任何具特徵的要素。只能用白皮膚、藍眼睛、金頭髮來形容。

以白種人來說，他的體格也相當普通。不胖也不瘦的身體，包裹在像是軍隊夾克般的服裝底下。這麼說這個男人是軍人嗎，好像也不一定。因為夾克上下的黑色與灰色迷彩圖樣，就宛如某種黏液一般不停地動著。而且左腰上還裝備著應該是神器級的長劍。

在移動中已經從亞絲娜那裡聽說過，這個男人是襲擊Ocean Turtle的特種部隊成員。這樣的話，應該是被企圖奪取人工搖光相關技術的組織或企業用錢僱來的傭兵。但是從稍遠處以玻璃般雙眸看著我的男人，看起來實在不像會追求那種現實的利益。不對，說起來他根本就不像個人類。

結束大約一秒鐘的思考與觀察，我便開口表示：

「……你是什麼人？」

我立刻得到回答。男人以平滑，但是帶有某種金屬質的聲音說道：

「尋求、盜取以及掠奪者。」

這個瞬間，纏在男人全身的藍黑色黑暗氣息就增加了蠕動的速度。可以感覺到從他背後吹起的微風。空氣……不對，構成世界的情報正被黑暗吸收進去。

「你在尋求什麼？」

「靈魂。」

在進行問答之間，吸引力也逐漸增加。不只是這個世界的情報，感覺連我的意識都被那虛無的重力給吸過去了。

這時男人的嘴角忽然出現些許表情。那是和感情無關的，極為稀薄的笑容。

「我才想問你是什麼人呢。為什麼會在這裡？有什麼權力站在我面前？」

你問——我是什麼人嗎？

降臨到Underworld的勇者？——怎麼可能。

守護人界的騎士？——也不對。

感覺每當腦袋裡否定的言詞浮現，我的內心就有東西被吸出、奪走。但不知道為什麼，就是無法停止思考。

完全攻略死亡遊戲ＳＡＯ的英雄？——不對。

最強的ＶＲＭＭＯ玩家？——不對。

「黑衣劍士」？「二刀流」？——不對、不對。

這些全都不是我自己希望的存在。

這樣的話，我到底是什麼人……？

就在意識變得模糊的瞬間。

感覺某道懷念的聲音在呼喚我的名字。

我迅速抬起不知道何時低下的頭，報出了被呼喚的名號。

「我是桐人。劍士桐人。」

啪嘰！

爆出白色火花，把想要纏到我身體上的黑暗觸手切斷。我的思考立刻恢復鮮明。

——剛才的現象究竟是怎麼回事？

難道說這個男人，可以直接藉由兩台ＳＴＬ干涉我的意識？

我一邊加強想像力的障壁，一邊凝視著男人的眼睛。結果在那裡的只有虛無。以及能夠吸取人心的無底黑暗。

「……你叫什麼名字？」

我在下意識中開口這麼詢問。

男人考慮了一下就報上姓名。

「加百列。我的名字是加百列．米勒。」

我直覺那不是角色名稱或者暱稱，而是男人的本名。

因為他的容貌改變了短短幾秒鐘。眼神變得銳利，帶著像冰一樣的冷酷。嘴唇略為閉緊，臉頰也顯得消瘦。

一恢復成原本那種自行設定的臉孔，從男人全身噴出的黑暗氣息也同時一口氣增加了厚度。

這個時候，我才終於注意到男人從肩口以下的右臂都消失了。至今為止像手臂一樣蠢動的不定形黑暗，慢慢延伸出去握住左腰的劍。

拔出來時發出潮濕聲音的劍，並沒有實體的劍身。

只有虛無的黑暗，宛如黑色火焰般形成長一公尺左右的劍身。簡直是不可能存在的存在。

男人隨著奇怪的震動聲甩著由影子手臂握住的暗之劍。

我稍微拉開一些距離後同時拔出背後的雙劍。左手握住藍薔薇之劍，右手則持夜空之劍。

如果要比黑暗的顏色，那麼從基家斯西達的樹梢上砍下來的夜空之劍也不會遜色。但它的劍身會像黑水晶般反射光線，而男人的劍卻像是只有該處的空間被隔離一般黑暗。等級應該不只像PoH的殺友菜刀一樣能吸取資源而已。

但是，即使面對這深不見底的對手，我也不可能退後。因為在亞絲娜與愛麗絲爬上高數百公尺的階梯之前，我必須要擋住這名敵人。

「──要上了，加百列！」

我故意喊出敵人的名字，接著拍動大衣下襬變成的翅膀。

一口氣提升高度，然後把雙劍在身體前交叉。

「Generate all element！」

把周圍空間全都想像成輸出裝置，各自生成了數十個所有屬性的素因後，我便隨著緊急降落把它們同時發射出去。

「Discharge！」

火焰箭、冰槍、風刃以及其他幾種色彩奔馳過天空。

我像要追上術式一般，舉起左右手的劍。

加百列・米勒完全沒有任何要迴避的模樣。

依然帶著淺笑的他，只是當場攤開雙手。

八色光線刺進纏繞著藍色黑暗的身體。

不錯過他上半身稍微晃動的機會，我用右手的劍掃向男人的胴體，左手的劍則貫穿他的胸膛。黏液質的黑暗飛散，擦過我的皮膚後留下了寒氣。

我直接飛翔拉開距離，並且迅速轉身。

結果視線捕捉到的是——

把不定形流出的黑暗慢慢拖回來，像什麼事都沒發生過一樣轉過身的加百列。包裹身體的夾克上沒有任何傷口。

果然如此。

這個男人的屬性是能夠吸收斬擊、突刺、火焰、凍結、旋風、水彈、鋼矢、晶刃、光線以及暗咒。

交錯的瞬間，被虛無之刃撫過的右肩，大衣的布料與肉體就像被刨開般消滅，鮮血也隨之四濺。

＊＊＊

加百列．米勒稍微確認了一下從純白色空中階梯往上爬的「光之巫女」愛麗絲以及另一名少女的身影，計算兩個人到達系統操縱臺的剩餘時間還有五分鐘。

這樣的話，就不能浪費時間與這個唐突出現的阻撓者戰鬥了。立刻將其無力化，然後趕往浮遊島才是合乎邏輯的判斷吧。但加百列卻對這名新出現的敵人有了一點興趣，所以一直滯留在現場的空中。

乍看之下只是很普通的孩子。

和剛才的戰鬥中同歸於盡的壯年劍士比起來，完全感覺不到壓迫感。應該和「詩乃」一樣，是幫助ＲＡＴＨ的日本人ＶＲＭＭＯ玩家，但從壓迫感這點來看，他甚至比不上那名少女。

因為黑髮年輕人幾乎沒有散發任何類似鬥氣的東西。

雖然在問他是什麼人的瞬間稍微吸取到一些意識，但那個回路也立刻被阻斷了。之後簡直就像包著透明的殼一樣持續彈開加百列的精神觸手。和品嘗不到心靈的對手戰鬥，可以說一點趣味都沒有。

這樣的話還是應該立刻排除，前去追趕愛麗絲，加百列曾經出現這樣的念頭。

但是看見年輕人讓長大衣下襬變成翅膀狀，而且同時能夠操縱各種屬性的魔法後就稍微改變了想法。因為他感覺對方很熟悉這個世界。

捕獲愛麗絲，帶著ＳＴＬ技術逃到第三國之後，還有建構完全符合自身喜好，只屬於自己的虛擬世界這樣的作業必須進行。為了有效率地完成這些作業，先行奪走年輕人擁有的操作技術也是不錯的選擇。

為了辦到這一點，必須先打破他想像力的殼才行。

加百列露出淺笑，以日文對黑衣少年搭話道：

「給你三分鐘。你就好好讓我享受一番吧。」

＊＊＊

「……真是大方啊。」

我用指尖撫摸右肩的傷口來治癒傷勢並且這麼呢喃。

但是加百列・米勒之所以這麼有自信，是因為他確實有這樣的實力。再怎麼說他對全屬性的攻擊都是無敵的存在。

——不對，唯一只有一個應該有用的攻擊。把他右臂轟飛的，一定是先到現場的詩乃。利用想像力創造出她的愛槍黑卡蒂II，然後射穿了男人的手吧。也就是說，「槍擊」屬性的攻擊，就連加百列也無法吸收才對。

理由應該和那個傢伙怎麼說也是做軍用外套打扮有關吧。因為現實世界的經驗而熟知反資材狙擊槍的威力，因此自己被擊中時才無法用意志力來抵銷受到的傷害吧。

但是，只有能像手腳般操縱愛槍的詩乃，才能夠完成在這個Underworld讓槍械實體化的至難任務。我實在無法辦到這種事，就算能創造出一把手槍，也不可能有什麼威力。

也就是說，我必須找出除了槍擊屬性之外還能讓那個奇怪男人產生受傷印象的攻擊手段。

那也就是要了解加百列這個人。我得識破他是如何生活、有什麼願望，以及為了什麼待在這裡。

穩穩擺出左右雙劍後，我的嘴角就露出笑容。

「好吧，我會讓你享受一番的。」

＊＊＊

那份自信到底是來自何處？

可以確定他長期登入Underworld，相當習慣這個世界的系統，但也不過是個小孩子遊戲玩家。明明才剛讓他知道以誇張動作擺出的兩把劍，以及華麗的魔法攻擊全都沒用而已，為什麼還能露出那種大剌剌的笑容呢？

加百列一面對少年絲毫沒有畏懼的態度感到不快一面這麼想著，最後做出只是虛張聲勢來拖時間的結論。

知道即使在這個世界死亡，現實世界的肉體也不會有任何傷害，才能夠像這樣滿不在乎。再加上一心只想著把戰鬥拖到應該是他伙伴的少女成功帶走愛麗絲而已。

不過是個愚蠢的小孩子。陪他三分鐘還嫌太長了點。

握緊以意志力創造出來的右手，緩緩揮舞空虛之刃——加百列在自身搭乘的有翼生物背上隨手刺出長劍。

這隻怪物和劍與石弓一樣，是「Subtilizer」所擁有的飛行用噴射背包轉移到這個世界時，被轉換成最符合此地的模樣。雖說可以按照自己的意思來控制，但只是雙腳站在上面還是欠缺安定感。還是像那個少年一樣，把它變成翅膀比較合理。

背部被刺穿的怪物只發出「嘰」一聲簡短的悲鳴，立刻就被虛無吸進去了。加百列把透過劍流入右臂的檔案移動到背後，然後集中自己的意識。

與少年一樣的黑色羽翼，隨著「啪沙」的聲音從肩胛骨附近伸出來。但那不是蝙蝠般的皮膜型，而是覆蓋著銳利羽毛的猛禽翅膀。這種形狀的翅膀才符合擁有天使之名的自己。

「……偷走一個了。」

加百列一邊把虛無之劍對準年輕人一邊這麼呢喃。

＊＊＊

我原本想在接下來的攻擊時，一舉攻陷敵人搭乘的圓盤型飛行生物，被對方先採取對策後判斷力一瞬間降低了。

不錯過這個機會的加百列，黑色猛禽翅膀一拍後就滑進劍的攻擊範圍內。

沒有準備動作就使出的突刺技，速度確實驚人。原本認為他在劍技方面應該是外行人，結果完全不是這麼回事。我以交叉成十字狀的兩把劍，像是從下方往上撈般抵擋攻擊。

嘰啾！

隨著這種異樣的聲音，藍黑色的暗之劍在我的鼻子前方停下來。

藍薔薇之劍與夜空之劍發出猛烈的摩擦聲。雖然好不容易才沒受到侵蝕，但感覺就好像與虛無互抵一樣。很容易就能想像得出劍正承受巨大的負荷。

但是，不往後跳來迴避，特別採用十字格擋也是我的作戰計畫。我不反抗加百列的暗之劍強硬往下砍的力道，身體往右側後用盡渾身力量使出一記上段踢。

「啦啊！」

拖著橘色光芒彈上來的腳尖，隨著喊叫聲捕捉到對方尖銳的下巴。黑暗啪一聲飛散，加百列的上半身往後仰。

——如何啊？

翅膀用力拍打空氣，往後衝刺來取得距離的我確認著敵人的模樣。就算無法跟槍擊一樣，但「打擊」的話——如果那傢伙真是特種部隊的士兵，當然會受過格鬥術的訓練，就有可能會產生受傷的意識。

頭部倏然移回的加百列，表面上看起來卻是毫髮無傷。

由下巴飛濺出去的黑暗，立刻凝聚起來再生出光滑的皮膚。敵人一邊用左手撫摸該處，一邊咧嘴笑著說：

「原來如此。不過很可惜，那樣的大技是電視節目用來吸引目光的產物。真正的格鬥技呢……」

咻！

空氣發出這樣的聲音，話說到一半的加百列就以全身只能看見黑色影像的速度衝過來。我反射性用藍薔薇之劍彈開從左上揮落的劍，同時以夜空之劍反擊。劍刃陷入敵人肩口，然後隨著被高濃度黏液包裹住般的手感再也無法動彈。

這時有滑溜的物體纏上我整個伸出去的右臂。加百列的左臂就像粗大的蛇一樣捲上來，立刻就固定住我的關節——

「咕啊……」

隨著「喀嘰」這種刺耳的聲音，立刻有電流般的劇痛衝上我的腦門。

在近距離窺看我發出呻吟的臉，加百列發出了呢喃：

「——應該是這樣才對。」

下一刻，猛烈的攻勢就開始了。

虛無之劍以超高速發出像是永遠不會停止般的連續技。雖然想要只用左手的劍擋開這些攻擊，但穿越防禦的一擊卻淺淺地刨走身體的各個地方。根本沒有時間集中意識來回復被折斷的右臂。

「嗚……喔……」

忍不住發出呻吟聲的我，為了拉開距離而用力拍打翅膀。

一面全力往後衝刺，左手手指一面爬上用盡全力才能握住劍的右臂上。

當白光快要聚集起來的那個時候。

加百列迅速舉起左手，把五根手指彎曲成鉤爪狀，接著又一口氣張開。

十條以上的漆黑閃電呈放射狀往外擴散，途中以銳角轉折朝著我襲來。

我咬緊牙根，展開想像力障壁。這正是剛才襲擊愛麗絲那兩頭飛龍的技巧，當時彈開閃電的我擁有絕對的自信，現在集中力有一半分散到治療手臂上——這樣的意識本身，讓盾的強度減弱——

身體的數個地方產生鈍重的震動。

貫穿障壁的三條黑暗光線，穿透我的身體與雙腳。在感到疼痛之前，就先有猛烈的寒氣竄遍全身。一看之下，被貫穿的地方已經纏繞著藍黑色虛無，想要吞噬我的存在。

「嗚……！」

我再次呻吟，深深吸了口氣後放聲大叫。好不容易把虛無轟飛，但是卻從新的傷口飛濺出大量的鮮血。

「哈哈哈……」

對著乾笑聲抬起頭，就發現加百列．米勒扭曲空虛的相貌笑了起來。

「哈哈哈，哈哈哈哈哈……」

不，這不是笑聲。即使嘴唇上揚，眼角也幾乎沒有動，玻璃球般的眼睛只是捲動著更強烈的飢渴。

加百列緩緩在身體前方交叉雙臂，展現蓄力般的動作。

黑色氣息產生沉重的震動。像火焰般劇烈晃動並逐漸增加厚度。

「喝——————！」

雙臂隨著強烈的吼叫大大地張開。

隨著「滋」一聲，新的兩片黑翼從原本就有的翅膀上伸出並且完全攤開。接著下側又長出另一對翅膀。

總計六片的巨大羽翼依序從上往下拍動，加百列慢慢地增加高度。其頭上出現漆黑的光環，迷彩服失去形體，轉變成蠢動的薄布。

曾幾何時，他的雙眼也變得不像人類。眼窩裡只是充滿藍黑色光芒。

簡直就像——死亡天使。

狩獵、奪走人類靈魂的無上存在。對於擁有這種Self-image的人，到底什麼樣的攻擊才有效呢。

我把視線從恐懼實體化後的模樣移開，確認亞絲娜與愛麗絲牽手從空中階梯往上跑的模樣。現在終於才過半分鐘而已。到達浮遊島應該還要兩分，不對，是三分鐘吧。

只不過我已經沒有自信能爭取到這麼多的時間了。

＊＊＊

這是什麼樣的全能感。

竄遍全身的力量那過於強烈的感覺，讓加百列忍不住發出第三次哄笑。

這就是這個世界的想像力——借用壯年劍士所說的話，也就是「心念」的力量嗎？

終於獲得和回溯時間斬殺加百列的那名劍士，以及變身為龍捲風巨人的暗黑將軍相同……

不對，是勝過於他們的力量了。至今為止，加百列都認為他們的技能是來自於未知的系統指令，但並非如此。重點是能不能相信自己擁有堅強的實力。能夠注意到這一點，全是託這名黑髮小孩在自己面前演練這種技巧的福。

——就當是感謝他，再給他一分鐘的時間吧。

加百列大大地攤開六片羽翼，並且高舉起暗之劍。

一分鐘裡，把小鬼的肉體切碎，抽出他的靈魂來吞噬殆盡。這都是為了讓我獲得更強大的力量。

全身纏繞著藍紫色電光的加百列進入突擊態勢。

＊＊＊

我抬頭看著敵人那甚至已經不是人類的模樣。

已經想不出任何能讓那個男人感到恐懼、威脅的存在了。應該被詩乃轟飛的右臂，也像是要證明連槍擊都沒有用般，不知道在什麼時候已經完全再生。

總歸一句話，就是我的決心不足。

自己並沒有太看輕加百列・米勒。那異樣的氣質，確實值得付出最大的警戒。但是正因為這樣，我可能從這場戰鬥開始之前，就已經放棄勝利了。因為只要爭取到時間——也就是只要把戰鬥拖到讓愛麗絲與亞絲娜登出，我和敵人都會被困在長達兩百年的時間牢籠裡，再也無法回歸現實世界了。

啊啊……是這樣嗎？

說不定我甚至希望能有這樣的結果？

超越艾恩葛朗特的真正異世界。茅場晶彥希望創造的理想鄉。Underworld正適合用這個名字來稱呼。

我被囚禁在死亡遊戲ＳＡＯ的兩年裡，經常自問是不是真的想要脫離該處。之所以帶著猶豫也還是以攻略組一員的身分持續在最前線作戰，是因為大概能預想到那個世界的生活也有無法撼動的期限。也就是躺在醫院病床上，只靠點滴維持生命的肉體，終究會超過衰弱的界限。

但時間經過加速的Underworld就沒有這層顧慮。倍率五百萬倍的話就更不用說了，完全不用考慮現實的肉體會怎麼樣。我在靈魂壽終正寢之前，都能一直停留在這個異世界。真的可以斷言，自己在下意識當中沒有這樣的想法嗎？

其結果就是——

完全沒有考慮……

直葉、媽媽、爸爸。

結衣、克萊因、艾基爾、莉茲、西莉卡……還有其他多數救了我的人。

以及愛麗絲。

亞絲娜。

會多麼地惋惜、悲傷，流下多少淚水。

結果我還是無法真正了解人心的人。

從國中時期，捨棄向我求助的朋友那個時候開始，就沒有任何改變……

——你錯了喔，桐人。

好懷念的聲音。

凍得像冰一樣的左手出現些許溫暖。

——如果你不想離開這個世界，那也不是為了你自己。是因為你愛著在這裡相遇的人們。

——愛著賽魯卡、緹潔、羅妮耶、莉娜學姊、盧利特村的人們、央都與學園認識的人們、眾整合騎士與衛士……卡迪娜爾小姐，說不定連那個亞多米尼史特蕾達也是……當然，大概還有我吧。

——你的愛是那麼巨大、寬廣、深邃。甚至足以背負整個世界。

——但是那個敵人不是。

——那個男人才不懂人心。因為無法理解，所以才尋求。所以才想奪取、破壞。那也就是說……

因為他害怕啊。

＊＊＊

加百列·米勒看見少年臉頰流下細細的淚痕。握住劍的雙手也像是恐懼般縮到了胸前。

終於感到害怕了嗎？

只有將死之人的恐懼與絕望，才是加百列唯一能夠產生共感的他人感情。

從小時候在自宅後面的森林裡殺害愛麗西亞·克林格曼那天起，加百列就為了求取靈魂的光輝而對許多人下殺手。但是卻再也沒有看過從愛麗西亞額頭穿出來的那種光雲般物體了。於是他一直改用品嘗恐懼來治癒自己的饑渴。

原本充滿強大自信的少年，在瀕死之際所迸發出來的恐懼會是什麼味道呢？

感覺從身體底部湧上來的飢渴，讓加百列一邊用舌尖舔著嘴唇，一邊高高舉起左手指尖。

立刻出現幾顆小黑球，並且發出蒼蠅般的吵雜聲。

把手指往下揮落，就從黑球上迸出極細的雷射，刺穿少年身體的各個部位。隔了一陣子鮮血便噴出來，像霧一樣飄散在現場。

「哈哈哈哈哈！」

加百列隨著哄笑聲一口氣逼近，將虛無之劍往後拉。

隨手用劍貫穿少年的腹部。

覆蓋在黑色上衣與大衣底下的胴體被狂亂的虛無撕裂，輕易地將其砍成兩半。

血液、肉塊、臟器四處飛散。

加百列的左手朝著宛如紅玉般的美麗光芒伸去。

抓住從少年的上半身往下吊，目前依然不停跳動的最大寶石——然後將其撕裂。

把在手掌裡像是依然想抵抗一樣持續噗通噗通跳動的肉塊靠近嘴角，加百列以空虛的表情對飄在空中的瀕死少年呢喃著。

＊＊＊

「現在，就把你的感情、記憶、心臟還有靈魂……一切全部吸收殆盡。」

我用半閉的眼睛往下凝視著如此大放厥詞的死亡天使。

加百列．米勒沒有顏色的嘴唇大大地張開，宛如要咬下成熟蘋果一般，把尖銳的牙齒放到從我這裡奪走的心臟上。

……嘰哩。

傳出這種令人驚恐的聲音。

白臉整個扭曲，從他的嘴裡溢出不屬於我的大量鮮血。

那是當然了。

因為他吃到我先在自己心臟裡用鋼素生成無數的小刀刃了。

「嗚……」

我以沙啞的聲音對呻吟並摀住嘴往後退的加百列說：

「那種……地方，怎麼可能有心靈和記憶呢。身體……不過是容器。回憶……不論何時……」

都在這裡。

和我的意識本身融合成一體，永遠沒辦法分開。

心臟被撕裂的痛楚，已經猛烈到無法用筆墨來形容。但這一瞬間正是最大且最後的機會。錯過的話就不會有第二次了。

尤吉歐身體被砍斷時也依然在戰鬥。

我把雙手的劍往左右攤開，一邊揮灑著鮮血一邊大叫：

「Release recollection！」

純白與漆黑同時炸裂。

從面向前方的藍薔薇之劍發射出幾條冰藤蔓，把加百列的身體重重捆住。

接著從筆直往上舉的夜空之劍——

巨大的黑色柱子，朝向天空屹立。

隨著轟然巨響往上升的漆黑光芒，貫穿血色天空到達遙遠的高度——簡直就像直接與太陽發生劇烈碰撞一般往四面八方擴散。

天空逐漸被覆蓋。

血紅色以驚人的速度遭到塗改，白天的光芒消失。

黑暗立刻到達地平線，並且繼續往遠方擴展。

不對，那並非虛無的黑暗。而是擁有光滑質感與些微溫度的……

無限的夜空。

＊＊＊

無人的荒野，詩乃獨自躺在林立的奇岩群底部，靜靜地等待著ＨＰ歸零的瞬間。

被轟飛的雙腳不斷傳來疼痛感，讓她的意識陷入半朦朧狀態。雖然把殘留在胸口的項鍊殘骸像是救命繩一樣緊緊握住，但右手已經漸漸無法施力。

就在不清楚逐漸模糊的思考究竟是登出的預兆，還是真正要昏過去的時候。

血色的天空出現變化。

明明是大白天卻染上一片噁心血色的天空，從南方以驚人的速度被漆黑覆蓋過去。太陽光遭到阻絕，灰色的雲也跟著消失——接著一片黑暗就包裹住詩乃。

不對，那不是完全的黑暗。

不知從何處降下的些許燐光，把頭上的岩山、眾多枯樹以及脖子上的鍊子照成淡藍色。一陣涼爽的微風吹過，晃動著她的瀏海。

是夜晚。溫柔、平穩地籠罩整個世界，並且治癒一切的夜幕。

詩乃忽然間想起遙遠過去的情景。

和這裡不同的異世界裡，待在沙漠過了一夜。幼年時期遭遇到那個事件，其回憶是如何折磨著自己，下定決心的詩乃哭喊著對桐人吐露、告白這一切。那個時候靜靜抱住自己背部，承受自己身體重量的手臂那堅強與溫柔的觸感，現在頭上的夜空也充滿了相同的感覺。

——這樣啊。這片夜空就是桐人的心。

那個人絕不是眩目的太陽。不會站在其他人前面，綻放璀璨的光芒。

但是難過、痛苦的時候他一直都會在背後支持著你。幫忙治癒悲傷、風乾眼淚。就像微小但確實明亮的星星。也像是夜幕一樣。

現在，桐人為了守護這個世界，以及生活在這裡的人們，應該正面臨與皇帝貝庫達，也就是Subtilizer的決戰吧。不斷抵抗過於強大的敵人，現在應該擠出自身最後的力量了吧。

這樣的話，拜託——把我的心意也傳達過去吧。

詩乃以被淚水濡濕的眼睛拚命往上看著夜空並且祈禱著。

頭頂正上方的一顆藍色小星星稍微閃爍了一下。

＊＊＊

被無數半獸人與拳鬥士包圍的莉法躺在地上，同樣在等待最後一刻來臨。

右腳已經沒有為了行使提拉利亞的回復力而踩踏的力道了。遭到撕裂、貫穿的全身只是像凍住一樣冰冷，甚至連指尖都無法動彈。

「莉法……不要死！妳不能死啊！」

跪在旁邊的半獸人族長利魯匹林，以嘶吼般的聲音大叫。累積在他小小眼睛裡的透明淚水已經到達界限，莉法帶著淺笑往上看著這些眼淚，並且呢喃：

「不要哭……我一定會……回來的。」

聽見她這麼說，利魯匹林就縮起身體，肩膀不停震動，看見這一幕的莉法心裡便想著。

——雖然沒辦法直接幫助哥哥，但是這樣應該就可以了吧。我確實完成自己的任務了吧。

應該是這樣吧……？

這個瞬間，就像是要回應莉法內心的聲音一般。

天空的顏色消失了。

黑暗領域白天的紅色天空，突然就變成夜空，半獸人與拳鬥士之間充滿感到驚奇的聲音。利魯匹林也迅速抬起被淚水濡濕的臉，並且瞪大了雙眼。

但是，莉法沒有感到驚訝或是害怕。因為從像要追趕夜色而從南方吹過來輕撫臉頰的夜風裡，感覺到了哥哥的味道。

「哥哥……」

她這麼呢喃，接著吸了一大口空氣。

對於莉法──直葉來說，桐人一直是最近也是最遠的存在。

哥哥大概在自己找出真相前，就無意識中感覺到現在的父母不是自己的親生父母了吧。從直葉懂事開始，桐人身上就纏繞著孤獨與隔絕的影子。一直以來他都絕對不與人深交，每當要產生友情時就會自己將其摧毀。

這樣的個性讓哥哥沉迷於網路遊戲，而這樣的沉迷也給予哥哥「解放ＳＡＯ的勇者」這樣的角色，但直葉不認為這個事實是偶然的諷刺。同時也不認為是註定好的救贖。

那是哥哥自己選擇的道路。絕對不轉身逃走，拚命地想一直把它背負下去。這就是桐人這個人類的堅強之處。

這片夜空，正是桐人決定背負這個世界以及所有居民的最佳證據。這是因為──

……哥哥比我還要像是個劍士啊。

莉法以擠出最後力量來移動沒有感覺的雙臂，在胸前像是握住竹刀般合起雙手。

然後這麼祈求著。把我心靈的力量傳遞到哥哥的劍上吧。

可以看見遙遠的頭上，一顆綠色的星星發出鮮明的光芒。

＊＊＊

莉茲貝特一邊緊握西莉卡的手，一邊默默往上看著太陽消失的天空。

紅色天空被漆黑夜色覆蓋過去的不可思議光景，讓人忍不住想起那一天的事情。

ＳＡＯ開始之後正好經過兩年的初冬午後。

從自己店裡衝出來的莉茲貝特，從覆蓋上層底部的大量系統訊息羅列，得知死亡遊戲終於被完全攻略的消息。瞬間她就知道一定是桐人。桐人揮舞著我鍛造的劍，打倒了最後的魔王。

回到現實之後，桐人曾經對莉茲貝特這麼說過。

——我那時候其實已經輸了。被希茲克利夫的劍貫穿胸口，ＨＰ確實已經歸零。但是，不知道為什麼虛擬角色沒有立刻消失。雖然只有短短幾秒，但就動著右手讓對方與我同歸於盡。我想給了我那段時間的，就是莉茲、亞絲娜、西莉卡、克萊因以及艾基爾吧。所以，真正攻略ＳＡＯ的其實不是我。莉茲你們大家全都是勇者啊。

那時候雖然笑著拍打他的背說「幹嘛這麼謙虛」，但那應該是桐人的真心話吧。他其實是想要說，真正強大的力量，是在人與人的羈絆當中。

「西莉卡啊……」

莉茲貝特把視線從夜空移開，稍微瞄了一眼身邊的友人。

「我呢……果然還是喜歡桐人。」

西莉卡也微笑著回答：

「我也是。」

接著兩人同時把臉移回帶著些許燐光的夜幕上。

在閉上眼睛之前，可以看見克萊因在遠處高舉起拳頭，以及艾基爾雙手扠腰似乎在呢喃什麼的剪影。

莉茲貝特聽見其他日本人玩家也同樣以自己的方法祈禱、許願的聲音。

——雖然我們是用AmuSphere潛行到這個世界……但你還是能聽見吧，桐人。因為我們的心都連結在一起啊。

頭上有數百星塵一起往外擴散。

＊＊＊

整合騎士連利把左手放在愛龍風縫脖子上，右手則依然握著緹潔的左手，在忘了呼吸的情況下抬頭看著突然到訪的夜空。

殘留在教會裡的史書當中，從來沒有提到過這種白天忽然變成黑夜的恐怖現象。但是，連利卻不覺得害怕。

被兩把槍貫穿身體，接受自己即將死亡的事實時，天空降下的光雨幫忙把致命傷給治療得無影無蹤。現在的夜幕裡，也帶有跟那陣雨完全相同的溫暖。

最弱上位騎士的自己竟然存活到最後，這讓連利感到不可思議，同時也有無法原諒自己的心情。因為他一直認為，像騎士達基拉與騎士艾爾多利耶那樣在戰鬥中英勇喪命，才是回報連名字都想不起來的亡友唯一的方法。

但是，連利在被光雨治癒時產生了一種感覺。

無法從帶著輪子的椅子上站起來的那名黑髮劍士。他也失去了唯一的一名好友。然後認為必須為對方的死負責而痛苦，並且封閉了心靈。

但是那個劍士卻站起來了。而且操縱著和連利的神器雙翼刃一樣是自己朋友分身的兩把劍，發揮驚人的實力把數萬名敵軍送回外界。他用自己的背影教會了連利。

活著是怎麼回事。活下來戰鬥，把生命、心靈連結在一起。這個——只有這個……

「只有這個才是強大實力的證明。」

連利這麼呢喃，接著握住緹潔左手的手就稍微加強力道。

這名另一隻手與衛士長索爾緹莉娜站在一起的練士羅妮耶互相牽著的紅髮少女，稍微往上瞄了連利一眼後，即使在黑暗中依然發出紅葉色光芒的眼睛流露出溫柔的感情並點了點頭。

四個人再次往上看著漆黑的夜空，獻上了各自的祈禱。

數百顆星星當中，四顆發出強光的星星形成星座後開始閃爍了起來。

＊＊＊

拳鬥士團長伊斯卡恩，隨著莫名的感慨站在遠處凝視被跪著的半獸人與拳鬥士包圍，即將死亡的綠色鎧甲少女。

那個女孩戰鬥的模樣，猛烈到即使用鬼神也不足以形容。看見那種模樣後，伊斯卡恩才終於了解半獸人們違背皇帝命令趕來援救拳鬥士團的理由。族長利魯匹林以及三千半獸人兵，判斷那名少女比皇帝還要強。

但並非如此。

所有半獸人對那個女孩如此遵從——不對，應該說恭順的理由只有一個，也就是她表示半獸人也是人類，利魯匹林是這麼告訴伊斯卡恩。過去利魯匹林眼裡總是捲動著對人族的強烈憎恨，但當他以驕傲的神情如此宣布時，單眼裡的憎恨已經像作夢一樣消失得無影無蹤了。

「欸，女人啊……不對，謝達啊。」

伊斯卡恩呼喚站在旁邊那名灰色女騎士的名字。

「所謂的力量……所謂的強大，到底是什麼呢……」

現在成為無劍騎士的謝達，晃動著綁在一起的長髮歪起脖子。她修長的眼睛依序看著站在背後的飛龍，以及雙肩裹著繃帶的巨漢達巴後又回到伊斯卡恩身上，然後嘴唇綻放微笑。

「你也已經知道，存在比憤怒與憎恨更強大的力量了。」

瞬間——

黑暗領域熟悉的血色天空陷入黑暗當中。

屏住呼吸後仰頭的伊斯卡恩，視線前方唯一有一顆綠色的星星無聲地閃爍著。

謝達伸出手來指著那顆星星。

「……就是那個。真正的力量。真正的光芒。」

「……嗯嗯…………嗯嗯，說得也是。」

伊斯卡恩如此呢喃。因為左眼滲出來的液體，讓星星的綠光變得模糊。

自出生以來首次不是因為毆打而握緊拳頭，拳鬥士團團長開始為了勝利之外的某個目的而祈禱。

距離綠色星星稍遠處，一顆鮮紅的星星像火焰般猛烈燃燒。旁邊有一顆灰色星星像依偎著它一樣飄浮著。

下一刻，存活下來的拳鬥士們傳出低調的武舞唱和聲，數百顆星星瞬間往外擴散。

同樣的，三千名半獸人也仰望夜空，加入祈禱的行列。

而聚集在背後的暗黑騎士團也跟著他們。他們其中一部分的人，也協助眾半獸人從謎樣軍隊裡守護拳鬥士團。

星星的數量隨即超過幾千、幾萬。

＊＊＊

殘留在東大門的人界守備軍本隊，整合騎士法那提歐、迪索爾巴德、見習騎士的里涅爾與費賽爾，再加上數名下位騎士們也一樣失去話語，抬頭看著時間不符合的夜空。

往來於他們胸中的想法雖然各自不同，但祈禱與冀求的強度都是一樣。

法那提歐為了離世的整合騎士長貝爾庫利所愛的世界，以及自身肚子裡的新生命接下來要生活的世界而祈禱。

迪索爾巴德靜靜地用右手包裹左手手指上閃爍的小戒指，為了過去與曾戴著同樣戒指的某個人一起生活的這個世界而祈禱。

里涅爾與費賽爾祈禱著希望能再次遇見那個教會兩個人何謂真正強大的劍士。

其他騎士與衛士們也為了心愛的世界能恢復和平，並且永遠持續下去而祈禱。

黑暗領域東北方山岳地帶的山地哥布林族開始祈禱，其西方荒野上的平地哥布林族也祈禱著。

在中部濕地等待丈夫與父親歸來的半獸人族祈禱著，西南方高台上的巨人族也祈禱著。

帝宮黑曜岩城的城外市鎮裡，淺黑色肌膚的人族，以及東南草原地帶的食人鬼族也閉上眼睛祈禱。

夜幕越過盡頭山脈，一瞬間也到達人界。

諾蘭卡魯斯北帝國的北邊，盧利特村的教會裡，為了洗衣服而去提井水的見習修女賽魯卡，眼睛被清澈藍天由東南方開始逐漸遭黑暗覆蓋過去的光景所吸引，整個人就呆立在現場。

繩子從手掌上滑落，掉落水井的木桶發出細微的水聲，但是她卻聽不見了。

從嘴唇裡流漏出來的呢喃，已經帶著些許震動。

「…………姊姊…………桐人。」

現在，就是這個瞬間——

賽魯卡從夜風裡感覺到，自己最愛的兩個人，正進行著拚盡全力的戰鬥。

也就是說，桐人再次醒過來了。他已經從失去尤吉歐的悲傷深淵裡再次站起來了。

賽魯卡跪在短草上，雙手手指在胸前交叉，接著閉上眼睛呢喃著：

「尤吉歐。拜託你……保護姊姊和桐人吧。」

隨著祈禱再次往上看的夜空中，一顆藍色星星閃爍了一下。

其周圍立刻浮現各種顏色的星星。一看之下，到剛才為止都還在中庭到處玩的孩子們，現在已經默默跪在地上，緊握住自己的小手。

教會前的商人與主婦們。

牧場與麥田裡的農夫們。

村公所的辦公室裡，愛麗絲的父親卡斯弗特、森林邊緣的卡利塔老人都在祈禱著。他們沒有任何人感到恐懼。

無數的星星將盧利特村的上空整個覆蓋住了。

同樣的，稍微往南一點的城市薩卡利亞，天空中也擴散了許多星塵。近郊的渥魯帝農場裡，主人夫妻與他們的雙胞胎女兒緹琳與緹露露也並排在窗邊祈禱著。

散布於四帝國各地的村莊與城市的居民們，一樣獻上自己無言的祈禱。

再加上位於人界中央的巨大都市聖托利亞的市民們。修劍學院的學生以及教師們。

連隸屬於公理教會的眾修道士與司祭也不例外。

在中央聖堂第五十層到第八十層之間負責操縱升降盤的少女，在漫長的生涯中首次有了某種舉動。她在值勤時，把手離開玻璃製的風素生成筒，往上看著天窗深處那無限延伸的星空並且雙手合十。

她不知道中央聖堂以外的世界。最高司祭的死亡、暗黑界軍的侵略都沒有對少女的生活帶來任何變化。

所以少女只祈禱著一件事。

就是能夠再次遇見那兩名年輕的劍士。

白天裡籠罩廣大Underworld全土的夜空當中，發出各色光芒的星星已經多達十萬顆以上。

群星們從最邊境的星星開始依序發出著銀鈴般的聲響，開始朝著一點墜落。

也就是世界的最南端。

被稱為「世界盡頭的祭壇」的浮遊島極近處，一口筆直舉向天空的漆黑長劍。

＊＊＊

愛麗絲在終於看得見終點的階梯上拚命往上跑，這時忽然發現自己落在腳邊大理石上的影子，融化在更為巨大的影子當中。

邊跑邊回頭的愛麗絲看見的是超乎想像的光景。

舉起不定形的虛無之劍，展開六片黑色羽翼的敵人。

重重捲在他身體上，封住他動作的冰藤蔓。

冰藤蔓的源頭，也就是握住藍白色發光長劍，背上長出飛龍翅膀的黑衣劍士。

劍士從胸口以下的身體已經完全消失。應該瞬時失去所有天命的狀態中，依然能夠繼續作戰的意志力實在太驚人了。

但是，真正的奇蹟是存在於兩人的上空。

黑色奔流筆直地從劍士右手高舉著的漆黑長劍往上升起，然後覆蓋了整個世界。

但那不是沒有任何光明的黑暗。

北方的天空開始閃爍著無數光點。發出各色光芒的星群，逐漸點綴起天空……也就是夜幕。

忽然間——

星星們開始動起來了。

一邊發出數種像是銀鈴又像是豎琴般的清澈聲音，一邊朝著世界南端聚集。白色、藍色、紅色、綠色以及黃色光芒拖出細長的線，在夜空中畫出巨大的彩虹。

愛麗絲直覺星星們正是生活在這個世界裡所有人類的心靈力量。

不論是人界人。

暗黑界人。

人族。

還是亞人族。

現在，世界就在祈禱當中合而為一了。

「桐人…………！」

愛麗絲叫著劍士的名字，接著高舉起左手。

我的心意也傳給你。雖然身為人造的騎士，只擁有活過短暫歲月的些許心靈，但是這份感情——從這個胸口溢出來的感動絕對是貨真價實。

從她左手放射出眩目閃亮的黃金星星，然後一直線朝著桐人的劍飛去。

＊＊＊

亞絲娜沒有回頭。

這是因為她了解，回應進行死鬥的桐人唯一的方法，就是絲毫不浪費他所給予的任何時間，朝著系統操縱臺前進。

所以亞絲娜牽著愛麗絲的手，擠出所有的精神力持續朝著石梯上方奔馳。

但是，依然無法停止由胸口深處滿溢出來的火熱心意。

情感變成兩顆水珠從睫毛滑落，流過臉頰後飄灑在空中。

在夜風吹拂下，飛舞的水滴融合在一起，變成了發出七彩光芒的星星。

只一瞬間抬頭看著劃出極光軌跡往前飛去的星星，亞絲娜就繼續頭也不回地往前跑。跑著的她，內心只是相信著對方。

＊＊＊

加百列．米勒對於自己竟然會被區區冰藤蔓拘束感到疑惑。

到剛才為止，所有屬性的魔法攻擊，甚至是長劍使出的斬擊不是都對自己無效嗎？

嘴巴確實是被少年藏在心臟裡的無數刀刃給弄傷了。但那只是嘴巴實體化咀嚼的想像而已。現在全身已經重新覆蓋上厚厚的暗之障壁了。

——吾為掠奪者。奪取所有光、熱以及存在之物。

——吾即是深淵。

「NU……LLLL！」

從喉嚨深處迸發出不像人類的異質呻吟。

由背部伸出的三對共六片的黑翼，全都變成與右手的劍相同的虛無之刃。

猛烈拍打這些劍刃，撕裂周圍的空間。藍白色冰藤蔓被砍斷，身體隨即恢復自由。

「LLLLLLL！」

加百列一面從大大張開的嘴裡發出不協調音，一面把羽翼加上長劍的七把虛無之刃往所有方向擴展。

當沒有拿任何東西的左手往前伸，為了反過來束縛少年而準備發射暗之鋼絲時。

加百列終於注意到天空中的紅色已經消失。

還有不斷從頭上降下來的無數流星。

＊＊＊

解放夜空之劍的記憶時，我腦袋裡無法浮現具體的印象。

心中只有從遠處傳出，要幫長期被我稱作「黑色傢伙」的這把劍取名字時，尤吉歐曾經說過的話。

——對了。桐人的黑劍，我覺得「夜空之劍」這個名字不錯。你覺得如何？

——像夜空一樣，溫柔地……包圍這個小小的世界……

從劍迸發出來的黑暗把白大變成黑夜，正如其劍名一般製造出夜空。

從北方空中流至的星群，形成七彩瀑布進入黑劍的瞬間，我就了解發生什麼事情了。

夜空之劍的力量，是從廣泛的空間吸收資源。

而這個世界裡最強的資源，絕對不是太陽或者大地等按照系統規定來供給的空間神聖力。而是人類心靈的力量。是祈禱、許願、希望的力量。

像是無限般持續降下的星群，最後一顆也被劍吸了進去。

接著，當唯二從地面上飛舞上來的金色與彩色星星融合到劍身裡的那個剎那——

夜空之劍就反映出許多人的心意而發出七彩光芒。

光芒從劍柄流入我的手臂，盈滿整個身體。被加百列破壞的下半身也在溫暖的光輝中瞬時再生。

星光也集中到左臂，讓握在手上的藍薔薇之劍也發出眩目亮光——

「喔……喔喔喔喔喔！」

我大大地展開兩把劍，張口放聲大叫。

「ＬＬＬＬＬＬＬ！」

眼前攻破冰藤蔓束縛的加百列．米勒則發出奇怪的咆哮。

加百列的模樣已經完全不像人類了。宛如液態金屬般發出噁心光輝的裸體包裹著藍黑色氣焰，從眼窩發射出來的青紫色光芒彷彿由地獄漏出的業火。

握在右手上的長大虛無之劍高高舉起，同樣變成刀刃的六片羽翼也往四方伸展。

下一刻，從他對準我的左手湧出無數高密度的黑色鋼索並襲擊過來。

「……喔喔！」

隨著吼叫聲展開光之障壁，把它們彈了回去。

接著把大衣下襬變成的翅膀完全打開。

以左劍在前、右劍在後的姿勢用力往空氣踢去。

由於敵我之間只有相當短的距離，用上全速的突進應該花不到一秒鐘才對。但我卻被這段時間可以無限延長的加速感所壟罩。

右側出現某個人的影子。

那是嘴上留著黑色鬍鬚，帶著一把長大刀子的黑鎧甲騎士。男人抱著緊靠在他身邊的淺黑色肌膚女騎士的肩膀，看著我說道：

「年輕人啊，要屏除殺意。殺之心念無法斬殺那傢伙虛無的靈魂。」

緊接著，左側出現一名短髮的高大壯漢。身穿藍色和風服飾的他，佩帶著一把鋼色長劍。剛毅的容貌咧嘴露出粗豪笑容的，正是整合騎士長貝爾庫利。

這時貝爾庫利身邊又出現一名有著雪白肌膚與長長銀髮的少女。

最高司祭亞多米尼史特蕾達以白銀眼睛與謎樣微笑對著我呢喃：

「來，讓我看看你從我這裡繼承的所有神威之力吧。」

最後則是一名穿著長袍，頭戴學者帽的幼女出現在我胸口前方。這名披著茶色捲髮的肩膀上坐著一隻小蜘蛛的小女孩，正是另一名最高司祭卡迪娜爾。

「桐人啊，要相信你所愛，而且也愛你的人們所懷抱的心意啊。」

小小眼鏡深處，深茶色眼睛正發出溫柔的光芒。

接著他們的模樣便消失——

最大且是最後的敵人加百列．米勒進入劍的攻擊範圍內。

我以盈滿前所未見力量的雙臂，施放經過最多修練，而且最為可靠的二刀流劍技。

星光連流擊（Star Burst Stream）。連續十六擊技。

「嗚……喔喔喔喔喔喔！」

充滿星光的劍，拖著眩目軌跡往前擊出。

同一時間，加百列的六翼一刃也從所有方位襲來。

每當光與虛無產生劇烈衝突，就會爆發巨大閃光來撼動整個世界。

快一點。

再快一點。

「喔喔喔喔——！」

我一邊咆哮，一邊讓與意識同化的身體加速到極致來揮舞雙劍。

「ＮＵＬＬＬＬＬＬ！」

加百列也一邊嘶吼一邊用七片刀刃反擊。

十擊。

十一擊。

猛烈撞擊所放出的能源讓周圍的空間飽和，接著變成閃電發出轟然巨響。

十二擊。

十三擊。

胸中已經沒有憤怒、憎恨與殺意。只有充滿全身的龐大祈禱之力在驅動著我。

——接下……

十四擊。

——這個世界的……

十五擊。

——人心的光輝吧！加百列！

最後的第十六擊，是遲了一拍之後的全力左上段斬。

加百列非人的雙眸確認自己的勝利而稍微瞇起來。

比我用盡全身力道的斬擊快了一瞬，從敵人右肩伸出的黑翼把我整條左臂砍飛。

充滿光芒的手臂爆散開來，只有藍薔薇之劍在空中飄動。

「ＬＬＬＬＬＬＬ——————！」

握在加百列右手上的虛無之劍隨著高聲哄笑，在纏著黑色閃電的狀態下揮落。

啪嘰。

傳出這道可靠的聲音後，並非屬於我的兩隻手，握住藍薔薇之劍飄浮在空中的劍柄。

隨著猛烈的爆炸聲，白色與黑色閃光炸裂。

藍薔薇之劍確實地擋下了虛無之劍。

握劍的尤吉歐，晃動著亞麻色的頭髮看著我說：

「來吧——就是現在喔，桐人！」

「謝謝你，尤吉歐！」

我以清晰的聲音回叫道。

「唔喔……喔喔喔喔喔——————！」

我用盡全身力量，把成為第十七擊的右上段斬轟進加百列．米勒的左肩。

讓漆黑的液態金屬飛散並且深深砍入的劍，剛好在心臟的位置停下來。

瞬間——

我和尤吉歐，把盈滿夜空之劍與藍薔薇之劍的所有星光，變成彩色波動並灌進加百列的心臟裡。

＊＊＊

加百列·米勒感覺帶有無限色彩的能源變成大瀑布，流入在自身內部擴散開來的虛無深淵當中。

視覺被七彩光芒所覆蓋，聽覺則是有多重的音聲不停通過。

——神明啊，救救那個人……

——讓那個孩子平安無事吧……

——讓戰爭結束……

——我愛你……

——讓這個世界……

——這個世界……

——保護這個世界吧……

「……哈、哈、哈。」

在心臟依然被少年的劍貫穿的情況下，加百列大大張開雙臂與六翼，張嘴發出了哄笑。

「哈哈哈，哈哈哈哈哈哈！」

無謂的掙扎。

用光就想填滿我的飢渴以及無盡的虛無嗎？

那根本是想用人類的雙手溫暖宇宙般的傲慢舉動。

「看我把它們全部吞沒，吸收得一滴不剩啊！」

加百列從雙眼與嘴裡迸出藍黑色光芒並這麼大叫著。

「就憑你這個只會害怕、恐懼人心力量的傢伙！別妄想了！」

少年讓全身漲出黃金波動，開口向對方回吼。

劍綻放更加強烈的光芒，對凍結的心臟灌進無限的光與熱。

視界白熱化，聽覺開始飽和。

但加百列還是繼續發出哄笑聲。

「哈哈哈哈哈，哈——————哈哈哈哈哈哈！」

＊＊＊

我完全不覺得害怕。

雖然充滿敵人內部的虛無就像是黑洞一樣，但我身體裡也捲動著人類的祈禱所製造出來的巨大閃亮銀河。

從加百列眼窩與口腔伸出的長長藍紫色光芒，光譜開始逐漸改變。

從紫轉變成紅再到橘。經過黃色——然後變成純白。

嗶嘰。

傳出這種細微的聲音，包裹夜空之劍的液態金屬身體上，出現了一小條裂痕。

接著又有一條。然後又一條。

從裂痕裡也開始溢出白光。背上的六片羽翼，從底部開始起火燃燒。

持續哄笑著的嘴角出現相當大的缺損，肩膀與胸口也開了洞。

即使從全身的裂痕往四面八方伸出光柱，加百列依然沒有放棄發出笑聲。

「哈哈哈哈哈哈哈哈哈啊啊啊啊啊啊啊啊啊啊——」

聲音越來越尖銳，最後變成金屬質的高週波。

黑色大天使的全身，完全籠罩在白色裂痕之下——

一瞬間往內側崩壞、收縮。

接著朝外解放。

規模驚人的光爆，一邊劃出螺旋狀一邊衝上遙遠天際。

＊＊＊

「————哈哈哈哈哈哈哈！」

加百列・米勒隨著哄笑迅速彈了起來。

映入眼簾的是貼著灰色金屬面板的牆面。沿著牆面的配線與導管上，貼著好幾張以日文書寫的警告貼紙。

「哈哈哈、哈、哈…………」

加百列一邊急促呼吸讓笑聲的餘波平息下來，一邊不停地眨著眼睛。呼吸平靜下來後，他便重新環視周圍。

這裡無疑是Ocean Turtle的第一ＳＴＬ室。看來自己似乎是因為意料之外的重要因素而自動登出了。

竟然有如此掃興的結果。原本還想把那些龐大的光線激流吸乾，順便也把少年的心啃食殆盡呢。

現在立刻再次潛行的話，還能夠來得及嗎？

繃著臉回過頭去的加百列，這時看見的是……

一名橫躺在ＳＴＬ位子上，閉著眼睛的高挑白人男性。

……這是誰？

他一瞬間這麼想。

襲擊小隊裡有這個成員嗎？更重要的是，這傢伙到底躺在我用來潛行的機器上做什麼。

想到這裡才終於注意到。

——這是……這張臉是自己啊。

Glowgen Defense Systems的首席技術長（CTO），加百列・米勒。

這樣的話，在這裡往下看的我到底是誰？

加百列眺望著抬起的雙手。那裡有的是微微透明的朦朧光線聚合體。

這是什麼？

發生什麼事了？

這個時候——

背後傳出細微的聲音。

「……你終於到這邊來了呢，小加。」

迅速回頭。

站在那裡的是，穿著白色女用襯衫與深藍色百褶裙的年幼少女。

由於女孩深深低著頭，所以看不見被她輕飄飄金髮遮住的臉龐。但加百列立刻就知道這名少女是誰了。

「……愛麗西亞。」

幾乎隔了二十年才再次叫出的名字，讓加百列笑逐顏開。

「什麼嘛，妳在那種地方啊，愛麗。」

愛麗西亞・克林格曼。是加百列・米勒為了探求靈魂這個崇高的目的，首次殺害的青梅竹馬。

那個時候，確實看見愛麗西亞的靈魂卻無法順利捕獲，長久以來一直是加百列的恨事。但是，原來自己並沒有失去。她一直在自己身邊。

加百列忘記自己處於奇妙狀態當中，直接伸出右手。

愛麗西亞的左手「咻」一聲，以極快的速度動著，小巧纖細的指頭緊握住加百列的手。

好冰冷。簡直像冰塊一樣。寒氣變成銳利的針刺破了皮膚與肉。

加百列反射性想把對方的手甩開。但是，愛麗西亞的小手卻像老虎鉗一樣一動也不動，這時加百列臉上的笑容消失了。

「……好冰啊。把手放開啊，愛麗。」

一這麼呢喃，金髮就迅速左右晃動。

「不行喲，小加。今後我們要一直在一起。來，我們走吧。」

「妳說走……是要去哪裡？不行啦，我還有事情沒做完。」

加百列一邊回答，一邊用盡渾身的力量拉著右手。但是卻紋風不動。甚至還被慢慢地往下拖。

「放手。放開我啊，愛麗西亞。」

幾乎與他發出稍微嚴厲的聲音是在同一時間。

愛麗西亞迅速抬起頭來。

當切齊的可愛瀏海下方的臉龐進入視界的瞬間——

加百列就被心臟整個收縮般的感覺襲擊了。

內臟全部上湧，呼吸變得急促。皮膚也起了雞皮疙瘩。

這是什麼？這種感覺、這種感情究竟是什麼？

「啊……啊、啊、啊……」

加百列一邊發出奇妙的呻吟，一邊緩緩搖頭。

「放開。快住手。放開我。」

無意識當中舉起左手，試著想要把愛麗西亞推開，但是這隻手也立刻被抓住。冰冷金屬般的手指，緊緊地陷入肌膚當中。

呵呵呵。

愛麗西亞笑了起來。

「這就是恐懼喲，小加。你想知道的，真正的感情。怎麼樣，很棒對吧？」

恐懼。

為了探求與實驗而殺害的眾多人裡，臨死前浮現的表情就是源自這種感情。

但是，首次嘗到的這種感覺，實在很難令人感到愉快。甚至讓人覺得很不舒服。我才不想知道這種感情。快點結束吧。

但是——

「不行喲，小加。今後將會一～直持續下去。你將永遠只能感受到恐懼喲。」

愛麗西亞的小鞋子流暢地沉進金屬地板裡。

接著加百列的腳也同樣沉了進去。

「啊……快……快住手。放開我……別這樣。」

雖然無意識間像在說夢話般這麼表示，但下沉還是沒有停止。

突然間，啵一聲從地板衝出白色手臂，纏住了加百列的腳。接下來又不斷有手臂伸出。

加百列直覺這些手臂是屬於至今為止所殺死的獵物們。

恐懼感不斷往上升。心臟以驚人的速度跳動，額頭上流下斗大的汗水。

「住手……住手、住手住手住手——————！」

加百列終於開始嘶吼。

「快來啊，克里達！起來啊，瓦沙克！漢斯！布里克！」

雖然呼叫著部下，但是眼前通往主控室的門還是冷冷地關著。應該利用隔壁的ＳＴＬ潛行的瓦沙克也沒有起來的模樣。

不知不覺間，半透明的身體已經連腰部都被地板吞沒。拖住雙手的愛麗西亞，已經只能看見肩膀以上的部分。

少女的臉在完全沉沒之前，露出了很高興的笑容。

「啊……啊啊啊……嗚哇啊啊啊啊啊——！」

加百列發出悲鳴。

不停、不停地悲鳴著。

肩膀、脖子以及臉部全都被白色的手纏住。

「啊啊啊啊……啊啊啊…………啊…………」

「噗通」一聲過後，視界就完全被黑暗所覆蓋。

加百列．米勒了解等待著自己的命運，未來將永遠持續下去的悲鳴也就變得更加尖銳了。

＊＊＊

緊接著──

Underworld的時間再次開始加速。

失去同步的瞬間，使用AmuSphere登入的數百名日本人玩家都自動斷線，在胸口抱持著各自的感慨當中，於自身房間與網咖的隔間裡醒過來。

他們有好一陣子都默默地感受、思考並且把在異世界的體驗刻劃在心底，最後才擦拭眼角滲出的淚水，重新操作起手機與AmuSphere。這都是為了向在異世界的戰鬥裡被打倒而先行登出的朋友們，傳達之後發生的所有事情。

詩乃與莉法在快要再次開始加速之前，就已經因為天命全損而離開Underworld。

在ＲＡＴＨ六本木分部醒過來的兩個人，一邊等待感覺還稍微殘留著的疼痛餘韻消失，一邊互相望著對方深深點了點頭。

詩乃與直葉都相信桐人復活後打倒最後的敵人，拯救了那個世界，應該馬上就會回來。

下次遇見他的那個時候，一定──

就算無法讓他接受，也要確實把心意化成言語。

兩人如此下定決心，並互相察覺到對方的決定，接著就輕笑了起來。

但是。

限制完全解除的ＦＬＡ機能，正準備將Underworld流動的時間，加速到過去從未到達過的領域。

超過一千倍。超過五千倍。

朝著被稱為界限加速階段，比現實快了五百萬倍的時間之牆的彼方前進。

＊＊＊

星光消失的同時，充滿全身的能源也跟著退去，筋疲力盡的我讓身體仰躺著飄浮在空中。

被砍飛後應該消失的左臂，不知道什麼時候已經再生。我用僅存的力量緊握住這隻手裡的藍薔薇之劍，並強忍住快要落下的淚水。

我領悟到尤吉歐寄宿在藍薔薇之劍上，至今為止救了我好幾次的靈魂，在幫忙擋下加百列的劍刃後終於燃燒殆盡了。

不論是在現實世界還是這個Underworld，死者都不會回來。

所以回憶才會這麼尊貴、美麗。

「……你說對吧，尤吉歐……」

雖然這麼呢喃，但是沒有回答的聲音。

我緩緩舉起兩把劍，把它們收進背後的劍鞘。

下一刻，頭上的夜空開始變淡。

黑暗融化、擴散，天空逐漸恢復成本來的顏色。

…………藍色。

黑暗領域再次出現的天空，卻已經不是過去的血色。

只有一片無限延伸的清澈藍天。

不知道是受到終於開始的「界限加速階段」的影響，還是十幾萬人的祈禱所帶來的奇蹟。

不論是什麼理由，帶著透明感的蒼穹美麗到讓人想哭。我一邊感覺自己產生強烈的鄉愁與感傷，一邊在肺部吸滿了這份藍。

閉起眼睛，長長地呼出一口氣，接著靜靜改變身體方向。

睜開眼睛後，映入眼簾的是下方逐漸無聲崩壞的大理石階梯。

輕輕拍動羽翼，追趕著崩壞的階梯緩緩下降。目標是飄浮在空中的那座小島。

圓形的浮遊島上，開滿了快要溢出來般的各色花朵。一條白色石板道路貫穿花田，通往中央像是神殿的建築物。

我在石板道路中央著地後，就一面把羽翼變回大衣下襬一邊環視周圍。甘甜、清爽的花蜜香刺激著鼻子。幾隻琉璃色小蝴蝶輕飄飄地飛舞於空中，到處可見的樹木上都有小鳥在啼叫。透明的藍天以及平穩的日照底下，這樣的光景就宛如一幅名畫。

然後——小島上空無一人。

不論是小徑上面，還是前方並排著圓柱的神殿都沒有人影。

「……太好了。趕上了呢。」

我獨自這麼呢喃著。

加百列．米勒被光之螺旋吞沒而消失後，我就感覺到藉由ＦＬＡ的加速已經再次開始。剛好是亞絲娜與愛麗絲不知道能不能順利由操縱臺脫離到現實世界的時間點。但是，兩個人在時間之內跑完那條漫長的階梯，成功抵達了目的地。

愛麗絲——這個世界誕生的理由，同時也是獨一無二的靈魂兼突破人工搖光界限的女性騎士，終於前往現實世界了。

接下來一定會有許多苦難等待著愛麗絲吧。她必須與被完全不同的法則與常識支配的世界、不自由的機械身軀，以及想把真正人工智慧用在軍事上的勢力戰鬥。

但是，愛麗絲的話一定能夠成功吧。因為她是最強的整合騎士。

「……加油啊……」

我仰望著藍天，為了已經無法再見面的黃金騎士祈禱。

沒錯──

界限加速階段已經開始的現在，再也沒有任何從內部主動登出的手段了。這個世界裡的三個系統操縱臺機能全部停止，就算天命歸零，也必須在沒有任何感覺的黑暗中等待階段結束。現在，菊岡他們RATH的工作人員，應該正在外部為了停止我的STL而奮鬥，但那最短也得花上二十分鐘。

這段期間，這個世界將經過長達兩百年的歲月。

不知道意識是會用盡靈魂的壽命而消失，還是無法長時間承受五百萬倍的加速而在更早的階段就消失。

唯一可以確定的是，我已經無法回到現實世界。

雙親、直葉。詩乃。克萊因、艾基爾、莉茲、西莉卡。

學校的朋友們。ALO的朋友玩家們。

愛麗絲。

以及亞絲娜。

再也遇不見這些心愛的人了。

我兩腳的膝蓋都跪在白色石板上。

以雙手撐住快要崩潰的上半身。

視界變得模糊，閃爍的光芒晃動著，然後不停落到光滑大理石上並濺散。

至少現在，我應該有流點眼淚的權利吧。

我為了失去且再也回不來的重要存在而哭泣。從緊咬的齒縫間漏出嗚咽，眼淚不停地變成了水滴。

啪噠、啪噠啪噠。

耳朵裡只能聽見水滴拍打石板的聲音。

啪噠。

啪噠。

——喀滋。

喀滋、喀滋。

忽然間，重複響起帶有確實密度的聲音。

喀滋、喀滋。靠過來了。些微的震動傳遞到指尖。

空氣搖晃。在濃密的花朵芳香當中，飄盪著一股細微且令人懷念的香氣。

喀滋。

……喀滋。

到了我的面前，聲音停住了。

然後，某個人呼喚了我的名字。

第二十三章　回歸　西元二〇二六年七月七日／人界曆三八〇年十一月七日

1

神代凜子坐在副控室的操縱席上，凝視著設置在操縱臺正面偏左的小小玻璃窗。

玻璃窗上部的液晶面板，有著「EJECTING．．．」的紅色文字閃爍著。

壓縮空氣洩出的低沉聲音傳入耳朵。

最後玻璃窗後面出現一個小小的黑色四角形物體。液晶的顯示也變成「COMPLETE」。

凜子伸出發抖的手，打開玻璃窗取出該物體。

那是堅固的金屬盒子。一邊長六公分左右的立方體出乎意料地沉重。沒有任何接縫，呈現密閉狀態的立方體其中一面刻著六位數號碼，並且設有細微的連線用連接器。

封閉在裡面的是「愛麗絲」的靈魂。

從設置在Ocean Turtle主軸中央部的LightCube Cluster，把按照系統命令所排出的唯一一個

Cube封入保護盒裡，經過長長的氣送管後運送到這裡。

這同時也是從Underworld這個內部世界來到現實世界這個外部世界的旅行。

凜子一瞬間因為被莫名的感慨襲上心頭而說不出話，但立刻回過神來，在捧著盒子的情況下對著麥克風叫道：

「明日奈小姐，愛麗絲的排出已經完成了！只剩下妳和桐谷小弟了，快一點喔！」

看著主螢幕染上紅色的倒數計時，凜子又繼續大叫：

「距離開始界限加速階段只剩下三十秒！快點登出啊！」

一瞬間的沉默。

最後從擴音器傳來出乎意料的回應。

「對不起，凜子小姐。」

「咦……？為……為什麼道歉……？」

「對不起。我……要留在這裡。至今為止真的很謝謝妳。我絕對不會忘了凜子小姐為我做的事情。」

結城明日奈從擴音器裡傳出的聲音，平穩、溫柔而且充滿堅定的決心。

「愛麗絲就拜託你們了。她是個很溫柔的人。不但擁有大愛，也受到許多人的喜愛。為了許多因為愛麗絲而消失的靈魂……以及為了桐人，請絕對不要讓她被利用在軍事上。」

說不出話的凜子，耳朵聽見明日奈最後所說的話。

「也幫我跟大家說對不起……謝謝……還有再見了……」

接下來，倒數就歸零了。

＊＊＊

沉重的機器低吼隨著漫長的警報聲，在狹窄的光纖導管裡發出迴響。

七月七日，上午十點。十五分鐘的倒數結束，牆壁後面的冷卻系統開始全力運轉。幾台大型風扇拚命地吸出支持著Underworld的機械群所產生的龐大廢熱。現在從海上眺望Ocean Turtle的話，金字塔頂端的部分應該可以看見搖晃的熱氣吧。

「……開始了……」

比嘉健低聲呢喃著。

「嗯。」

如此簡短回應的是揹著比嘉爬下細長梯子的菊岡誠二郎。

兩個人在判斷無法避免進入界限加速階段的時間點就立刻開始準備，再次潛入檢修用光纖導管裡，但光是用背帶固定比嘉負傷的身體就浪費了八分鐘的時間。

雖然菊岡持續以幾乎要噴汁的速度爬下梯子，但是到達耐壓隔板之前，Underworld的界限加速階段就已經開始了。

比嘉以祈禱般的心情按下對講機的按鈕，呼叫著副控室裡的神代博士。

「凜子小姐……情況怎麼樣了？」

噪音之後雖然有線路接通的聲音，但是傳過來的卻是凝重的沉默。

「……凜子小姐？」

「……抱歉。順利收到愛麗絲的LightCube了。但是……」

神代博士以壓抑的聲音繼續說完發生的事情。

比嘉屏住呼吸，用力閉上雙眼。

「……我知道了。我這邊也會全力以赴。之後會聯絡妳打開隔板出入口的時機。」

切斷線路後，比嘉細長地吐出累積在肺部的空氣。

應該是從對話察覺到了吧，菊岡沒有開口詢問狀況。只是默默地運作著滿是肌肉的背部。

「……菊老大……」

幾秒鐘後，比嘉終於擠出呢喃聲，把神代博士的話傳達給指揮官知道。

＊＊＊

克里達默默地眺望著新出現在主螢幕上的視窗，以及顯示在上面的訊息。

簡短的文字列告訴他，一個LightCube被從Cluster裡排出並且送到耐壓隔板另一側的副控室去了。

這也就表示，「愛麗絲」已經落入ＲＡＴＨ的手中。

換言之，在Underworld內部發現愛麗絲並加以奪取這個長達十小時以上的作戰已經完全失敗。瓦沙克與米勒隊長親自潛行，率領暗黑界的軍隊入侵人界，展開了媲美好萊塢電影的熾烈戰爭，甚至把數萬名美國、中國以及韓國網路遊戲玩家拖進來戰鬥的努力也全都付諸流水。

搔著平頭，用鼻子發出簡短的哼聲後，克里達就切換了思緒。

距離護衛艦突擊過來還剩下八個多小時的時間，是不是有物理上重新奪取愛麗絲的可能性呢？

沒有辦法從這一邊破壞堅固至極的複合素材耐壓隔板。不過，如果又像剛才一樣由ＲＡＴＨ主動打開隔板的話就另當別論了。

說起來，他們剛才為什麼要打開隔板呢？真的認為只靠一台醜陋的機器人和幾發煙霧彈，就能夠壓制我們嗎？

如果那只是佯攻呢……？打開隔板還有其他目的的話，那究竟是什麼呢？

克里達轉過頭，對著再次打起牌的隊員們搭話道：

「喂，剛才從上面衝進來的機器人，身體上沒有設置炸彈之類的東西嗎？」

結果，高大的漢斯一邊捻著鬍鬚一邊回答：

「當然仔細確認過嘍，上面沒有任何固定的武裝。可能是想拿來當成防彈盾牌，但把它打成蜂窩後就無法動彈，跟在後面的那些士兵也很快就撤退了喲～」

「這樣啊……──順便一提，自衛隊的那些傢伙不叫作士兵，應該稱作隊員喔。」

加上毫不重要的冷知識後，克里達就把椅子的方向轉回來。

那架機器人造成的騷動果然有只是佯攻的可能性。但是就算使用煙霧彈，在那麼狹窄的階梯，要在漢斯與布里克他們沒注意到的情況下擦身而過也是不可能的事情。

這樣的話──

他拿起放在桌上的平板電腦，顯示出Ocean Turtle的船內構造圖。

「嗯……這是主軸，然後隔板從這裡橫切過去……這就是機器人衝進來的階梯吧……」

這個時候，顯示在螢幕上的倒數歸零，傳出了尖銳的警鈴聲。Underworld的時間加速再次開始了。而且還因為頭腦發達的布里克破壞了控制桿，倍率提升到難以置信的地步。

但現在Underworld有什麼下場都不重要了。愛麗絲回收作戰既然失敗，瓦沙克與米勒隊長應該都在潛行中「死亡」了才對，目前隔壁房間應該正在進行登出的處理。

這樣的話，在米勒隊長回來之前，應該要先找出接下來的作戰選擇才對。

克里達擴大、捲動複雜的構造圖，最後終於注意到了。

「哦，這裡也有一個小小的出入口……這是什麼，光纖導管……？」

＊＊＊

把狀況傳達給比嘉健的凜子，一邊嘆著鬱悶的氣一邊把身體靠在網狀椅上。

結城明日奈為了不可能在加速開始前離開的桐谷和人，自己也留在Underworld的決心實在太年輕，太直率，而且——美麗到令人覺得尊貴。

總是會忍不住想起來。

過去愛過的男人，把凜子留在現實世界後消失在電腦空間裡面這件事。

如果那個時候有機會和他一起離開的話，自己會怎麼做呢？會選擇和他一樣，用ＳＴＬ的原型機燒燬腦部，只留下意識備份這條路嗎？

「晶彥先生……你………」

凜子閉上眼睛，以極細微的聲音這麼呢喃。

只有由浮遊城艾恩葛朗特，以及關在裡面的一萬名玩家所創造出的「真正的異世界」，才是他……茅場晶彥的希望。

但是，在長達兩年的浮遊城生活中，他發現了什麼，又知道了什麼呢？就是這個「什麼」，讓他改變了想法。

也就是前方還有更多、更多的發展。

他發現SAO不是終點，只不過是起點而已。正因為這樣，他才會在長野被原生林包圍的山莊裡，進行著NERvGear的高密度化，最後完成殺害自身的原型機。

被託付了開發檔案的凜子，藉此設計了醫療用高精度完全潛行機器「Medicuboid」。

而RATH與比嘉健則根據成為Medicuboid實驗一號機的測試者，也就是一名少女所提供的，長達三年的龐大檔案完成了STL。

也就是說從另一方面來看，Underworld這個究極的異世界，可以說是以茅場晶彥的夢想為基礎所誕生的結果。

這樣的話，Underworld完成之後，茅場的願望就算全部達成了嗎？

不，應該不是這樣。

因為他所留下來的另一個種子——「The Seed」程式套件這塊零片，依然不知道要放在拼圖的哪一個位置。

確實可以說，正因為The Seed規格的ＶＲＭＭＯ經過標準化，面對來自海外的攻擊時，日本人玩家才能藉由轉移帳號與之對抗。

但是，就連茅場也不可能在幾年前就預測到會有這樣的事態。根據轉移機能的救援，怎麼說都只是附屬效果。

這樣的話，他的目的究竟是什麼？為什麼需要把多數的ＶＲ世界，以共同規格互相聯結起來呢……

操縱臺上面，放著裝有愛麗絲LightCube收納盒的硬鋁製保管箱。

雖然身為光量子邏輯閘結晶體的LightCube是非揮發性，但內藏在收納盒裡的邏輯閘驅動回路需要電力，所以放在箱子裡的狀態下愛麗絲的靈魂將無法活動。

凜子在右手觸碰著銀色箱子的情況下，看向佇立在副控室左邊角落的人型剪影——機械身軀「二衛門」。

如果說在那個機器人的頭部插槽安裝上愛麗絲的LightCube收納盒，那二衛門就能變成愛麗絲的身體，讓她可以行動和說話才對。

實行這個想像，試著和愛麗絲進行對話——凜子輕輕搖頭，趕走這一瞬間的衝動。在和人與明日奈處於危機狀況的現在，實在不是做這種事情的時候，何況雖然和一衛門相比已經苗條多了，但在這個沒有任何女性模樣的二衛門裡醒過來的話，愛麗絲也會大受打擊吧。

中斷短暫的默想，右手從硬鋁箱移開的那個時候——

「神代博士。」

背後有人這麼搭話，於是凜子急忙回過頭。

站在那裡的是，不知道什麼時候已經回到副控室的中西一尉。

「再次開放隔板出入口的準備已經完成了。隨時都可以開始。」

「啊……好的。謝謝你。」

凜子一邊回答，一邊確認螢幕上的時間顯示。進入界限加速階段到現在已經過了一分鐘以上。內部的時間是……十年。

真是難以相信。桐谷和人與結城明日奈的「靈魂年齡」，已經超過凜子了。

即使是一分一秒也好，必須要盡快讓兩個人登出才行。只要能在耗盡靈魂壽命之前離開的話，就可以把界限加速階段開始之後的記憶全部消除掉。但是，能夠辦到這一點的剩餘時間，理論上來說已經不到十二分鐘了。

——比嘉、菊岡先生。

——快點啊！

凜子咬緊嘴唇並這麼祈求著。

＊＊＊

菊岡二佐的喉嚨，像是很痛苦般喘息著。如瀑布般的汗水讓襯衫變色，也濡濕了比嘉的衣服。

比嘉數次把「接下來我自己爬下去」這句話給吞回去。

被柳井的子彈貫穿的右肩，即使吃下到達劑量極限的止痛藥也還是感到鈍重的疼痛，大量的失血也讓身體變得跟鉛塊一樣沉重。甚至快要無法支撐自己的體重。

「不過話又說回來了——」，比嘉心裡這麼想。

面對這樣的事態，老實說沒想到菊岡二佐會拚命到這種地步。

Alicization計畫的最終目的，也就是突破界限的人工搖光「Ａ．Ｌ．Ｉ．Ｃ．Ｅ．」已經落入己方手中。再來就只要解析愛麗絲的構造，找出她跟其他人工搖光的不同之處，就能實現量產真正Bottom-up型人工智慧的計畫。在即將來臨的無人兵器時代，日本可以確立獨自的技術基盤，脫離美國軍事系統的支配，設立ＲＡＴＨ的目的可以說已經達成了。

這應該就是菊岡誠二郎這個人長久以來的願望才對。

即使外派到總務省也要插手ＳＡＯ事件，以及創作「克里斯海特」這個角色來持續與ＶＲ

ＭＭＯ玩家交流都是為了這個目的。

所以以菊岡的行動優先順位來說，似乎比較可能選擇持續封鎖耐壓隔板，在神盾艦突擊之前死守愛麗絲的LightCube。即使這樣會使得被留在Underworld的桐谷和人與結城明日奈的人工搖光崩壞也在所不惜。甚至不介意軟禁應該會強烈反對這麼做的神代博士。

「……你覺得……很意外……嗎？」

菊岡忽然間在急促的喘息下這麼說道，比嘉忍不住就發出「嗚咿」這種奇怪的聲音。

「沒……沒有啦，那個……怎麼說呢，是覺得不太符合菊岡先生的個性啦……」

「一點都沒錯……」

菊岡一邊全力爬下終於只剩下幾公尺的梯子一邊發出短笑聲。

「但是……話先說在前面。這也是……經過計算的行動……喲。」

「這……這樣啊。」

「我這個人……總是會思考最糟糕的情況。現在……還是讓敵人覺得，還有機會重新奪走愛麗絲……比較好。」

「最……最糟糕……嗎？」

真的有比敵人注意到這條光纖導管，在耐壓隔板開放當中從下方進行攻擊更糟糕的情況嗎？

但是在比嘉繼續推測下去之前，菊岡的靴底終於到達了鈦合金的出入口。

比嘉代替停止動作，不停急促呼吸的指揮官按下對講機的通話鍵。

「凜子小姐，我們到了！請解除隔板的封鎖！」

＊＊＊

「唔喔……真的打開了！」

克里達往上看著顯示在主螢幕上的耐壓隔板開放警告並這麼大叫。

到底是為了什麼呢？

這無論怎麼想都划不來。在獲得愛麗絲的現在，還有什麼理由可以讓ＲＡＴＨ故意鬆懈自己的防禦呢？

但是現在沒有時間想這麼多了。克里達轉過椅子，對隊員們下達指示。

「嗯……啊～只要布里克一個人留下來，漢斯你們全都到階梯那裡去！盡量射擊，確保隔板的操縱權！」

「你說的倒是簡單……」

漢斯即使不停咂舌，也還是扛起了突擊步槍。十幾名隊員也跟著他動作。

「喂……喂喂，那我要做什麼？」

面對像感到不服氣般噘起嘴的布里克，克里達啪嘰一聲打了個響指。

「還有其他工作要交給你啦。是相當適合你高超技術的重要任務喲。」

克里達嘴裡這麼說，內心卻完全想著另一回事。還是盡可能讓這個頭腦簡單的傢伙待在自己看得到的地方比較好。

「聽好了，我和你要去檢查這條光纖導管。我認為這裡才是敵人真正的目的。」

「哦……噢，原來如此。就是得這樣才行啊。」

咧嘴笑起來的布里克，隨即發出誇張的聲音檢查著突擊步槍的彈匣，而克里達則是壓抑下嘆息並拍打著他的背部。

跟著漢斯他們從主控室來到船內通道，在快要往另一個方向跑去之前，克里達瞄了一眼深處的門——也就是第一ＳＴＬ室。

——話說回來，瓦沙克那個傢伙，怎麼這麼慢還沒登出？不會還在裡面悠閒地抽著菸吧。

雖然想著還是該去確認一下，但這時布里克已經在通道上跑了起來。在沒辦法的情況下，克里達也從後面追了上去。

短短幾分鐘就到達目標地點。乍看之下，只是沿著主軸內壁延伸的通道。但是根據構造圖，左側牆上的小出入口後方，應該設置有通往主軸上部的光纖導管才對。當然導管也被堅固的隔板所阻絕，但如果推測正確的話——

以被汗濡濕的手握住旋轉式的開合把手，接著往左旋轉。

拉開沉重金屬門的克里達首先看見的是，在昏暗橘色燈光照耀下的一條高不到一公尺，深大約兩公尺左右的隧道。盡頭處垂直往上延伸的隧道壁上，設置了一條簡單的梯子。

而階梯的正下方，有某種布一般的塊狀物——

「……唔喔！」

注意到該物體是什麼的瞬間，克里達便整個人往後仰，後腦杓就撞上背後布里克的下巴。但他沒有意識到疼痛與巨漢的咒罵聲，只是瞪大了自己的雙眼。

布料，不對，衣服裡面有東西。某個人像是折起瘦削的身體般蹲在那個地方。推開克里達的布里克雖然舉起步槍，但是立刻低聲指出：

「已經死嘍。」

的確，蹲在那裡的男人頸椎已經扭曲成不自然的角度。把臉繃到極限的克里達，畏畏縮縮地把身體移進隧道，確認著死者的長相。

「咦……這傢伙不就是那個嗎？ＲＡＴＨ裡的情報提供者……被發現是間諜後遭到處刑了嗎？但也不用以這種方式殺人吧……」

心不甘情不願地觸碰男人的肌膚，就有一股微溫傳遞過來。從溫度來看，死亡時間應該是第一次開放隔板時。也就是說首次的開放，是因為這個男人想要逃到主軸的下部嘍？然後梯子沒踩穩就掉下來摔死了？

如果是這樣的話，隔板為什麼再次開放了呢？

雖然想要確認光纖導管上部的隔板出入口，然而這樣就非得把屍體拖出來不可。但自己實在不想付出這麼大的犧牲。

從隧道裡後退，來到通道之後就對布里克做出指示：

「你幫忙確認一下導管上面的情況吧。」

滿臉鬍鬚的巨漢用鼻子哼了一聲，把身體移進隧道後，就用力把間諜的屍體拖出來。接著再次回到隧道，扭曲上半身窺看盡頭的垂直導管。

喂喂從頭部進去真的沒問題嗎，正當連克里達這個外行人都這麼想的瞬間——

「Shit！」

大叫的同時，布里克也拿起突擊步槍來射擊。

黃色閃光烙印在克里達視網膜上，兩種不同的射擊聲敲打著他的鼓膜。

吞下悲鳴往後飛退的克里達眼前，布里克的巨大身軀就像被透明的榔頭擊中般在隧道的地板上反彈。

「唔喔！怎麼了？」

克里達尖叫，一屁股跌坐在通道上。布里克倒在短短十秒前間諜屍體蹲著的地點而且一動也不動。不用看擴散在地板上的鮮血，也能知道他跟間諜有了相同的命運。光纖導管的上部有ＲＡＴＨ的戰鬥員，布里克就是被那傢伙擊中了。

——那麼，現在該怎麼辦呢？

冷汗如瀑布般流下的克里達思考了起來。

要回收布里克右手上的突擊步槍，和導管上部的敵人互相射擊來為他報仇？怎麼可能呢！我只是個電腦阿宅，工作是思考戰術與敲打鍵盤而已。

克里達半爬著朝主控室退避，內心又繼續思考著。

至少這樣就可以知道ＲＡＴＨ那邊有積極進攻的意圖了。但是，戰力明顯是我方占優勢。一旦發生戰鬥，對方當然也會出現犧牲者吧。搞不好上軸會被完全占領，愛麗絲也會再度被奪走不是嗎？

ＲＡＴＨ的指揮官想到有比這還要「糟糕」的情況了嗎？他是覺得我們有把整台Ocean Turtle轟掉的火力嗎？明明手邊的Ｃ４炸彈連一片耐壓隔板都轟不開啊……

火力……

克里達忽然猛烈吸了一口氣。滾落在通道後方的兩具屍體，已經從他的意識裡消失了。

確實有。

唯一有一個把Ocean Turtle整個破壞，讓愛麗絲的LightCube與RATH工作人員一起葬身海底的方法。

客戶的命令是判斷無法獲得愛麗絲時，就把她完全破壞掉。但是為了完成這個目的，真的可以把這台巨大的自走式人工母船以及幾十名船員牽連進去嗎？

自己無法做出如此恐怖的決定。一定會一輩子深受惡夢所苦。

克里達站起來，為了尋求指揮官的判斷而往主控室跑去。

＊＊＊

「菊……菊老大！你沒事吧，菊老大！」

比嘉以壓抑的聲音這麼詢問。從光纖導管最下部出現的敵人，至少發射了三發步槍的子彈才對。

沒有任何回答。揹著比嘉，右手在梯子上，左手握住手槍的菊岡二佐，像是把肩膀貼在牆壁上一樣垂著頭。

——不會吧，喂，別這樣啊。今後還有必須仰賴你的地方啊。

「菊……」

菊岡先生————！

當他準備這麼大叫的時候，二佐就劇烈咳嗽了起來。

「咳咳……嗚咿，哎呀……傷腦筋。看來穿防彈背心是正確的選擇……」

「那……那還用說嗎！你是真的只想穿夏威夷衫就過來嗎……」

比嘉「呼～」一聲放心地鬆了口氣，再次低頭看著菊岡的背部。

「那麼，你沒有受傷吧？」

「唔姆，似乎只有一發子彈擊中背心。倒是你沒事吧？剛才好像有不少跳彈。」

「嗯……嗯嗯。身體和機器都沒被打中。」

「那就繼續趕路吧。檢修用連接器就在前面了。」

在再次往下爬的菊岡背上晃動著，比嘉也再次在內心呢喃著「真是令人意外」。

至今為止都認為菊岡二佐絕對是不擅長肉體技能的類型，但盤踞在背上的肌肉就像鋼鐵一樣，而且剛才的射擊——即使處於掛在梯子上，只靠一隻左手往正下方射擊的惡劣條件下，雙連擊發射出去的兩發子彈還是正確貫穿了敵人的喉嚨與胸口。

——真是的，認識這個大叔這麼久了，還是摸不清他的底啊。

比嘉輕輕搖了搖頭，為了聯結進入視界當中的檢修用連接器而從口袋裡拉出纜線。

＊＊＊

從通道跑回來的克里達，一邊聽著從樓梯那邊傳來的步槍連射聲一邊衝進主控室。

房間裡看不見米勒隊長與瓦沙克的身影。還沒從ＳＴＬ裡出來嗎？明明時間加速開始到現在已經過了五分鐘以上了。

克里達還在猶豫是不是該對他們說明想到的點子。因為他確信只要一提出來，他們兩個人一定會立刻表示加以實行。他們是只要能完成任務，根本不在乎平民會犧牲性命的那種類型。

在沒有做出結論的情況下，克里達迅速地打開第一ＳＴＬ室的門。

「米勒隊長！愛麗絲被敵人給…………」

接下來應該說的話，卡在喉嚨深處就停住了。

前方橫躺在ＳＴＬ一號機軟膠床上，額頭上方覆蓋在機器底下的加百列．米勒的臉上，浮現從來沒有看見過的表情。

不對，克里達至今為止，不論是在什麼人身上都沒看過那樣的表情。

藍色雙眼瞪大到像是要跳出來一樣。嘴巴則宛如顳顎關節鬆脫了般張大，而且還斜斜地扭曲著。整個吐出來的舌頭，看起來就像另外一種生物。

「隊……隊……長……？」

克里達一邊喘息，膝蓋一邊劇烈發抖。他確信現在米勒隊長快要突出的眼睛要是動起來的話，自己一定會發出悲鳴。

花了幾秒鐘才好不容易讓呼吸平穩下來，接著克里達就畏畏縮縮地伸出右手，觸摸從床上垂下來的左手手腕。

沒有脈搏。

而且肌膚就像冰一樣冷。突擊小隊的指揮官加百列．米勒隊長，身體上明明完全沒有傷口，卻已經喪命了。

克里達拚命壓抑從胃部湧上來的物體，以沙啞的聲音大叫：

「瓦沙克……快點起來！隊長他……死……死……」

以發抖的腳繞過軟膠床，讓深處的二號機進入視界當中。

結果這次克里達真的發出尖銳的悲鳴。

副隊長瓦沙克．卡薩魯斯乍看之下是安穩地睡著。眼睛閉著的臉上沒有表情，雙手也筆直地在身體旁邊伸直。

但是——

原本如此烏黑的波浪狀長髮。

現在已經變得像超過百歲老人那樣的乾燥白髮。

已經沒有心情去確認瓦沙克的脈搏，克里達慢慢地往後退。應該只信奉理性與操縱臺的駭客克里達，這時卻認真的相信不快點離開這個房間的話，自己也會跟這兩個人有同樣的下場。

他背對開著的大門連滾帶爬地跑出去，順便用右腳把門關上。

克里達不停地深呼吸，然後拚命重整自己的思緒。

沒有辦法調查隊長與瓦沙克發生了什麼事，而且自己也不想知道。能夠推測得出來的，大概就是在Underworld有了什麼遭遇，結果讓兩個人的搖光被破壞殆盡。

總而言之，作戰失敗了。指揮官既然已經死亡，就無法做出要不要把愛麗絲連同這艘船一起破壞掉的決定。繼續留在這裡也沒有意義了。

克里達從操縱臺上一把抓起通訊器，發出沙啞的聲音說道：

「漢斯……回來吧。布里克、瓦沙克和隊長都死了。」

幾十秒後，隊上最有男人味的隊員衝回主控室，接著臉上就浮現銳利刀子一般的表情。

「你說布里克死了？為什麼？」

「在……在光纖導管那裡，被敵人從上面擊中……」

漢斯剛聽見克里達這麼說，就舉著步槍準備往外衝，而克里達則拚命阻止了他。

「住手！愛麗絲的LightCube被奪走了。繼續戰鬥下去也沒有意義……」

漢斯沉默了一陣子。突然發出猛烈的聲音揍了牆壁一拳，接著快步朝克里達逼近。

「……不對，應該還有命令沒有完成。無法奪取就將其破壞。你應該有什麼點子吧。」

被漢斯震動修剪得相當整齊的鬍鬚往前逼近的模樣震攝，克里達微微點了點頭。

「嗯……嗯，也不是沒有啦……不對，不行。沒有隊長的情況下，無法做出那種判斷。」

「快點說。給我說！」

如此大叫的漢斯，把突擊步槍的槍口抵在克里達的喉頭上。在被Glowgen僱用之前似乎長年與布里克組成搭檔的傭兵那種殺氣騰騰的視線，克里達根本無法抵抗。

「是……引擎啦……」

「引擎？這艘船的嗎？」

「沒錯……這艘大船的主引擎是核子反應爐……」

2

經過十分鐘。

神代凜子邊緊握住被汗濡濕的雙手，邊凝視著無情刻劃上去的數位數字。

界限加速階段開始之後，Underworld內經過的時間已經是——一百年。

已經無法想像桐谷和人與結城明日奈是如何體驗這種感受。唯一可以確定的是，兩人搖光的記憶保持容量已經快到界限了。

根據比嘉的預測，人類的靈魂大約在累積一百五十年份的記憶時就無法正常發揮作用，並且會開始崩壞。當然，這不是經過實驗的結果。實際的界限可能更晚——或者更早就來臨了。

現在只能祈禱在靈魂自我崩壞之前，就完成登出的處理。只要能辦到這一點，就還殘留著讓兩人恢復原狀的希望。

——比嘉、菊岡先生，拜託了。

祈禱的凜子沒有注意到，從樓下傳來的細微槍擊聲不知道什麼時候已經中斷。告訴她這件事的，是跑回副控室的中西一尉。

「博士！敵人開始從Ocean Turtle撤退了！」

「撤……撤退？」

感到啞然的凜子抬起臉來重複了一遍。

為什麼會在這個時間點？隔板再次開放的現在，對襲擊者們來說不是獲得愛麗絲的最後機會嗎？對方放棄得實在太快了。距離護衛艦「長門」展開突擊也還剩下八小時的時間。

凜子敲打鍵盤叫出呼叫出顯示艦內各處狀況的狀態視窗，並對著一尉問道：

「戰鬥中有人受傷了？」

「是……輕傷兩名、重傷一名，目前正在治療當中，不過應該沒有生命危險。」

「這樣啊……」

凜子輕呼出屏住的氣息。稍微把視線移過去，就看見中西晝出剛毅線條的臉頰骨附近貼了大大的ＯＫ繃，而且微微滲出血來。他自己應該就是輕傷者之一吧。

為了不白費他們的奮戰，一定要救出那兩名年輕人才行。

至少敵人開始撤退也算是個好消息。視線追著狀態視窗，凜子確認襲擊者們突擊時使用的，Ocean Turtle船底的水中船塢正在開門當中。

「那些傢伙還是用潛水艇來離開。只不過，這也太匆忙……」

就在凜子皺起眉毛的瞬間——

與之前完全不同的震動搖晃著主軸全體。

「咻嗯嗯——」這種冷風般的低吼聲傳遍整艘巨大的自走式人工母船。桌上的原子筆隨即滾落到地板上。

「怎……怎麼了？發生什麼事？」

「這是……啊啊……難道那些傢伙……！」

中西一尉發出呻吟般的叫聲。

「這震動，是來自於主機的全力運轉，博士！」

「主……機？」

「主引擎……也就是軸體底部的壓水式反應爐。」

取代愕然瞪大雙眼的凜子衝向操縱臺的一尉，以生疏的手勢操縱著狀態視窗。不斷有新視窗打開，其中之一浮現不清晰的影像。

「可惡！控制棒全都收起來了！那些傢伙竟然做出這種事！」

凜子以沙啞的聲音向「磅」一聲敲了一下操縱臺的一尉問道：

「但是，應該有安全裝置吧……？」

「那是當然。在爐心到達臨界狀態之前，控制棒就會自動插入來停止核分裂。但是……這裡，請看這個。」

一尉的手指指著表示在螢幕上的核子反應爐收納室即時影像的一部分。雖然混雜在紅光裡看不太清楚，但是塗成黃色的大型機械的某個部分，似乎貼了一個小小的白色物體。

「這應該是C4……塑膠炸彈。這種大小應該無法同時炸破安全殼與壓力槽，但這個地方的正下方有為了把控制棒組件插入爐心的電動CRD……也就是驅動裝置。如果這裡被破壞的話，控制棒就會無法自由落下……」

「就沒辦法……停止核分裂了？那會怎麼樣……？」

「首先一次冷卻水會產生水蒸汽爆炸，並且破壞壓力槽……最糟糕的情況，熔解的爐心將突破安全殼與船底掉入海面，造成更大量的水蒸汽，到時候整個軸體都會被轟飛吧。不論是主控室、LightCube Cluster以及這個副控室都難以倖免。」

「什…………」

凜子忍不住低頭看著腳邊的地板。這片堅固的金屬地板遭到穿透，超高溫的氣溫會往上噴起——？

變成那樣的話，好不容易撐到現在都沒出現犧牲者的RATH人員、與STL連線當中的和人與明日奈，以及收納在LightCube Cluster裡多達十幾萬的人工搖光們都將瞬間灰飛煙滅……

「我去把C4拆掉。」

中西一尉忽然低聲這麼說道。

「那些傢伙設定的爆炸時間應該足以讓潛水艇充分離開Ocean Turtle才對。至少還有五分種吧……這樣應該還十分充裕。」

「但……但是，中西先生。引擎室裡的溫度已經……」

「別擔心，那跟溫度比較高的三溫暖差不多啦。衝過去把雷管拔掉可以說是小事一樁。」

——那是確實穿上防護衣的情況吧。但已經沒有時間做這種準備了。

凜子沒辦法說出這句話。因為朝著門口走去的一尉，寬廣的背部已散發出鋼鐵般的決心。

但是……

在黑色皮革軍靴快要到達自動門之前。

至今為止在這個房間裡都沒聽過的聲音，忽然傳進凜子的耳朵。中西迅速把手伸向右腰上槍套的同時，視線也往房間的左側看去。

隨著「嗚咿咿咿嗯」的金屬質馬達驅動聲，從固定框架上踏出右腳的是——

由金屬與塑膠所製作的機械身軀，二衛門。

凜子與中西只能茫然凝視著頭部的掃描器部分發出紅光，緩緩朝這裡靠近的人型機械。

它應該不能動啊。

設計者比嘉不是說過了嗎？和塞了大量步行用平衡器的一衛門不同，二衛門打從一開始就設計為搭載人工搖光的類型，不插入LightCube的話它連一步都沒辦法走。而從Cluster取出來的唯一一個人工搖光愛麗絲，目前依然收納在桌上的箱子裡。二衛門頭上的插槽應該是空的才對。

「為……為什麼，試驗二號機會……」

發出驚愕聲音的中西，從槍套拔出手槍擺出射擊姿勢。但看都不看他一眼，筆直地朝凜子靠近的二衛門，在距離兩公尺左右的地方停下來後，不知道設置在頭部什麼地方的擴音器就發出帶有一點電子聲響的聲音：

「讓我去吧。」

那道聲音是……

從二衛門身軀飄出來的汽油味道微微刺激著鼻子。

來到Ocean Turtle的當天晚上，在船艙的床上所作的夢裡，凜子就聽見同樣的聲音，聞到同樣的氣味了。

她以發抖的腳站起來，一邊走向二衛門，一邊用沙啞的聲音問道：

「……是……晶彥先生嗎…………？」

發出朦朧光線的掃描器，簡直像在眨眼一樣閃爍著，接著機器人更輕輕點頭。

宛如被吸引過去般跨出最後一步的凜子，以發抖的雙手靜靜地觸摸著鋁製外裝。機器人隨著馬達聲舉起的雙手，觸碰著凜子的背部。

「凜子，抱歉這麼久以來都讓妳孤單一個人。」

就算是電子合成的聲音，還是可以聽出那確實是神代凜子唯一心愛的男人——茅場晶彥的聲音。

「你怎麼……會在這裡？」

凜子用應該早已忘記的老家口音這麼呢喃著。眼淚從雙眼溢出，讓二衛門掃描器的光線變得模糊。

「沒時間了。所以我只說重要的事情。凜子，能遇見妳我真的很幸福。妳是唯一讓我和現實世界聯結的存在。可以的話……今後也想請妳繼續聯結我的夢想……也就是目前仍有所隔閡的兩個世界……」

「嗯……那是當然了……當然沒問題。」

凜子不停點著頭，一直凝視著她的機械臉龐露出淡淡的微笑。移開身體的機器人，以順暢的重心移動改變方向，用幾乎跟跑步一樣的速度從副控室來到通道。

凜子下意識準備從後面追上去時，電動門就在眼前關上了。

她深深吸了一口氣，並且用力咬緊牙根。現在不能離開這個房間。自己被託付確認各處狀況的任務了。

相對地，凜子抬頭看著引擎室的影像，並且緊握胸前的盒式項鍊墜。可以聽見露出茫然表情的中西一尉，以類似嘆息的聲音呢喃著：「為什麼到現在才……」

確實至今為止已經出現過許多危機。不過凜子感覺能夠理解茅場在這個時間點捨棄觀察者身分的理由。

「……不是為了Underworld。那個人沒有介入模擬的意思。之所以現在才現身，是為了要保護桐谷小弟和明日奈小姐……」

＊＊＊

當比嘉健聽見從光纖導管下方湧至的渦輪沉重低吼聲時，終於了解菊岡所擔心的「最糟糕的情況」究竟是什麼了。

「菊……菊老大，那些傢伙把核子反應爐給……」

比嘉的呻吟聲被毅然的指示給打斷了。

「我知道。現在只要把所有精神集中在關閉ＳＴＬ上就可以了。」

「好……好的。但是……」

終於到達檢修用面板前面，比嘉一邊再次把光纖連接器插進去，一邊感覺全身滲出冷汗。

假如核子反應爐失控的話，這個作業就沒有意義了。甚至連Underworld、愛麗絲的LightCube都會被高溫的蒸汽與強烈的放射線破壞殆盡。同時也有許多人將會喪命。

但是要讓核子反應爐爆炸也不是那麼簡單的一件事。手槍等武器無法擊破覆蓋爐心的雙重金屬容器，控制系統也加裝了多重防禦措施。就算硬是持續讓引擎處於全力運轉狀態，安全裝置也會立刻啟動，控制棒應該會降下來停止核分裂。

這個時候，菊岡以平常那種悠閒的口氣對比嘉問道：

「那個……比嘉啊。接下來你自己一個人能處理嗎？」

「嗯……嗯嗯。把背帶固定在梯子上的話，就能繼續作業……但……但是，菊老大，你不會是要到下面去……」

「沒有啦，只是稍微去看一下情況而已。我不會亂來，馬上就回來了。」

說完後，菊岡迅速解開固定兩個人的背帶，把複數的尼龍帶子穿過梯子後再次固定帶扣。確定比嘉的身體能保持穩定，就往下爬了幾格。

「那接下來就交給你了，比嘉。」

黑框眼睛底下的細長眼睛露出了笑意。

「請……請小心點喔！因為那些傢伙說不定還有人沒有離開！」

聽見比嘉的聲音，菊岡便以伸出右手大拇指這種不適合他的動作來回應，接著就以極快的速度爬下梯子。

來到最下部的橫向洞穴，慎重地往深處窺探後才讓身體滑進去。

比嘉是在菊岡的身影完全消失之後才注意到這一點。

右手一邊敲打筆電的鍵盤，一邊用左手想調整陷入腹部的背帶位置時，就感覺到一股黏滑的觸感。嚇了一跳而低頭往下看，就發現橘色緊急照明底下的手掌被黑色液體濡濕了。

一看就能夠知道，這是不屬於比嘉的血液。

＊＊＊

雖然到幾分鐘前都還被襲擊者所占據的下軸，其船內監視攝影機幾乎被破壞殆盡了，但收納核子反應爐的動力室區域倒是平安無事。

凜子往上看著將攝影機影像放大的主螢幕，用雙手包裹住盒式項鍊墜並等待著。

她左手邊的中西一尉，放在操縱臺上的雙手則緊緊握著。從防衛線上撤回來的警備人員與技術人員，目前在兩人背後以各自的姿勢獻上自己的祈禱。

凜子請求眾人至少撤退到船首的艦橋。但是卻沒有一個人離開主軸。

這裡所有人都把一切獻給無法見光的偽裝企業ＲＡＴＨ的研究開發工作了。各自把夢想、願望託付給真正Bottom-up型人工智慧一定能開拓出來的新時代。

凜子至今為止都認為自己對這艘船來說只不過是暫時的訪客。菊岡誠二郎這名簡直看不出真心的人，感覺自己實在沒辦法贊同他的目的。

但是凜子也是命中註定要來到ＲＡＴＨ。這時她終於了解這一點。

人工搖光絕對不是可以侷限於無人兵器搭載用ＡＩ這個狹窄研究目的的存在。

同樣的，Underworld也不是一般的社會發展模擬程式。

它們是巨大典範轉移的起始。

讓只會逐漸閉塞的現實世界產生變革的另一個現實。把年輕人想要脫離既存體制的意志，以及目不可視的力量具實化的世界(an incarnate radius)。

——這正是你的目標吧，晶彥先生。

你在浮遊城的兩年裡注意、發現到的就是他們無限的可能性。以及發出眩目光芒的心靈之光。

不論有什麼樣的理由，把一萬名人類關進電子監牢，造成其中四千人死亡這件人類史上最大的犯罪都不值得原諒。以結果來說，算是幫忙了這場犯罪的凜子，其罪過也永遠無法洗清。

但是，現在……只有現在希望能允許自己許願。

——拜託你，晶彥先生。保護大家……還有世界吧。

像是要回應凜子的祈禱般，螢幕上的遠距離影像終於有動靜了。

收納著最新壓水式反應爐的引擎室，銀色的軀體出現在通往該處的狹窄走廊上。

這時電池的電力可能已經開始降低了吧，機器人的腳步顯得鈍重。宛如要與自身的重量戰鬥一般，發出「喀鏘」的巨大聲音來前進著。

凜子無法想像模擬茅場思考的程式，到底是從什麼時候開始就潛伏在那具身軀裡面。但唯一可以確定的是，寄宿在二號機記憶體裡的，應該是唯一的原創程式。所有的知性，都無法承受自己是複數存在的拷貝之一這樣的認知。

面對引擎室的高熱，實驗軀體那應該沒有經過什麼耐熱處理的電子系統能夠撐到什麼地步。雖然只要把雷管拔掉就能阻止塑膠炸彈爆炸，但二衛門的記憶體要是遭到破壞，那個瞬間茅場的意識就會消滅了。

拜託，一定要順利解除炸彈，再次回到我身邊——如此祈求的凜子用力咬住自己的嘴唇。

茅場晶彥應該有了在此消失的覺悟。

過去甚至燒燬肉體的腦部來留下思考複製的他，現在終於完成目的，找到可以犧牲自己性命的地方了。

關節部的驅動器發出「嗚咿」的低沉聲響。

金屬腳掌「滋嚓」一聲踩在地板上。

靠著拚命但是穩定的腳步，金屬軀體終於來到引擎室的門前。

它伸出右手，僵硬地操作著開關面板。指示器變成綠色，厚重的合金門往內側打開——

這個時候。

從擴音器迸出尖銳的步槍連射聲。二衛門以雙臂保護著身體，踩著生硬的腳步往後退。

穿著黑色戰鬥服的一名士兵，一邊大叫著什麼一邊從打開的門後方衝出來。

那無疑是襲擊者的成員之一。不像之前那樣，戴著頭盔與護目鏡來遮住臉孔。長相溫和且留著些許鬍鬚的男人，即使從監視攝影機的粗糙影像裡，也能看出他臉上露出極凶狠的表情。

「什……還有一個人留下來嗎！為什麼？他是想死嗎……？」

感到愕然的中西一尉發出呻吟。

男人毫不留情地以子彈招呼擺出防禦姿勢的二號機。

火花四濺，鋁製外裝開了好幾個孔。各處的神經纜線遭到撕裂，從聚合物人工肌肉的汽缸飛濺出潤滑液。

「住……住手啊！」

凜子忍不住發出悲鳴。但是畫面內的敵人士兵，以激烈口氣的英文再次叫喊著什麼，然後第三次扣下扳機。機器人腳步踉蹌，開始一步、一步退後。

「不行！二號機的外裝撐不住的！」

雖然絕對來不及，但中西一尉還是拿著手槍準備衝出去。

一瞬間。

從擴音器裡持續傳出新的槍聲。

第三道人影由靠近通道這一邊衝出來並且瘋狂開槍。敵兵的身體往右邊劇烈晃動。從正後方的持續射擊，一發都沒誤射機器軀體。到底是什麼人擁有如此高超的射擊技術——

忘記呼吸只是瞪大眼睛的凜子，視線前方的敵兵終於從胸口濺出鮮血，像被彈開一樣倒到地上一動也不動了。

緊接著，救援者也在通道中段緩緩跪下——

然後身體側向躺了下去。凜子以發抖的手操作滑鼠，把攝影機的鏡頭拉近。

掛在額頭的瀏海。歪斜的黑框眼鏡。嘴角似乎帶著些許笑容。

「菊……菊岡先生！」

「二佐……！」

凜子與中西同時叫了起來。

這次自衛官真的以連滾帶爬的速度衝出房間。幾名警備人員也跟著他離開。凜子已經無法阻止他們了。

相對地，一名技術人員衝到操縱臺前。連續敲打鍵盤後，顯示出應該是屬於二號機的狀態列表。

「左臂輸出為零。右臂，百分之六十五。左腳右腳同為百分之七十。電池殘量，百分之三十。沒問題，還可以動！」

像是聽見工作人員的狂吼一樣，二號機再次開始前進。

滋、嚓。滋、嚓。撕裂的纜線隨著僵硬的步行飛濺出火花。

破爛的軀體穿越大門的瞬間，凜子就把攝影機切換成引擎室內部的影像。

第二道的耐熱門，是藉由大型拉桿進行物理封鎖。二號機的右手抓住拉桿，準備往下壓。

結果手肘的驅動器空轉，飛濺出大量火花。

「拜託啊……」

凜子這麼呢喃的同時，副控室的各個地方也都傳出聲援的聲音。

「加油啊，二衛門！」

「就是那裡，再用力一點！」

喀、咚。

拉桿隨著沉重的聲音被壓了下去。

厚重的金屬門立刻像被內部的壓力推開一樣打開了。透過螢幕也能看見猛烈的熱氣往外噴出。

二號機身體一個踉蹌。從背部垂下的粗大纜線產生更為激烈的火光。

「啊……啊啊，糟糕！」

其中一名技術人員忽然大叫。

「什麼……發生什麼事了？」

「電池纜線受到損傷！那裡斷掉的話，提供給全體的電力就會停止……軀體就完全不能動了……」

凜子與其他工作人員全都說不出話來。

寄宿在二號機裡的茅場，這時應該也注意到這個嚴重的傷害了吧。只見他用右肘壓住晃動的纜線，再次開始緩緩往前走。

終於到達的引擎室內部，持續全力運轉的核子反應爐由於無法排出高熱，目前已經是活生生的人類無法承受的高溫狀態。

不久之後安全裝置就要發生作用，控制棒將自動插入來停止核分裂了才對。

但是，如果塑膠炸彈在那之前就爆炸，把控制棒的驅動裝置破壞掉的話，由核燃料中放射出的大量中子，將持續讓鈾原子產生連鎖分裂，最後到達無法控制的臨界狀態。

熔爐的爐心將讓一次冷卻水產生水蒸氣爆發而破壞壓力槽，爐心在重力吸引下將貫穿安全殼與船底到達海面——

凜子的腦海閃過Ocean Turtle被貫穿後噴出白煙的影像。

她閉上眼睛，再次祈禱著。

「拜託了……晶彥先生……！」

眾人也立刻在後面重新發出加油聲。像是被這些聲音推動一般，二號機逐漸朝核子反應爐靠近。

凜子切換到最後的攝影機。

這個瞬間，擴音器傳出巨大的噪音。螢幕的影像被緊急照明染成紅色。

撥開熱氣，拖著一隻腳往前進的二號機，與貼在安全殼上面的塑膠炸彈之間只剩下五六公尺左右的距離了。

機器人的右手朝著雷管舉起。身體各處毫無間斷地飛濺出火花，外裝的碎片也持續掉落到地面。

「加油……加油……加油啊……！」

此時副控室裡只充滿了這句話。凜子也握緊雙拳，以沙啞的聲音嘶吼著。

還有四公尺。

三公尺。

兩公尺。

突然間，二號機背部迸出類似爆炸般的火光。

斷裂、下垂的黑色纜線簡直就跟爆出來的內臟沒有兩樣。

頭部的所有掃描器都失去光芒。右臂緩緩沉了下去。

兩腳膝蓋倏然彎曲——

二號機完全沉默了。

主螢幕上並排在一起晃動的各部位輸出圖表，這時全往下暴跌，陷入一片黑暗當中。

技術工作人員以呢喃般的聲音宣告：

「……所有輸出……都消失了……」

——我不相信奇蹟。

過去的歲月裡，在死亡遊戲ＳＡＯ比預定還早上許多被完全攻略，所有玩家得到解放的那一天，在山莊裡的床上醒過來的茅場晶彥這麼對凜子說。

他的眼睛充滿平穩的光芒，被雜亂鬍鬚圍住的嘴角則露出些許笑容。

——但是呢，至出生到現在，我今天首次看見了奇蹟。

——被我的劍貫穿，ＨＰ應該完全歸零的他，簡直像要抗拒系統一般拒絕自身的消滅……

然後動著右手，把劍刺進我的胸口。

——我說不定只是一直渴望著那一瞬間到來……

「……晶彥先生！」

凜子沒有注意到握緊盒式項鍊墜的右手已經滴血，只是大叫著：

「你是『神聖劍』希茲克利夫吧！是『黑衣劍士』桐人小弟最大的敵手吧！這樣的話，你至少也得……展現個奇蹟給我看看啊！」

閃爍。

閃爍閃爍。

閃爍的紅光來自二號機頭部的測距掃描器。

外露的肌肉汽缸輕微地震動。

完全變黑的狀態視窗下端，出現稍微晃動著的紫色光芒——

顯示四肢與體幹輸出的圖表一口氣全往上升。各個關節的驅動器邊飛濺火花邊開始運轉。

「二……二號機再次開始起動！」

在工作人員以近似悲鳴的聲音吼叫的同時，滿身瘡痍的機械軀體也再次站了起來。

凜子的雙眼溢出淚水。

「上啊啊啊啊——！」

「前進吧——！」

副控室的所有人這麼大叫著。

像流血般滴著油的右腳往前一步。

一邊拖著受到劇烈損傷的左腳，一邊高舉起右手。

一步。再一步。

電池部分產生小爆炸。軀體晃動了一下。但繼續往前一步。

伸到界限的右手，指尖碰到貼在安全殼上面的塑膠炸彈。

拇指與食指夾住插在裡面的電氣式雷管。

手腕、手肘、肩膀的關節像是瀕臨死亡一樣爆散火光，二號機把ＩＣ計時器也就是雷管拔除，並高舉著右手。

閃光讓畫面陷入一片蒼白。

被炸裂的雷管轟掉右手手指的二號機，身體緩緩往左側傾倒——

就像線斷掉一樣，坍落到地板上。掃描器的光線閃爍，在消失的同時，輸出圖表也再次陷入一片黑暗。

好一陣子沒有任何人說話。

幾秒鐘後，湧出的巨大歡呼聲晃動著副控室。

＊＊＊

渦輪發動機如寒風般的低吼逐漸變弱、變遠。

比嘉把屏住的氣大大地呼出來。持續毀滅性全力運轉的核子反應爐，輸出功率終於開始降低了。

以左手袖口擦拭額頭的汗水，透過髒汙的眼鏡凝視著筆電的螢幕。

兩台ＳＴＬ的關機處理，終於完成了八成左右的程序。從界限加速階段開始到現在的經過時間，已經超過十七分鐘。等於在Underworld已經過了一百六十年。

這龐大的時間已經超過比嘉所預測的搖光壽命界限。只考慮理論的話，桐谷和人和結城明日奈的靈魂，很有可能已經自行崩壞了。

但比嘉已經承認，其實自己對於Underworld以及搖光可以說什麼都不知道。設計、構築、起動的人確實是他。但那個由人工靈魂們孕育的異世界，看來已經發展到ＲＡＴＨ的所有技術人員都無法想像的高度了。

而現在最了解這個世界的現實世界人，無疑就是桐谷和人了。只不過是一名十七歲高中生的他，適應了在沒有任何事前知識下就被丟進去的Underworld，並且在裡頭得到進化，發揮出超過四個超級帳號的力量。

那不是和人這個人類先天上被賦予的能力。

原本RATH所有工作人員都認為人工搖光不過是實驗用的程式，只有桐谷和人打從一開始就認為他們和自己一樣是人類。以面對人類的態度與他們接觸、戰鬥，並守護與愛著他們。

所以Underworld人——在那裡的人們才會選擇他作為守護者。

如果是這樣，或許會有什麼連比嘉也想不到的奇蹟，讓他們撐過這長達兩百年的時間。

——我沒說錯吧，桐人。

——現在我終於了解，菊岡二佐為什麼會如此希望你提供幫助了。同時也了解今後也需要你的力量。

——所以……

「……拜託，一定要回來啊。」

比嘉一邊這麼呢喃，一邊靜靜凝視著關機處理最後百分之幾的程序逐漸完成。

＊＊＊

副控室裡只剩下凜子一個人。

因為所有其他的工作人員都為了救助菊岡二佐，以及恢復主控室的控制權而衝出去了。

凜子其實也很想衝進核子反應爐收納室，確保倒在地板上的二號機，以及茅場晶彥應該停留在其物理記憶體裡的思考模擬程式。但現在還無法離開自己負責的區域。在比嘉完成ＳＴＬ的關機處理時，自己必須去確認睡在隔壁的桐谷和人與結城明日奈的狀態。

凜子相信兩個人一定會像什麼事都沒發生過一樣醒過來。

想讓他們用手握住愛麗絲的LightCube，然後對他們說，這是你們守護住的喔。

然後，也想告訴他們有人在現實世界保護了Underworld。過去幽禁他們，讓他們戰鬥以及痛苦的茅場晶彥，運作著電池纜線斷裂的機械身體，守護了LightCube Cluster以及整艘Ocean Turtle。

無法要兩個人原諒他。

茅場晶彥殺害了四千名年輕人的罪過絕對無法彌補。

但是，無論如何都想要讓和人與明日奈了解茅場留下來的意志，以及他的目標。

雙手放在收納愛麗絲LightCube的硬鋁箱上，並且閉著眼睛的凜子，耳朵聽見從對講機裡傳出比嘉的聲音。

「……凜子小姐，距離兩人的登出處理結束還有六十秒。」

「了解，我立刻請人過去接他們。」

「拜託了。看來我實在沒辦法自己一個人爬上這條梯子……還有，菊老大到下面去看情況，現在不知道怎麼樣了？他好像受傷了喲。」

凜子無法立刻回答他。雖然中西一尉前往救助在通往引擎室的通道上與敵兵互相射擊，並且倒地的菊岡二佐已經是三四分鐘前的事情，但現在還沒收到他的聯絡。

不過那個菊岡不可能在目的尚未達成前就倒下。那個男人總是維持著深不見底的悠然態度，而且不論如何艱苦的環境都能一臉輕鬆地克服。

「……嗯，二佐剛才真的非常活躍。就跟好萊塢的動作電影差不多。」

「嗚哇～真不像他……剩下三十秒。」

「我移動到ＳＴＬ室吧。有什麼事情就跟我聯絡。以上。」

凜子切斷通訊，在把硬鋁箱抱在胸前的情況下，離開操縱臺前面往隔壁走去。

碰到電動門之前，就從室內的擴音器，接到前往下方的工作人員傳上來的回報。

回傳的不是來自中西一尉，或者前往主控室的技術人員。而是為了慎重起見而前往溫度開始下降的核子反應爐收納室，拆除塑膠炸彈本體的警備人員。

「這裡是引擎室！博士……聽得見嗎，神代博士！」

凜子壓著瞬間加速的心臟，切換對講機的頻道後大叫：

「嗯，聽得見！怎麼樣了呢？」

「那……那個……雖然順利拆除C４，但是……不見了。」

「不見了……什麼東西不見了……？」

「二號機。引擎室裡到處都看不到二號機的軀體！」

＊＊＊

在便宜的數位手錶上設定的鬧鐘發出細微電子音。

蹲在小型潛水艇（ASDS）的兵員輸送區塊，豎起耳朵傾聽外部聲音的克里達，確認等了幾秒鐘也沒聽見巨大人工母船的臨死悲鳴後，就吐出一口顫抖的氣息。

連他自己也不清楚那是放心，或者是沮喪的一口氣。

唯一可以確定的是，設置在Ocean Turtle核子反應爐上的C４炸彈因為某種原因而沒有爆炸，因此控制棒驅動裝置也沒被破壞，也沒有造成爐心熔燬。

如果留在Ocean Turtle引擎室的漢斯平安無事，那麼就算引爆裝置發生故障也能夠自行引爆，所以那個男人應該也被排除掉了吧。

應該只以賺錢為目的的傭兵，明知道絕對會喪命還是沒搭上ＡＳＤＳ可以說是意料之外。雖然得知搭檔布里克死亡的時候模樣就有點奇怪了，但真的沒想到他們的感情好到願意死在同一個地方。

「……嗯，應該有許多不為人知的事情啦……」

克里達一邊把手錶恢復成顯示時間，一邊用誰也聽不見的聲音呢喃著。

沒錯——比漢斯他們先死的米勒隊長與瓦沙克，應該也有除了金錢之外的動機與內情吧。就是那些糾葛害死了他們。

真要說的話，克里達以及搭乘潛水艇的其他隊員，也將因為這次的作戰以完全失敗的結果告終而陷入巨大的麻煩裡。身為僱主的民間警備公司GlowgenＤＳ，是暗地裡承接與ＮＳＡ或者ＣＩＡ有關的骯髒工作而成長的企業，對於捨棄現場工作人員這種事應該是毫不猶豫才對。回到本土並且登陸的瞬間，也有可能所有人都遭到滅口。

克里達用肌膚顏色的防水膠帶，把偷偷從Ocean Turtle帶出來的Micro記憶卡貼在胸口中央，作為保護自己的保險手段。

雖然不知道這種東西能夠抵抗到什麼地步，但至少被殺時能夠從頭部一槍就被解決掉，跟瓦沙克與米勒隊長那種恐怖的死法比起來也算好多了。

「真是累死人了……」

用鼻子哼了一聲的克里達，心不甘情不願地把視線移向堆在輸送區塊最後面的兩個屍袋。米勒隊長那恐怖的死亡模樣又在腦海裡復甦，使他忍不住發抖——就在這個時候。

「………嗯？兩個？」

雖然皺起眉頭，凝眼看著昏暗的船尾，但怎麼看堆在那裡的屍袋都還是只有兩個。但是這樣數量不合。不管自願留下來的漢斯，襲擊小隊應該出現米勒隊長、瓦沙克以及布里克等三名犧牲者。

「……喂，夏克。」

用手肘戳了一下在附近啃著代餐棒的隊員。

「怎麼了？」

「是你的小隊去回收屍體的吧？為什麼少了一具？」

「啥？只有通道上的布里克和ＳＴＬ室的米勒隊長而已吧，其他還有誰死了？」

「不是吧……ＳＴＬ室裡還有另一個人……」

「那裡就只有隊長的屍體而已喔。真是的，那張臉很像會在夢裡出現。」

「……………」

克里達茫然收回右手，環視著輸送區塊。

蹲坐在狹窄空間，同樣露出疲憊表情的隊員是九個人。其中看不見副隊長瓦沙克・卡薩魯斯的人影。

克里達在ＳＴＬ室裡確實確認了米勒隊長的死亡，但瓦沙克就只有目視而已。但肌膚上完全沒有血氣，頭髮也變成灰色的那種狀態，實在不像是仍存活著。何況如果活著的話，為什麼沒有搭上這艘潛水艇呢？

腦袋拒絕思考接下去的事情，克里達只能默默抱住雙腳膝蓋。

數十分鐘後，在ＡＳＤＳ回到海狼級核動力攻擊潛艇「吉米・卡特」的甲板之前，原本相當多話的駭客都沒有開過口。

＊＊＊

界限加速階段開始經過十九分四十秒後——

設置在Ocean Turtle第二ＳＴＬ室裡的Soul translator三號機與四號機完成了關機處理。

晚了大約三分鐘，時間加速也停止下來，艦內隨著冷卻系統的減速而恢復寂靜。

藉由神代凜子博士與安岐夏樹二曹之手從ＳＴＬ裡解放出來的少年與少女，桐谷和人與結城明日奈——卻沒有清醒過來。

明顯可以看出搖光的活性降低到極限，兩人的精神活動幾乎全部消失了。

但凜子還是握住兩人的手，邊流著眼淚邊持續呼喚著他們。

陷入深沉睡眠的和人與明日奈，嘴唇上帶著淺淺的笑容。

3

喀滋。

……喀滋。

到了我的面前，聲音停住了。

然後某個人呼喚了我的名字。

「……桐人。」

那是平穩、清澈，原本以為再也無法聽見的聲音。

「你還是一樣，只有自己一個人的時候就是個愛哭鬼……你的所有事情，我都了解喔。」

我緩緩抬起被淚水濡濕的臉龐。

雙手放在身後，微微歪著頭的亞絲娜帶著微笑站在那裡。

我不知道該說些什麼。所以我只能一直、一直往上看著亞絲娜的臉，以及那令人懷念的深棕色眼睛。

涼風輕輕吹過，在我們之間翩翩飛舞的蝴蝶乘著這陣風消失在藍天裡。

目送牠們離開的亞絲娜，把視線移回來並靜靜地伸出右手。

感覺觸碰的話，就會像幻影一樣消失。但是從雪白手掌傳遞過來的微溫，宣告著我心愛的人確實就在那個地方。

亞絲娜早就知道這個世界馬上要被封閉。只有經過無盡的時間洪流之後，才能再次回到現實世界。

所以，她才為了我留下來。為了如果立場相反的話，應該也會做出相同選擇的我而留下。

我也伸出手，緊緊握住亞絲娜的小手。

在那隻手的支撐下站起身，再次從近距離凝視著那雙美麗的眼睛。

果然說不出話來。

但也感覺不需要多說什麼。所以我只是把纖細的身體拉過來緊緊抱住。

輕輕把頭靠在我胸前的亞絲娜，像呢喃般說道：

「……回到另一邊時，可能會挨愛麗絲的罵吧。」

我的腦袋裡浮現那個好強的黃金騎士，藍色眼睛裡露出火花般的光輝來斥罵我們的模樣，結果就輕笑了起來。

「別擔心。只要我們確實記得。一秒都不忘記和愛麗絲一起度過的時間就好了。」

「……嗯。說得也是。只要我們一直不忘記愛麗絲……莉茲、克萊因、艾基爾先生、西莉卡……以及結衣的話，就不用擔心了吧。」

我們鬆開擁抱，互相點頭，同時看向無人的神殿。

停止所有機能的「世界盡頭的祭壇」，在世界盡頭柔和的日照下靜靜沉睡著。

我們轉過身子，再次牽起手，開始在大理石的小徑上跑了起來。

在各色花朵間前進了一陣子後，來到浮遊島的北邊邊緣。

染成深藍的天空底下，世界在眼前無限往前延伸。

亞絲娜看著我問道：

「噯，我們要在這個世界度過多久的時間？」

我沉默了一陣子後才說出真相。

「聽說最短也有兩百年。」

「哦～」

亞絲娜點了一下頭，臉上露出一直以來都沒有改變的燦爛笑容。

「和你在一起的話，就算一千年都不算長喔…………那麼，我們走吧，桐人。」

「……嗯。走吧，亞絲娜。還有許多事情必須去做。這個世界才剛誕生而已呢。」

接著我們就牽著對方的手，張開翅膀，朝著無限蒼穹跨出了第一步。

終幕　西元二〇二六年八月

1

一道影子在所有光線都無法到達的海底緩緩爬著。

外表看起來是一隻扁平的大螃蟹。但是只有六隻腳，像是蜘蛛一樣從腹部拖著繩子，而且全身覆蓋在塗裝成鈍重灰色的金屬耐壓殼底下。

連結日本與美國的跨太平洋海底光纖電纜「ＦＡＳＴＥＲ」。其保養用深海作業機器人，正是這隻金屬蟹的真正身分。

螃蟹自從三年前被配置在海底保養總站後，就從來沒有出過任務，只是一直處於沉睡狀態。但是這一天終於接到起動命令，它動著潤滑脂快要固化的關節，離開安居的住家。

不過螃蟹完全不知道，發出命令的並非它所屬的企業。遵從這出處不明的非正式命令，螃蟹在身後拖著ＦＡＳＥＴＲ的修補用光纜，持續筆直地朝北方前進。

呼喚著螃蟹的是週期性發出的人工音聲。它每隔一分鐘就會停下來，以內藏的聲納確認音源位置，然後再次前進。

不知道重複多少次這樣的過程。

螃蟹確信自己終於來到指定的座標，於是點亮了裝設在身體前部的燈。

從白色光圈中浮現出來的是——

躺在深海底下的銀色人型機械。

鋁合金的簡易外裝上開了好幾個慘不忍睹的孔洞。從各個部位露出的纜線因為燒焦而斷裂，左臂從中間左右變成碎片，頭部則因為無法承受水壓而有一半被壓扁。

而稍微抬起來的右手握住的是，與螃蟹腹部同樣的深海鋪設用電纜。纜線筆直往上方延伸並消失在黑暗當中，看不見聯結到什麼地方。

螃蟹眺望著與自己算是同類的機器人一陣子。

但是它當然沒有抱持任何的感慨或是恐懼，只是遵照命令伸出機械手，固定住人型機器人右手抓住的纜線前端。

另一條機械手從內藏在己身腹部的纜線捲盤裡，拉出從海底鋪設過來的長長光纜前端。

接著螃蟹就在眼前把兩條纜線的連接器緊緊按壓在一起。

這樣子，被賦予的命令就全部完成了。

它簡直就像完全不關心人型機器人所握住的纜線連接著什麼地方一樣。

交互運動六隻腳反轉龐大的身軀，接著金屬製螃蟹就為了再次回歸長眠而朝著海底保養總站走去。

背後只有完全損壞的人型機器人的殘骸被遺留在那裡。

它的右手，現在依然緊緊握住仔細被絕緣體包裹住的光纖纜線。

2

二〇二六年八月一日星期六，下午兩點。

昨天晚上颱風經過關東地方後，整個轉變成清澈藍天的這個日子——

不分國內外的眾多媒體擠滿了港區的六本木Hills arena，引頸期盼著那個時間的到來。

電視的情報節目以及網路的直播串流都已經開始播放記者招待會現場。記者與評論員興奮的聲音與會場的噪音重疊在一起。

有識之士們的發言大多偏向否定的一方。

「……所以說，不論多接近實物，假貨還是永遠不會變成真貨啦。就跟中世紀的煉金術一樣。銅和鐵不論經過什麼樣的冶煉，也絕對不會變成金子！」

「但是老師，根據事前的新聞稿，對方是說成功重現了人類的腦部構造……」

「我就說那是不可能的了！聽好了，我們的腦裡有上百億的腦細胞。你覺得機械或者電腦程式能夠重現這些細胞嗎？你真的這麼認為？」

「真是的……看都沒看過，就說得好像多懂一樣。」

如此咒罵的是把領帶凌亂地扯鬆，從白天就拿著一杯琴通寧的克萊因。

店面位於台東區御徒町巷弄裡的咖啡廳兼酒吧「Dicey Cafe」店內，目前已經被大量的客人擠得水洩不通。甚至樓下不用掛出包場的牌子，也不會有客人想要進來了。

詩乃、莉法、莉茲貝特、西莉卡與克萊因並肩坐在店長艾基爾面前的吧檯。四張桌子也被朔夜、亞麗莎、尤金等ＡＬＯ領主群，朱涅與淳等沉睡騎士，辛卡、由莉耶爾、紗夏等前ＳＡＯ玩家給填滿。

每個人手上都拿著啤酒、調酒或者無酒精飲料，專心看著設置在深處牆壁上的大型電視。

莉茲貝特以混雜著嘆息的聲音回答依然繼續抱怨著的克萊因。

「這也沒辦法啊。因為就連實際親眼看過的我，到現在也還覺得沒辦法相信，那些人是人工智能，那個世界是伺服器裡的虛擬世界。」

旁邊的詩乃也一邊摸著眼鏡的鏡框一邊呢喃：

「真的是這樣。空氣的味道與地面的質感之類的，搞不好比現實世界還要真實呢。」

莉法一發出「嗯嗯」的聲音並點著頭，西莉卡就露出苦笑說著：

「那是，嗯……叫作ＳＴＬ對吧？用那個潛行的詩乃小姐與莉法小姐的特權喔。對使用AmuSphere的我們來說，至少場地與物體都是普通的多邊形。」

「但是，Underworld人不是一般的ＮＰＣ，這一點應該沒有人有異議吧？」

就在艾基爾做出這樣的結論時——

主播從電視裡傳出的聲音忽然帶著緊張感。

「啊，看來發表會要開始了！那麼我們把畫面從媒體中心交回給現場轉播！」

店內籠罩在一片寂靜當中。

數十名VRMMO玩家們大口吞著口水，專心看著相機閃光燈閃爍的記者會現場影像。他們都不願錯過過去他們拚命保護的人物，終於要出現在社會大眾面前的這個瞬間。

首先出現在擠滿廣大會場的電視攝影機與照相機前面的，是穿著沉穩褲裝，看起來將近三十歲的女性。臉上略施薄粉的她，把長髮綁在頭部後面。

在並排數十隻麥克風的講台前停下腳步的女性面前，放置著「海洋資源探查研究機構　神代凜子博士」這樣的名牌。雖然因為洪水般的閃光燈而瞇起眼睛，但博士還是用果斷的態度點點頭，並開口表示：

「謝謝各位在百忙之中抽空來到這裡，今天本機構將要發表應該是世界上首見的真正人工泛用智慧的誕生。」

忽然就切入主題的發言，讓會場產生一陣騷動。

博士一臉稀鬆平常地舉起左手，指著舞台的左手邊說：

「那麼，就讓我介紹……『愛麗絲』。」

在充滿期待與懷疑的視線當中，從銀色舞台面板陰影處現出身影的是——
有著閃爍金色光芒的長髮、賽雪的白色肌膚。修長手腳與纖細身體包裹在深藍色外套底下的一名少女。

在幾乎讓直播影像完全反白的閃光燈洗禮之下，少女不要說行禮了，她看都不看記者席一眼，只是以昂首闊步的模樣往前走。連續響起的快門聲與騷動聲，把配合少女步行傳出的輕微馬達聲音完全蓋過去。

以順暢的腳步橫跨舞台，來到神代博士身邊後停下腳步。

這時少女終於把身體轉了過來。飄揚的金髮在聚光燈下發出眩目光芒。

默默往下看著記者席的少女，眼睛是極為清澈的藍色。

她那無法說是西洋人還是東洋人，帶著某種淒絕的美貌，讓會場慢慢地靜了下來。

會場裡所有人，以及看著轉播的無數觀眾，都直覺那不是活生生的人類所能擁有的容貌。她無疑是由人類的手所創造出來的物品——以矽膠皮膚覆蓋金屬骨骼的機器人。而型態類似的女性機器人，在各地的主題遊樂園與活動會場也都能看見。

但是，除了剛才那極為順暢的步行以及完美的姿勢控制之外，還要加上從金髮少女身上散發出的某種氣息，都給予眾人類難以言喻的衝擊，讓他們不由得陷入漫長的沉默當中。

這說不定是蘊藏在藍色眼睛深處的深邃光輝所造成。那是一般光學鏡頭裡絕對看不見的智慧光芒。

當記者席終於完全沉默下來之後，少女臉上就露出些許笑容，然後做出奇妙的動作。先水平舉起輕輕握拳的右手再將其觸碰胸口，微微張開的左手像是靠在透明劍柄上一樣貼著左腰行了個禮。

接著迅速把雙手移回上半身，將披在肩上的金髮掃到背後，少女便打開粉紅色嘴唇。清冽中飄盪著甘醇的乾淨聲音，從會場的擴音器與無數電視當中流出。

「現實世界的各位，初次見面。我的名字是愛麗絲。愛麗絲・辛賽西斯・薩提。」

「那……那是我們學校的制服！」

西莉卡這麼大叫。她把雙眼瞪大到極限，比較著自己身上與畫面內愛麗絲所穿的外套。

「好像是她本人這麼要求的。」

旁邊的莉茲貝特抓住制服的緞帶並這麼說。

「她說想穿和前來救援人界守備軍的眾人一樣的騎士團服裝。第一志願好像是跟另一邊一樣的純金鎧甲。」

「就算是RATH，也沒辦法準備那樣的服裝吧。」

莉法的發言引起和睦的笑聲。

電視畫面上，愛麗絲與神代博士正要坐到講台後面的椅子上。愛麗絲前面也自動升起寫著「Ａ.Ｌ.Ｉ.Ｃ.Ｅ. ２０２６—愛麗絲・辛賽西斯・薩提」的名牌。

「……不過話又說回來，這重現度也太恐怖了吧。雖然在Underworld只和她說過幾句話，但是透過畫面完全看不出有什麼不同……」

當詩乃呢喃到這裡時，畫面裡的神代博士就輕咳了一聲，然後開口發言：

「那麼，雖然有點不符慣例，但我想先從現場提問開始。」

這樣的流程似乎已經事先告知過媒體，所以記者席上立刻有無數的手舉起來。

一開始被指名的是某大報社的男性記者。

「嗯……我先從最基本的問題開始。愛麗絲……小姐和既存由程式控制的機器人有什麼樣的差異呢？」

回答的人是神代博士。

「這次的記者會，愛麗絲的物理外表並不是重要的問題。寄宿在她的腦……我在這裡將其稱為腦，也就是收納在頭蓋內的光子腦的意識，並非能換置成二進制碼的程式，而是和我們人類腦部本質上相同的存在。這就是她和既存的機器人絕對的差異。」

「哦……那麼，是不是可以用簡單易懂的形式，展現給我們以及電視機前面的觀眾朋友看呢……」

神代博士輕輕皺起眉頭。

「相信各位手邊的資料都能看到圖靈測試的結果了。」

「不，我說的不是數字。比如說……是不是可以打開腦袋……頭蓋，讓我們直接看看內部被稱為光子腦的物體。」

一瞬間露出啞然表情的博士，準備以嚴厲的神色反駁對方前，愛麗絲就先開口這麼回答：

「嗯，沒問題喔。」

自然地露出燦爛的笑容，接著繼續說道：

「但是在那之前，可不可以也請您先證明自己不是機器人呢？」

「咦……？我……我當然是人類了……要我證明我也不知道該怎麼做。」

「很簡單。我是想請您打開頭蓋，讓我看看您的腦。」

「嗚……嗚哇啊，愛麗絲生氣了～」

莉法縮起肩膀竊笑著。

聚集在Dicey Cafe的玩家們，早已得到在ALfheim Online裡和愛麗絲交流的機會。因此很清楚她剛毅且嚴厲的個性。

當然，愛麗絲是在ＡＬＯ開了新的帳號，所以虛擬角色的外表與現在的她稍微有點不同。但即使如此，她還是憑著只能說像超人般凌厲的恐怖劍技，以及天生的——也就是真正騎士才擁有的高傲自尊，讓許多玩家敬畏且著迷。

畫面裡的記者以不高興的樣子坐回位子上，然後接下來的提問者站起身子。

「嗯……想請問神代博士。有一部分勞動工會已經不斷提出，擔心高度的人工智慧將讓失業率更加提升的發言了……」

「這樣的擔心是杞人憂天。本機構沒有任何提供真正的ＡＩ作為單純勞動力的意圖。」

博士堅決否定的發言，讓女性記者一瞬間含糊其辭，但立刻就帶著更強烈的企圖心繼續詢問：

「但是，財經界似乎反而對高度人工智慧有相當高的期待。產業用機器人相關企業的股價全都上升，關於這一點您有什麼看法？」

「很可惜，真正的ＡＩ……正如資料所顯示的，本機構稱呼其為『人工搖光』，他們並非短期間內能夠大量生產的存在。他們和我們一樣是以嬰兒的型態誕生，在雙親與兄弟姊妹的陪伴下，從小孩子成長為大人並且獲得獨一無二的個性。我認為不能把這樣的智慧植入產業機器人當中，強迫他們從事勞動工作。」

會場沉默了一陣子。

最後女性記者以僵硬的聲音問道：

「也就是說，博士……認為應該要承認ＡＩ的人權嘍？」

「我也知道這不是一朝一夕就能得到結論的題目。」

神代博士的聲音始終保持相當平穩，但是聲音裡頭聽得出她那不可動搖的堅定意志。

「但是，我們人類不應該重複過去的錯誤。只有這一點我非常肯定……很久以前，被稱為列強的多數先進國家，競相把落後國家變成殖民地，把該國的人們當成商品買賣並強迫他們從事勞動工作。結果遺留下來的怨恨，在即使過了一兩百年的現在，依然持續給國際社會帶來相當大的陰影。現在這個瞬間，就算我說希望承認人工搖光們是人類並且賦予他們人權，應該大部分的人都會覺得不對勁吧。但是經過一百或者兩百年後，我們應該能理所當然般和他們生活在同一個社會，並且毫無隔閡地交流，甚至是結婚共同組織家庭。這就是我的確信。這樣的話，到達這個狀況的過程裡，需要像過去那樣付出許多鮮血與悲傷嗎？希望把誰都不願意想起，必須加以封印的歷史再次加寫在人類史上嗎？」

「但是博士！」

女性記者忘我般大叫了起來。

「他們的存在和我們人類實在有太大的差異！要怎麼樣才能把沒有體溫的機械身軀認為是

跟我們一樣的人類呢？」

「剛才我已經說過，愛麗絲物理上的身體並非她存在的本質。」

神代博士以冷靜的口氣回答。

「確實她擁有和我們材質以及構造都不同的身體。但那是僅限於這個世界而已。我們早已擁有能承認人類與人工搖光完全是同樣存在的地點。」

「您說的地點……是哪裡呢？」

「虛擬世界。現在我們的生活有相當的比例，逐漸轉移到由作為泛用ＶＲ空間規格的『The Seed程式套件』生成的虛擬空間裡。今天這場記者會，隸屬於各種媒體的諸位原本希望以ＶＲ的方式來舉行，是在本機構的要求下才在現實世界舉辦。這是因為希望一開始就讓各位了解人工搖光與我們的差異。但是在虛擬世界就不是這樣了。愛麗絲等人工搖光的光子腦，對於The Seed規格的ＶＲ空間具有完全的適合性。」

會場再次產生巨大的騷動。

ＡＩ可以潛行到虛擬空間——許多記者都理解這也就是表示，在那一邊將會搞不清楚對方究竟是人類還是ＡＩ。

第三名提問者代替說不出話而坐回位子上的女記者站起來。戴著淡色太陽眼鏡，身穿瀟灑夾克的男性，是相當知名的自由新聞工作者。

「首先要確認的是，請恕我孤陋寡聞沒有聽過海洋資源探查研究機構這個名字，但這是文科省的獨立行政法人吧？也就是說，你們投入研究開發的資金是日本國民支付的稅金。這樣的話，作為開發成果的那個……人工搖光，不就應該是屬於國民所有嗎？就算是真正的ＡＩ，是否該利用在產業機器人上也不是由你們機構，而是要由全國人民來決定吧？」

至今為止回答問題時都毫無滯礙的神代博士，嘴角首次稍微繃緊。

當她把臉靠近麥克風時，就被從隔壁伸過來的白皙的手制止。那是來自保持漫長沉默的愛麗絲。

擁有機械身體的少女，晃著金髮點了點頭，然後開口表示：

「我承認也接受你們現實世界人是我們的創造者。也很感謝你們讓我們能夠誕生。但是，過去和我出生在同一個世界裡的人曾經這麼說過——如果現實世界也是被創造出來的世界呢？如果其外側也存在更高階的創造者呢？」

鈷藍眼睛的深處，閃爍著閃電一般的光芒。

愛麗絲凝視著被她氣勢震攝而往後退的自由記者以及眾多媒體相關人員，然後緩緩站了起來。

她挺起胸膛，雙手在胸前重疊的模樣，即使身上穿著制服也還是讓人想起她本來騎士的身影。世界首次出現的真正ＡＩ微微伏下眉毛，以帶著透明感的清澈聲音繼續表示：

「如果說有一天，你們的創造者現身，命令你們成為奴隸的話，你們會有什麼反應？是雙手撐地宣示忠誠，然後乞求對方的慈悲嗎？」

這時愛麗絲放鬆嚴厲的目光，嘴唇露出微笑。

「……我已經和許多現實世界人有過交流。他們鼓勵隻身處於不知名世界的我，讓我打起了精神。教會我許多事情，也帶我到很多地方去。我很喜歡他們。而且不只是這樣……我甚至愛著一名現實世界人。只要想到現在無法見面的那個人……連這個鋼鐵製的胸口都像要裂開一樣……」

愛麗絲說到這裡就先停住，一瞬間閉上眼睛並低下頭。

雖然應該不存在這種機能，但許多人還是覺得有水滴滑落她雪白的臉頰。

她立刻就抬起金色睫毛，以平穩的視線筆直貫穿全場。

黃金的女性騎士，以柔軟的動作舉起右手說：

「……我擁有對你們現實世界人伸出的右手。但是，沒有跪在地上的膝蓋與平伏的額頭。這是因為我也是人類。」

3

比嘉健從距離記者會現場不遠的RATH六本木分部看著記者會的狀況。

Ocean Turtle襲擊事件時被槍擊的右肩，現在傷口終於開始癒合，石膏也已經拆掉。但是手槍子彈貫穿的傷痕還清晰地殘留著。雖然再次接受整形手術就能把它消掉，但比嘉想就這樣讓它留下來。

電視從記者會的實況切換成攝影棚畫面，主播開始說明起這個「重大事件」。

「……這個名為海洋資源探查研究機構的組織，據說是在自走式人工母船『Ocean Turtle』內進行深海探查用自主潛水艇的研究，但是與剛才大力報導的襲擊占領事件的關聯也相當受到矚目。」

解說者深深點了個頭後做出了評論。

「嗯，根據其中一種說法，襲擊的目的是為了奪取這個人工智慧。在仍未特定出犯罪集團的現狀之下，很難斷定真相是否如此……」

「另外，雖然當時新銳護衛艦『長門』停泊在鄰近海域，但為什麼二十四小時之間都沒有前往救援的問題也浮上檯面。防衛大臣在國會接受質詢時表示是以人質的安全為最優先考量，但實際上，警備人員也出現犧牲者了……」

這時畫面轉換，映照出一個男人的照片。

一絲不茍地穿著自衛隊第1種軍禮服，整個往下拉的帽子底下，黑色賽璐珞鏡框的眼鏡遮住了他的表情。

照片旁邊出現字幕。

「在襲擊事件裡喪生的菊岡誠二郎先生」──

比嘉隨著長長的嘆息擠出接下來的話。

「沒想到……你會成為事件裡唯一的一名犧牲者呢。菊老大……」

結果站在旁邊的人物就一邊搖頭一邊做出回應。

「哎呀，真的是這樣……」

身上的打扮是球鞋加上棉質七分褲，以及圖案不討喜的襯衫。除了剪得相當短的頭髮外，還有從耳朵一直留到下巴的淡淡鬍鬚。臉上則戴著反射鏡片的太陽眼鏡。

從胸前口袋拿出裝有便宜水果糖的容器，輕輕把一顆糖丟進嘴裡的怪人，咧嘴笑了一下後又繼續說道：

「但是，這是最好的方法嘍，比嘉。反正那樣下去的話，我也只能被迫辭職，一個搞不好還可能真的消失在世界上，而且就是因為襲擊事件裡出現犧牲者這樣的壓力，才能把國內的妨礙者逼到那種地步。嗯，實在沒想到幕後的最大黑手會是防衛事務次官這樣大人物就是了。」

「美國的武器製造商好像給了次官不少錢喲。但是……先不管這個了……」

比嘉把視線移回電視上，一邊聳肩一邊問道：

「真的沒關係嗎，像這樣大肆宣傳人工搖光的存在？這樣ＲＡＴＨ的最終目標，也就是無人兵器搭載計畫就完全失敗了喔，菊老大。」

「沒關係啦。主要是讓美國知道我們能夠辦到這一點就可以了。」

雖然側腹部被襲擊者的突擊步槍發射出來的子彈連同防彈背心貫穿過去，但內臟幸運地沒有受到損傷，所以比比嘉恢復得還要快的ＲＡＴＨ指揮官菊岡誠二郎咧嘴露出了笑容。

「這樣那邊的兵器製造商，也無法打著共同開發的招牌，強迫我們公開技術了吧。因為我們已經完美地完成了人工搖光。看過這場記者會之後，他們也只能死心了吧。哎呀，真是的……愛麗絲美麗的程度已經超越人類了吧……」

往上看著愛麗絲再度出現在電視上的影像，菊岡太陽眼鏡底下的細長眼睛就像看見什麼眩目的東西一樣眨了起來。

「是啊……真的是Alicization計畫的結晶……」

雖然兩個人同時沉默下來，但比嘉還在腦袋的角落繼續思考著。

話說回來──RATH作為實現目標的「人工高適應型智慧自律存在」，取頭一個字母就變成了「A.L.I.C.E.」，而身為其完成型的那名少女，在Underworld的成長過程中也被賦予愛麗絲這個名字，結果真的只是奇蹟似的偶然嗎？

如果不是偶然，那麼又存在什麼樣的理由呢？是像那個柳井那樣，某個RATH工作人員在極隱密的情況下干涉內部造成的結果？或者是……工作人員之外，唯一一名登入Underworld的他所造成……

比嘉停下思緒回過頭去，看向並排在寬敞房間深處的兩台STL。

短短兩個月前，進行三天連續潛行時也使用過同樣的機器，而現在他──桐谷和人就躺在這樣的機器裡面。

左臂上插著點滴用導管。胸口貼著心電圖螢幕用的電極。眼睛緊閉著的那張臉，在被搬送到Ocean Turtle之後長達三個星期的昏睡當中，似乎變得更為瘦削了。

但是睡著時的表情極為安穩。嘴角看起來甚至散發出一種滿足感。

而在他身邊陷入沉睡的一名少女──結城明日奈也有同樣的表情。

比嘉他們持續藉由STL來常時螢幕監控兩人搖光的活性。

不是所有的反應都從他們的腦部消失了。如果搖光自行完全崩壞的話，應該連呼吸都會停止才對。但是，精神活動已經降低到極限，回復的希望也逐漸地消失。

這也是理所當然的事。和人與明日奈在界限加速階段停止之前，已經實際體驗過兩百年這樣的漫長時間。對於只活了短短二十六年的比嘉來說，很難想像那究竟有多麼漫長。即使時間大大地超過搖光理論上的壽命，心臟依然在跳動就已經可以說是奇蹟了。

兩人被移送到六本木後，比嘉與神代博士立刻就向監護人進行說明與謝罪。除了ＲＡＴＨ其實是由一部分的自衛官，以及國防相關製造商的技術人員志願者所構成的真相之外，他們幾乎說出了所有的事實。

桐谷和人的雙親雖然流下眼淚，但是沒有亂了方寸。應該與已經從他的妹妹那裡聽過大致上的情況也有關係吧。問題是結城明日奈的父親。

怎麼說也是那個超大企業ＲＣＴ的前任董事長。怒髮衝冠的他似乎立刻就要提出告訴，但出乎意料的是由明日奈的母親阻止了他。

明日奈身為大學教授的母親，一邊撫摸女兒的頭髮一邊這麼說。

——我相信自己的女兒。她絕對不會做出沒跟我們說一聲就消失的舉動。她一定會元氣十足地回歸。所以老公，你也再稍等一下吧。

現在兩人的父母親應該也看著記者招待會吧。看著他們的孩子拚命保護下來的，新人類的模樣。

在愛麗絲她——人工搖光抬頭挺胸在現實世界跨出第一步的這個值得紀念的日子裡，不能沾染上任何悲傷的氣氛。

所以，拜託了……醒過來吧，桐人小弟。亞絲娜小姐。

比嘉低頭祈禱時，菊岡突然用手肘戳著他。

「喂，比嘉。」

「……菊老大，怎麼了嗎？我正在集中精神耶。」

「我說比嘉啊。你看……你看那個。」

「記者會的話，已經差不多結束了吧。記者的問題也幾乎都在預料的範圍之內……」

邊這麼呢喃邊抬起頭的比嘉，發現菊岡握住水果糖容器的手不是指著實況畫面而是指著右側的副螢幕。

顯示在上面的兩個視窗，是兩台ＳＴＬ的即時監控情報。

黑色背景當中浮現兩個朦朧的白色圓環。其一動也不動的朦朧光芒，正代表沉睡少男少女的靈魂殘光……

跳動。

從光環的一部分凸出極端微小的銳角，然後立刻消失。

比嘉眼鏡底下的眼睛猛烈眨著，喉嚨堵塞而不停喘氣。

＊＊＊

廣大的記者會場再次響起神代博士的聲音。

「……應該需要很長、很長一段時間吧。但是不必急著做出結論。希望能和今後應該會經過新程序而誕生的人工搖光們，透過虛擬世界進行交流，感受以及思考。這就是本機構唯一希望觀看這次轉播的諸位所能做的一件事。」

結束演說後博士就坐回位子上，但是沒有任何掌聲。

記者們臉上依然籠罩著濃厚的迷惑之色。

立刻就有下一個提問者舉手並且站起來。

「博士，關於危險性您有什麼樣的想法呢？也就是，您能肯定ＡＩ們絕對不會有滅絕我們人類好支配這個地球的想法嗎？」

神代博士像壓抑住嘆息一樣回答：

「只有一種情況之下，才會出現這種可能性。就是我們想要滅絕他們的時候。」

「但是，從以前就有很多的小說和電影……」

當對方想繼續問下去的時候，原本坐在椅子上的愛麗絲忽然迅速站起來。提問者被她的氣勢逼得往後縮。

瞪大藍色眼睛，像在聽遠方的聲音般豎起耳朵，視線也在虛空中徘徊的愛麗絲，幾秒後就做出這樣的簡短發言。

「我有急事。請恕我先行離開。」

翻動長長的金髮，以機械身體所能達到的最大速度，一眨眼就消失在舞台旁邊了。

記者們以及電視機前的無數觀眾都頓時說不出話來。

急事——愛麗絲是這麼說，但是還有比這場記者會更重要的事情嗎？

獨自留在講台上的神代博士，這時也不禁露出驚訝的模樣，最後像是想起什麼事情一樣改變了表情。沒有任何記者注意到，她用力吸了口氣又吐出來的嘴角，一瞬間閃過了一絲微笑。

＊＊＊

不是看錯。

同時發生在和人與明日奈搖光上的脈搏，雖然是十秒間隔這種緩慢的週期，但是尖端的高度確實持續增加。

「菊……菊老大！」

比嘉一邊喘氣，一邊重新轉向背後的ＳＴＬ。

兩人的睡臉沒有變化。

不對——

在比嘉凝視著的這段期間，兩人的臉頰也一點一點地恢復血色了。心臟的跳動逐漸變強。監控裝置也顯示兩人的體溫正一點一點上升當中。

真的可以有所期待嗎？兩人將因為某種奇蹟而覺醒——不對，應該說從靈魂的死亡復生。之後的十分鐘裡，對於比嘉來說，就像界限加速階段的時候那麼漫長。

召集分部內有空的工作人員，讓他們進行各種準備的期間，比嘉也頻頻抬頭確認兩人的搖光已經逐漸接近正常狀態。不這麼做的話，感覺跳動著的七彩放射光就會像幻影一樣消失無蹤了。

當什麼口服電解質液啦營養補給果凍啦，只要想得到的都準備好了，只剩下等待的那個時候——

入口的電動門橫移，出現了完全意想不到的身影。嚇了一大跳的比嘉與菊岡同聲大叫：

「愛……愛麗絲？」

應該在六本木Hills舉行世紀記者會的金髮少女，讓全身的驅動器發出巨響並往兩台ＳＴＬ跑過去。

「桐人！……亞絲娜！」

以稍微帶著電子聲響的聲音呼喚兩人的名字，然後跪到軟膠床旁邊。

比嘉以瞪大的眼睛，畏畏縮縮地看向牆上的電視。畫面已經切換回攝影棚，主播正急著對記者會主角突然消失這件事情發表評論。

「……嗯，神代博士應該會想辦法解決吧。」

菊岡以緊繃的笑臉這麼呢喃，然後關掉電視。

現在確實不是管什麼記者會的時候了。比嘉確認過和人與明日奈的狀態之後，就從後方凝視著在兩人身旁一直祈禱著的愛麗絲。

愛麗絲是在LightCube收納盒內呈休眠狀態的情況下，被從Ocean Turtle運送到ＲＡＴＨ六本木分部。接著把愛麗絲搭載在將二號機（二衛門）配合她的外型加以修改過的機器軀體三號機內，再讓她在現實世界醒過來。

正如她在記者會現場所說的，突然被丟到未知異世界的衝擊確實相當大。之所以能在短短三個星期裡就適應產生劇烈變化的環境，絕對是只靠著一顆堅定的決心。也就是——為了再次和桐人以及亞絲娜相見。

現在，這個時刻終於要來了。

愛麗絲的雙手隨著細微的馬達聲抬起，包裹住躺在軟膠床上桐人的右手。

和人骨瘦如柴的手指輕輕動了一下。

伏下的睫毛也不停震動。

嘴唇微微張開——合起——又張開——

眼瞼慢慢、慢慢地抬起來。

反射集中照明的黑眼珠裡，目前還看不見意識的光芒。快點，快點說些什麼啊，比嘉內心這麼祈求著。

張開的嘴唇裡，洩漏出宛如嘆息的呼吸聲。最後那道聲音又加上了聲帶的震動。

「……It……will……」

比嘉的背部閃過比冰塊還要冷的戰慄。那種聲音，和崩壞之前的搖光複製體所發出的奇怪叫聲有點類似……

不對。

「……be……all……right。」

接下去是不同的聲音。

和人他是說「It will be allright」。不會錯的。

籠罩在一片寂靜當中的室內，這時傳出另一道平穩的聲音。

「Sure。」

這麼回答的是在旁邊的ＳＴＬ裡微微張開眼睛的明日奈。

兩人互望著對方，輕輕點了點頭。

接著把臉往反方向移去的和人，就對握住自己右手的愛麗絲露出微笑。

「……嗨，愛麗絲。好久不見了。」

「…………桐人……亞絲娜……」

愛麗絲以呢喃聲呼喚兩人的名字，同樣一邊微笑，一邊不斷用力眨著眼睛。簡直就像在懊惱沒有流眼淚的機能一樣。

和人以充滿慈愛的眼神看著這樣的愛麗絲並且說：

「愛麗絲。妳的妹妹賽魯卡選擇了處於Deep freeze狀態來等待妳回去。現在依然在中央聖堂第八十層那座山丘上沉睡著。」

「…………！」

聽見比嘉無法理解的話後，愛麗絲的身體產生巨震，金髮立刻從肩膀上滑落蓋住了她的表情。

這時和人把手放到忍不住將臉埋進床單的愛麗絲背後——

然後首次和菊岡以及比嘉對上眼。

這個瞬間，比嘉的精神深處有種不可思議的感覺爆開來。那不是感動，也不是有興趣。這是……畏懼？

兩百年。

經過等於無限歲月的靈魂。

面對整個人僵住的比嘉，和人開口說道：

「來吧，比嘉先生。把我和亞絲娜的記憶刪除。我們的任務已經結束了。」

4

我忽然睜開了眼睛。

像平常一樣，被些許困惑感侵襲。這裡是哪裡，現在是什麼時候——就是這樣的困惑。

但是，這種不對勁的感覺似乎也隨著時間慢慢變淡了。這也就表示，過去就像流水一樣一去不回頭了吧。真是令人悲傷、寂寞的一件事。

依然躺在床上的我，往上看著牆上的時鐘。

下午四點。結束午餐之後的復健並沖完澡後，我大概睡了一個半小時左右。

病房裡，透過白色窗簾射進來的斜陽，在房裡形成了清晰的明暗對比。豎起耳朵，就能聽見從遠方某處傳過來的蟬鳴。以及各種機械與人類所製造出來的都市喧囂。

深深吸了一口充滿陽光與消毒藥水味的空氣，慢慢將其吐出，然後我就下了床。

橫跨不算寬敞的病房，移動到朝南的窗戶旁。雙手把窗簾全部拉開。

對強烈的夕陽瞇起眼睛，漫無目的地眺望著眼睛下方一整片巨大的都市。消費龐大的資源，持續進行複雜且激烈活動的現實世界。我所誕生的世界。

除了「我回來了」的感慨之外，也有種想回到那個世界的念頭。總有一天，這種望鄉的念頭也會消失吧。

呆立在窗邊的我，耳朵聽見輕輕的敲門聲。轉過頭並且回應了一聲「請進」，門就橫移讓後面的訪客現出身影。

栗色長髮綁成雙馬尾。身上穿著白色針織衫，以及帶著夏季氣息的冰藍色百褶裙。高跟涼鞋也同樣是白色。

那陽光粒子殘留在上面般的站姿，讓我忍不住眨起雙眼。

三天前，比我早一步出院的亞絲娜，一邊揮舞右手上的一小束花朵一邊露出燦爛笑容。

「抱歉，稍微晚了一點。」

「沒關係，我也才剛起床。」

回報以笑容後，我就輕輕抱著走進病房的亞絲娜。

結果，亞絲娜的左手就快速摸著我的手臂與背部。

「嗯……大概恢復標準桐人的九成了吧。有好好吃飯嗎？」

「有吃啊，還拚命吃呢。沒辦法，怎麼說也是在床上躺了整整兩個月。」

我隨著苦笑把身體移開並聳聳肩。

「倒是我出院的日期也確定了喔。他們說是大後天。」

「真的嗎！」

表情瞬間一亮的亞絲娜，一邊走向邊櫃上的花瓶一邊繼續說：

「那麼，就盛大地慶祝你復原吧。先在ALO裡，然後現實世界也慶祝一下。」

迅速更換花瓶裡的水，清除枯萎的花朵，再加上兩朵帶來的淡紫色薔薇並且把花瓶放回邊櫃上。

凝視著似乎拚命想努力接近純藍色的薔薇一陣子後，我就回應了一句「說得也是」。

在床上坐下來後，亞絲娜也來到旁邊輕輕坐下。

鄉愁再次襲上心頭。但已經沒有像剛才那種猛烈刺中胸口的疼痛感了。

這時亞絲娜把身體靠過來，在抱住她的肩頭後，我便讓意識在記憶的遠方徘徊著。

那一天——

我和亞絲娜被留在進入界限加速階段的Underworld之後，就從開滿花朵的「世界盡頭的祭壇」一起飛，越過漆黑的沙漠與紅色奇岩群，首先和停留在古代遺跡戰場上的人界守備軍會合。

克萊因、艾基爾以及莉茲貝特等從現實世界來的援軍已經不在那裡。在開始加速的同時，他們就全都自動登出了。

我安撫哭慘了的緹潔與羅妮耶後，索爾緹莉娜學姊就把我介紹給年輕整合騎士連利認識。

我和他一起重新編組部隊，順著往北方延伸的道路回到「東大門」。

在那裡與留在當地的整合騎士團副團長法那提歐、騎士迪索爾巴德，以及見習騎士費賽爾、里涅爾完成充滿緊張感的再次相遇，我就從初次見面的整合騎士謝達那裡，收到了暗黑界軍臨時司令官，拳鬥士團團長伊斯卡恩這名人物的訊息。

暗黑界軍將先回歸遙遠東方的帝城，與殘活的將軍們一起結束戰後處理，一個月後希望能和人界軍展開和談。目送自願擔任大使的謝達坐著灰色飛龍朝東方飛去之後，人界守備軍的所有部隊就踏上回到中央聖堂的歸途。

沿途的鄉鎮與村莊的居民，不知道為什麼已經得知戰爭結束，和平再次降臨的消息，所以全都以盛大的歡呼迎接守備軍。

回到聖托利亞之後，就是每天忙得頭昏眼花的日子。

被幫忙貝爾庫利死亡後成為最高等騎士的法那提歐、重建公理教會與補償在戰爭中犧牲的衛士的家族，以及壓抑趁著戰後紛亂情勢想要擴大權限的四皇帝家與大貴族等事情忙得團團轉，一瞬間就過了一個月——

再次到東大門遺跡參加和談會議時，我和亞絲娜就在那裡邂逅了正式成為暗黑界軍總司令官的伊斯卡恩。

比我年輕一些，有一頭火焰般紅髮的戰士，當場就對我這麼說。

——你這傢伙就是「綠色劍士莉法」的哥哥嗎？聽說你幹掉皇帝貝庫達。

——我不是在懷疑你。不過讓我試你一下吧。

於是我和伊斯卡恩不知道為什麼就在會議場裡互相用力揍了對方的臉頰一拳，接著他就像能夠認同般點點頭，然後開口對我宣告。

……你這傢伙確實比皇帝還有我都要強。所以，雖然很不爽但我就承認吧……你就是最初的…………了…………

到那邊附近，我的記憶就忽然中斷了。

接下來的場景，已經是在ＳＴＬ的軟膠床上醒來的我，以及ＲＡＴＨ的比嘉健對我說著：

「順利刪除記憶了。」

根據神代凜子博士所說，我和亞絲娜從和談成立那天開始，就在Underworld持續活動了遠超過搖光容量界限的兩百年時光。但我完全想不起來在這段漫長的歲月裡做了些什麼事，也不知道是如何迴避搖光的崩壞。很恐怖的是，在ＲＡＴＨ六本木分部醒過來後，我連和比嘉、菊岡兩個人進行過的對話都完全忘記了。

而亞絲娜似乎也跟我一樣。

但她卻帶著跟平常一樣的溫柔笑容這麼說道。

——既然是桐人，那一定是管了許多麻煩的事情，然後從各個地方的女孩子身邊逃走吧。

聽她這麼說，就不會強行要回想起當時的事情，但終究還是無法消除那種痛切的寂寥感。

這是因為，現在這個瞬間應該也持續以等倍時間運作當中的Underworld裡，法那提歐與連利等整合騎士、伊斯卡恩等暗黑界諸侯，以及羅妮耶、緹潔、索爾緹莉娜學姊以及阿滋利卡老師等人，都已經不在人世了……

忽然間，亞絲娜像是看透我的內心般呢喃著：

「別擔心。就算記憶消失了，回憶也不會消失喲。」

——沒錯，桐人。不要哭……stay cool。

那道熟悉的細微聲音又在我耳朵深處迴響著。

沒錯。回憶不只保存在大腦皮層當中。它們會確實刻劃在擴散到全身細胞的搖光網路裡。

我眨眼甩落快要滲出的淚水，一邊撫摸亞絲娜的頭髮一邊回應：

「嗯。將來……一定還能碰面。」

充滿安穩與靜謐的時間持續了幾分鐘。

落在雪白牆壁上的落日，色調逐漸變得濃厚。有時還會看見歸巢鳥兒們的影子迅速橫越牆壁。

打破沉默的是再次響起的敲門聲。

我輕輕歪了一下脖子。這個時間點應該沒有人會來面會才對，在沒辦法的情況下，我只能把手從亞絲娜肩上移開並回答：

「請進。」

門咻一聲橫移的同時，就響起那道懷念又令人恨得牙癢癢的聲音。

「哎呀哎呀，終於要出院了嗎，桐人！這一定得好好慶祝一下……哎呀，糟糕，看來我是當了電燈泡了？」

我夾雜著嘆息這麼回答：

「……菊岡先生，我就不追究您為什麼會知道安岐小姐才剛告訴我的出院時間了。」

前總務省假想課職員，同時也是前二等陸佐兼偽裝企業RATH前指揮官的菊岡誠二郎，以跟前幾些日子那種噁心圖案完全不同的打扮溜進我的病房裡。

明明是盛夏時節卻正經地穿著高級西裝，甚至還打了領帶。仔細地把短髮抹平，戴著無框纖細眼鏡的臉上沒有浮現任何汗水。

熟悉的輕挑笑容以及右手上那個便宜的紙袋，完全毀了這種不論從哪個角度看，都像是外資企業菁英商務人員的模樣。

菊岡一邊輕舉起那個紙袋一邊說道：

「這是小禮物。因為得增強桐人的體力才行啊，原本猶豫了老半天該帶什麼東西，結果凜子博士以恐怖的表情說絕對只要買市販的商品就好。但是，要恢復元氣的話，最好的就是發酵食品了，這一點是絕對無法讓步的，所以我帶了一大堆來嘍。首先是琵琶湖的鮒壽司，現在抓不到似五郎鮒魚，所以想買也很難買到喲。再來是沖繩的豆腐餻，這最適合拿來當泡盛古酒的下酒菜了。然後最棒的是這個起司，先說這可不是一般的起司喲，是直接從法國進口，足以讓愛哭小孩安靜下來的洗皮起司中的逸品，伊泊斯起司喲！每天用酒清洗並且經過長期熟成，表面就會不斷繁殖超棒的微生物，然後散發出令人受不了的芳香……」

「冰箱在那邊。」

我迅速打斷以陶醉表情連珠炮般說出一大串話的菊岡，直接指著病房的角落這麼說。

「咦？你說什麼？」

「謝謝您的小禮物。然後冰箱在那邊。」

「咦咦～打開來啊。」

「這個房間的窗戶是封死的啊！您覺得在這裡打開來會有什麼結果？」

紙袋裡已經隱約飄出芳香，亞絲娜則是帶著微妙的表情一點一點地往後退。

「我覺得是很棒的味道啊……——還有，說過很多遍了，跟我講話不用這麼客氣。被桐人用『您』稱呼總覺得渾身不對勁。」

悠閒地說著無關痛癢的話並把禮物放進冰箱裡後，菊岡就坐到給客人用的椅子上。

他立刻就恢復平常的那種笑容，把雙手指尖在交叉的膝蓋上合起來。

「哎呀，不過真的是太好了。現在想起來，桐人你從六月底被『死槍事件』的共犯襲擊而受傷之後，肉體就一直處於昏睡狀態吧。短短一週的復健就能變得這麼有精神，只能說不愧是年輕人哪。」

「啊～……嗯……本來應該說真的給您添麻煩了……」

雙臂交叉在胸前的我以沉吟聲這麼表示。

在襲擊者事件裡陷入心肺停止狀態的我之所以能回復到這種地步，完全是多虧有ＳＴＬ的搖光活化治療。但是這個男人為了這麼做而用偽裝救護車把我從被搬送過去的醫院裡運出來，接著以直升機把我空運到在遠方伊豆諸島海域中的Ocean Turtle裡。

我了解他們無法採取正規手段的苦衷。因為我的ＳＴＬ治療一刻都無法延遲，ＲＡＴＨ也是無法讓人得知存在的祕密組織。我反而應該要全面感謝菊岡為了救我而甘冒如此大的風險。

——但是。

「…………菊岡先生。我第二次潛行到Underworld時，記憶並沒有被封鎖就直接在人界的北部邊境醒過來，這真的是意料之外的事故嗎？」

「那是當然了。」

菊岡收斂了一些笑容並點點頭。

「那個時間點，把現實世界的你直接丟進Underworld也沒有意義。因為模擬會遭到汙染。不過實際上你也幫忙把早已被柳井汙染了的世界修正回來了……」

「沒想到會有須鄉的部下潛入ＲＡＴＨ裡面……」

我瞄了一眼站在旁邊的亞絲娜。

亞絲娜露出跟剛才不同的厭惡感，一邊用手掌輕輕摩擦上臂一邊呢喃：

「想到在那個蛞蝓男待著的房間隔壁潛行了好幾個小時，我就全身起雞皮疙瘩。而且還用槍射了比嘉先生……原本希望能抓住他，讓他招供自己的犯罪然後接受制裁……」

「不過，那種死亡方式說不定反而比較幸運喲。」

菊岡靜靜地這麼回答。

「如果柳井按照計畫和襲擊者們會合，然後一起逃到美國，我也不認為委託者ＮＳＡ和Glowgen Defense Systems會遵守口頭上的約定。反而會不擇手段讓他說出所有ＳＴＬ與人工搖光的知識，再隨手把他處理掉。美國軍事企業的黑暗面，不是一個人所能與之抗衡的。」

「菊岡先生表面上已經死亡也是因為這個理由嗎？」

「是啊。」

嘴裡明明這麼說，實際上卻持續獨自挑戰巨大敵人的男人，這時咧嘴笑著並攤開雙手。

看見那種毫不執著的動作，亞絲娜以擔心的表情這麼說：

「……今後有什麼打算呢？ＲＡＴＨ的官方負責人已經委任給凜子博士，現在也不太能出現在六本木分部了吧？」

「不用擔心，我還有很多事情要做。目前會傾全力在Ocean Turtle與Underworld的保全上。」

突然提及最想得知的情報，我忍不住就探出身體。

「對，就是這個。Underworld今後會怎麼樣呢……？」

「……情勢實在不怎麼樂觀。」

菊岡一邊交替修長的腳一邊往窗外看去。

「Ocean Turtle目前直接停泊、封鎖在伊豆群島的海域上。船內只留下幾名保養、警備核子反應爐的工作人員。周邊海域有護衛艦進行嚴密的監視……聽起來是很棒，說起來就是保留當中。政府也無法做出決定。」

「保留……？」

「老實說，政府應該很想立刻解散ＲＡＴＨ，不對，是海洋資源探查研究機構，然後把人工搖光相關技術納入自己的管理之下。因為只要大量生產，就能無限獲得超低價的勞動力。就連亞洲的大規模工廠也完全比不上。只不過，這麼做的話，就會連那個襲擊事件的真相都攤在陽光下。事件背後的黑手是美國ＮＳＡ與軍事企業，而且收黑錢讓神盾艦待機長達二十四小時的還是現任防衛事務次官，這可是天大的醜聞。這些錢有一部分也流入執政黨議員的口袋裡。那些傢伙和國內的兵器製造大廠都有勾結。這些事情全被暴露出來的話，政權的根基將會產生動搖。」

嘴裡講起來雖然氣勢十足，但是菊岡的表情卻充滿憂慮。

「只是……產生動搖？」

「沒錯，就是這一點。雖然會動搖，但還不至於翻盤……政府的執政黨終究會做出捨棄事務次官與幾名議員的決議。同時RATH也會遭到解體，相關技術全被財閥系的大企業拿走。愛麗絲遭到接收，Ocean Turtle裡的LightCube Cluster也無可避免會被格式化……」

「怎……怎麼這樣！」

亞絲娜發出尖銳的叫聲。深棕色的眼睛瞬時閃爍憤怒的火花。

我一邊用指尖觸碰她的手臂，一邊催促菊岡繼續說下去。

「你應該有避免這種事態發生的對策了吧？」

「與其說是對策……倒不如說是希望吧。」

菊岡的嘴角難得出現直率的笑容。

「希望是政府內部正在討價還價時，形成對我們有利的社會輿論……也就只能這樣了。總而言之，就是承認人工搖光人權這樣的方向。為了實現這個目標，必須盡量讓更多現實世界的人有更長的時間可以跟人工搖光們進行交流。而這正好就是The Seed連結體的存在意義。」

「……說得……也是。」

「但是，要辦到這一點的最大前提，是擁有能讓Underworld人連線到The Seed連結體的大流量纜線。Ocean Turtle使用的衛星纜線目前已經被政府切斷。我接下來將以恢復纜線為目標。前天的記者會裡，已經搶先做出對策了。現在暫時應該有點時間才對。」

「纜線嗎……」

我也稍微瞄了窗外那一整片橘色的天空。

夕陽照耀的天空背後，有無數的通訊衛星在各自的軌道上飛翔。但是，應該只有少數的衛星能夠應付與Underworld通信的傳輸量。不用思考也能知道，菊岡的計畫可以說是難如登天。

但是事情發展到這個地步，就已經不是一介高中生的我可以插手的了。只能相信並且把事情託付給他了。

我把視線移回來後，就往前走出一步並低下頭說：

「菊岡先生……拜託你。請保護Underworld吧。」

「不用你說我也會這麼做喔。」

菊岡也站起來，咧嘴笑著回應。

「對我來說，Underworld現在已經是賭上人生的夢想了。」

菊岡誠二郎前二佐只留下迷惑人心的紙袋，接著就跟來時一樣，宛如一陣風一般飄走了。

亞絲娜「呼」一聲輕吐一口氣並說：

「發言和態度都相當正經而且可靠……但總是讓人覺得有什麼隱情，這也算是菊岡先生的天性吧……」

「當然一定有兩三重的隱情吧。」

我發出簡短的笑聲，然後坐到床上。

「嘴裡雖然這麼說，但是我想菊岡先生還沒有放棄喔。像是讓自衛隊配備搭載人工搖光的國產型戰鬥機這樣的事情。」

「咦……咦咦！」

「當然，他不會再做強制編入沒有自由意志的ＡＩ這種事情了。但是，讓Underworld人自願就職又如何呢？說起來整合騎士和暗黑騎士本來就是天生的戰士了。」

「啊……對喔……嗯……」

亞絲娜像是在思考些什麼時，我也同時模糊地運轉著思緒。

菊岡誠二郎真正的目的。那應該是現在的我終究無法想像出來的內容吧。不侷限於政治或是國防的框架，說不定是跟茅場晶彥同樣遠大的某種目的……

「啊，糟糕！已經這麼晚了！」

「嗯？會客時間還沒……」

「不是啦，就是今天啊。ALO的九種族共同會議！」

「啊……對喔。」

我也「啪」一聲合起雙手。

關於上個月的Ocean Turtle襲擊事件。

為了對抗敵人指揮官PoH使出的，投入大量國外VRMMO玩家的策略，日本國內約有兩千名VRMMO玩家藉由轉移角色來進行視死如歸的救援。結果只存活了幾百人，其他幾乎都全滅了。

今天是為了向這些可以說是參加「義勇軍」的玩家報告事實，所以才舉行了盛大的會議。

我和亞絲娜因為是最主要的當事者，所以當然一定得參加。

「嗯……沒時間回家再登入了。」

有點故意地這麼呢喃完後，亞絲娜就從帶來的托特包裡，拿出剛好能裝在裡面的一組AmuSphere。

「沒辦法了，我也從這裡潛行吧。」

「…………」

我眨了眨眼睛，忍不住就吐嘈她說：

「……那個，亞絲娜小姐，怎麼看妳都是一開始就打算這麼做了……」

「才不是呢，是為了以防萬一。別在意這種小事了！」

一瞬間噘起嘴唇，接著就露出燦爛笑容，像是要趴在我身上般倒到床上。

雖然想著安岐小姐來量體溫時就糟糕了，但我還是用手背繞過她纖細的腰部，用力把她抱了過來。

一片寂靜當中，只有我們兩個人的鼻息聲。

被留在Underworld的我和亞絲娜，已經無法得知究竟是用什麼方法度過那遠遠超過搖光界限的兩百年時光。

或許是像最高司祭亞多米尼史特蕾達那樣以長時間的睡眠來度過，又或許是藉由從內部操作ＳＴＬ來持續整理自己的記憶。但是，只有這一點是我可以斷言的。就是因為有亞絲娜在我身邊，我才能在保持住自我的情況下回到這個世界。

透過貼在一起的肌膚，感覺似乎可以聽見亞絲娜的聲音。

——不論到什麼樣的世界。不論經過多少時間。

——我都會一直跟你在一起……

「……嗯，是啊。」

我直接出聲這麼呢喃，微笑著撫摸亞絲娜的頭髮之後，才靜靜地把AmuSphere戴到她小小的頭上。

幫她扣上安全扣環後，自己也同樣戴上AmuSphere。

交換了一個眼神，微微互相點頭之後，我們兩個就同時詠唱指令：

「開始連線。」

5

「爸爸——！」

我用雙手接住一登入到ＡＬＯ裡，就迅速飛撲過來的嬌小人影。

將其高高舉起後抱到胸前，對方就像貓咪一樣用喉嚨發出「嗚嗚～」的模糊聲音，用臉頰在我身上磨蹭。

除了是我和亞絲娜的女兒之外，同時也是Top-down型「強大ＡＩ」的結衣，從一個星期前被允許使用AmuSphere後就每天見面。但是感覺她撒嬌的強度卻有漸增的趨勢。

不過我當然沒有任何斥責她的意思。怎麼說結衣她也追蹤了失去蹤影的我、預測襲擊Ocean Turtle的傢伙會利用他國的ＶＲＭＭＯ玩家並想出對抗方法，可以說是立下了汗馬功勞。

撒嬌了一陣子後可能是滿足了吧，手臂裡穿著白色洋裝的她融化在光線中消失，接著以掌上型精靈的模樣出現。她震動透明的翅膀飛上天空，在我左肩固定位置上輕輕坐下。

我再次環視了一下自家——ＡＬＯ內新生艾恩葛朗特第22層的圓木屋。

明明也是每天晚上都來到這裡，湧上心頭的懷念感卻絲毫沒有變淡的感覺。

說不定是因為，這裡和在Underworld盧利特村近郊與愛麗絲共同生活半年的那間小屋也有點類似的關係。當時我幾乎都處於心神喪失狀態，所以記憶不甚清楚，但感覺平穩日子的感觸現在依然殘留在心中。

那個時候，愛麗絲那每天拿食物來給我們的妹妹賽魯卡，為了能再次和愛麗絲相遇而選擇了把自己長期凍結起來。記憶被消除之前的我，似乎只把這件事傳達給愛麗絲知道。

之後愛麗絲雖然嘴巴上沒說，但內心就一直期待著能回到Underworld的日子到來。我也想早日實現她這個願望。但是，目前仍不存在能與被封鎖在伊豆群島海域中的Ocean Turtle連線的纜線。我們就只能靜待菊岡的計畫成功的那一天了。

簡短嘆了口氣後我就切換思考，在結衣仍然坐在肩膀上的情況下回過頭去。

結果就和彷彿看穿我所有感概而露出微笑的亞絲娜四目相對。接著便和有著一頭淺藍色頭髮的她攜手走出家門。

阿爾普海姆現在是夜幕逐漸變淡的時刻。我們攤開翅膀接受開始從外圍射入的曙光並輕輕飛起。

世界樹根部，超大巨蛋前的廣場上，這時已經集結了相當多的玩家。

在其中一角發現熟悉的身影，我們便迅速下降。

「太慢了吧，桐人！」

面對克萊因一落地就朝著我伸出來的拳頭，我也用拳頭輕輕和其互碰了一下。

圖案依然讓人討厭的頭巾下，刀使的臉龐上露出不懷好意的笑容，然後用調侃的口氣說：

「這裡沒辦法瞬間移動，所以要提早一點過來啊，勇者大人。」

「那不是瞬間移動而是超高速飛行啦。」

「都一樣啦！」

對方用力拍打我的背部。

雙手抱胸站在克萊因身邊的艾基爾，也對著我伸出巨大的拳頭。碰了一下來跟他打完招呼後，對方長滿鬍子的臉龐也咧嘴露出笑容並追加了攻擊。

「習慣那種超級性能的帳號之後，這邊的身手不會變遲鈍了吧？會議之後，可以跟你稍微過過招喔。」

「嗚咕……」

我不由得心頭一驚。現在在ALO裡戰鬥的話，可能會忘記無法使用心念攻擊與素因生成，光是靠喊叫就想把對方的劍彈開。

「……我……我才想好好展現一下在Underworld鍛鍊出來的技巧呢，你就好好期待吧。」

先虛張聲勢一下後把頭轉往旁邊，就看到長馬尾在朝陽下閃閃發亮的莉法以及肩膀上掛著巨大長弓的詩乃也露出笑容。於是就依序和她們擊掌當成打招呼。

在覺醒之後當然也跟她們見過好幾次面了。

從莉法——直葉那裡聽見救助半獸人族長利魯匹林，並和他一起作戰的經過。說了聲「真的很努力呢」並撫摸她的頭，她就皺起臉哭得淚若雨下，那種樣子和「綠色劍士」讓黑暗領域將兵留下強烈印象的鬼神般戰鬥模樣實在很難湊得起來。但是，我同時也非常了解她擁有這樣的實力。因為直葉和半途而廢的我不同，可是持續專心一致地在劍道上邁進的真正劍士。

半獸人一族在和談會議的會場，做出將永遠等待稱呼他們為人類的綠色劍士再次降臨的宣言。這樣的意志在經過兩百年的現在，一定也毫無改變地流傳下來。

詩乃以平淡的語氣對我訴說和加百列．米勒的單打獨鬥，表明了那個男人正是在第四屆Bullet of Bullets裡擊倒詩乃的「Subtilizer」本人。她還說被加百列的心念攻擊麻痺，意識差點就要被吸走時，是護身符救了她。

雖然她無論如何都不告訴我究竟是什麼護身符，不過我也把和加百列決戰的經過，以及現實世界裡那個男人遭遇的末路告訴詩乃。

雖然襲擊者們以潛水艇撤退之後，第一ＳＴＬ室裡就看不見加百列，以及另一名敵人微笑棺木首領ＰｏＨ的身影，但是從ＳＴＬ的紀錄就能了解一定程度的事實。

首先加百列．米勒和我戰鬥之後，搖光的大部分就因為被灌入過於大量的情報而消失。之後心臟也停止，可以確定已經死亡。

至於PoH好像就比較複雜了。那傢伙在界限加速階段開始後，也在內部時間的十年裡保持著精神活動。之後搖光的活性逐漸低落，經過三十年左右知性活動似乎就完全消失了。

雖然這是很恐怖的想像，但我在從PoH手裡贏得勝利後，為了防止那傢伙再次登入就把他虛擬角色的組成轉換為普通的樹木，然後直接丟在那裡不管。也就是說那傢伙在除了皮膚感覺之外的輸入全部被斷絕的情況下度過了數十年。比嘉表示他的搖光崩壞是理所當然的事，就算肉體還活著也一定已經變成廢人。

雖然是間接性，但他的性命無庸置疑是被我奪走。但是，雖然承受著罪過，我卻不覺得後悔。因為我認為這是褻瀆了同樣被我殺死的最高司祭亞多米尼史特蕾達，以及許多為了信念而殉命的Underworld人。

和詩乃、莉法打完招呼之後，就依序與站在她們旁邊的莉茲貝特與西莉卡握手。

「聽說幫忙說服日本玩家的是莉茲？我也好想聽妳的演講。」

我一這麼說，莉茲貝特就害羞得哈哈笑起來。

「才不是什麼演講呢，太誇張了啦。那個時候我只是專心地……」

「真的很精彩喔，是讓人熱血沸騰的演講呢！」

西莉卡一插話進來，莉茲貝特就用力拉著她的三角耳朵。

「也要謝謝西莉卡喲。」

我一笑著低下頭，嬌小的訓獸師就露出虎牙靦腆地笑著。

「嗯……那麼，請給我獎勵吧。」

話才剛說完，就用力抱住了我。連坐在她右肩上的淺藍色小龍畢娜都邊發出「啾！」的叫聲邊飛到我頭上來。

「啊，喂喂！妳在做什麼！」

莉茲貝特這次換成用力拉扯西莉卡的尾巴。結果「噗啾！」這樣奇妙的悲鳴，立刻就引起周圍的一陣笑聲。

環視現場才發現，不知不覺間周圍已經出現好幾道人牆了。

領主朔夜以及麾下的風精靈玩家們。亞麗莎·露與眾貓妖族。尤金所率領的火精靈族。另外也能看見朱涅與小淳等沉睡騎士成員的身影。

——我回來了。

自從在RATH六本木分部醒過來，這是我這種感覺最為強烈的瞬間。

並非這樣就一切都有了完美結局。Underworld的未來完全不明朗，如何改善與美中韓VRMMO玩家之間更加惡化的關係等等，還有一大堆尚未解決的問題。

這時莉茲貝特像要與西莉卡對抗般掛在我的右臂上，我則是小聲對她問道：

「……可以取回在Underworld失去的道具嗎？」

「啊……嗯……」

總是充滿元氣的臉稍微變得暗沉。

為了救援而從ＡＬＯ與ＧＧＯ等許多The Seed世界轉移到Underworld的玩家們，幸好沒有因為死亡而失去帳號，可以再次轉移回原本的ＶＲＭＭＯ裡。

但很遺憾的是，在戰場上被破壞或者奪走的武器和防具就無法恢復。那些全是無法輕易入手的稀有道具，現在莉茲貝特等人正請求各個ＶＲＭＭＯ的營運公司是否可以想辦法取回檔案。

「……幾乎所有的營運公司，都維持轉移帳號後遺失道具必須自行負責的態度。但是，只要檔案還留在Underworld的伺服器就有恢復的可能性，目前正請ＲＡＴＨ的比嘉先生加以確認。不過，好像還是得等到纜線再次連接上去就是了……」

「這樣啊……但是，我想比嘉先生應該會想出辦法才對。還有……中國和韓國的玩家他們怎麼樣了……？」

「非常困難。」

莉茲貝特的表情變得更陰沉了。

「因為是非常激烈的戰鬥……——但是，也出現關係會變成那麼糟糕，我們也有不對之處的意見了。因為日本這邊也阻斷所有海外與The Seed連結體之間的連線。所以為了製造重新開始對話的契機，現在出現開放ＡＬＯ這樣的話題。今天應該也會討論到這個議題喔。」

「這樣確實不錯。牆壁雖然會讓關係惡化，但開放就不會了……」

如此回答的我，腦袋裡浮現數百年來分隔Underworld人與暗黑界的盡頭山脈那雄偉的模樣。

眺望著阿爾普海姆朦朧的地平線一陣子後，我就把視線移到世界樹的根部。大理石的大門整個打開，玩家們依序進入內部的巨蛋當中。

「那麼，我們也進去吧。」

當我催促周圍的伙伴，準備邁開腳步的時候──

突然間，出現了有來自ＡＬＯ外語音來電的圖示在視界裡閃爍。

「咦，有電話？抱歉，你們先走吧。」

亞絲娜他們點點頭後就開始移動，我則稍微往反方向走了幾步，然後觸碰圖示。

「喂喂？」

這時傳出來的是令人懷念的那道聲音。

「……桐人。是我……愛麗絲。」

「愛麗絲！嗨……好久不見。我聽說妳今天也會來參加阿爾普海姆的會議……」

「這個嘛……真的很抱歉。我在這邊出席的會議，似乎還沒有要結束……也請幫我跟大家說聲對不起。」

「……這樣啊。」

我點點頭，輕皺起眉頭。

愛麗絲身為世界首次出現的人工泛用智慧，為了讓現實世界人對她的存在留下印象，每天都過著出席各種歡迎會與派對的忙碌生活。雖然神代博士道過歉，她本人也理解這是無可奈何的事情，但是對一名高傲的騎士來說，被人當成觀賞物總不是什麼值得高興的事。

「我知道了，我會好好跟大家解釋。愛麗絲也別太勉強自己。不願意的事情就直說沒關係。」

「……我是一名騎士。無論發生什麼事，都會盡自己的義務。」

就連毅然的說話語氣，也讓人覺得不像過去那麼充滿精神了。但是，現在的我能為她做的事情真的非常稀少。

「那麼桐人……有機會再見了。」

「嗯……那下次見嘍。」

如此回答完，我便等待著她掛斷電話。

但是經過一陣子的沉默之後，再次聽見了細微的聲音。

「桐人……我……好像快枯萎了。」

在我回答這道聲音之前，語音來電就被切斷了。

6

比嘉健東想西想猶豫了將近一個小時左右。

膝蓋上放著一台老舊的鍵盤。自己到底該不該按下右端不停被摩擦而變得光滑的輸入鍵呢。

位於東五反田，大約四坪大小的自宅公寓裡，塞滿了從學生時期就累積到現在的機械類物品。舊式空調無法處理這些機械排出的廢熱，讓室內顯得潮濕又悶熱。為了盡量減少熱源，所以連燈都沒有開，籠罩在黑暗裡的空間只能看見四處有紅、綠以及藍色ＬＥＤ燈不規則地閃爍著。

蹲坐在和室椅子上的比嘉正面，放置於暖爐桌上的32吋螢幕正放射出朦朧的光芒。電腦的桌面畫面沒有任何動靜。只是顯示著沒有任何圖案的空虛視窗畫面。

比嘉一邊嘆了不知道第幾十次的氣，一邊把背靠到椅子上。生鏽的框架立刻發出「嘰嘰」的摩擦聲。

由於只對ＲＡＴＨ技術人員說了要回家拿換洗的衣服，再過三十分鐘左右就得回到六本木分部去了。神代博士代替表面上已經死亡的菊岡二佐，每天都忙於對外業務，所以現在比嘉就是Alicization計畫實質上的負責人。

但是，要是被知道利用這個身分偷偷從分部帶出某個東西的話，一定會遭到斥責——不對，是一定會被降級吧。

那個東西現在就坐鎮在暖爐桌右側，連接在複雜奇怪的裝置上。手製框架裡塞了一大堆基盤、配線的那個裝置，絕對是這個房間裡最為高價且精密的物品。那是除了被封鎖的Ocean Turtle之外，就只有愛麗絲的機械身軀裡才存在的，LightCube用的介面。

連結著的物體是一邊長六公分的金屬製容器。

比嘉凝視著立方體冷冽的光澤並呢喃著：

「……不可能順利運轉吧。」

食指從輸入鍵上空縮了回去。

「一定馬上就會崩壞吧。因為我和菊老大的複製都是這樣。人類被保存在LightCube的靈魂，絕對無法承受自己是複製品這樣的認識。就算……就算是……」

比嘉沒有繼續說下去，用力吸了一口氣並將其憋在胸口——

再次往前伸的指尖按下了輸入鍵。

程式開始運作。Full Tower機殼裡大型風扇的旋轉聲變強了。

顯示在螢幕上的黑色視窗中央，浮現宛如星星誕生一般的七彩放射光。

無數的尖峰銳利、力道十足地貫穿黑暗。它們搖晃、震動並發出光芒。

最後，從設置在螢幕兩側的擴音器裡，靜靜地傳出熟悉的聲音。

「…………在那裡的應該是比嘉先生吧？」

比嘉吞了一大口口水，以沙啞的聲音回答：

「是……是啊。」

「我沒被刪除掉嗎？正確來說……應該是被複製了吧。」

「怎麼……怎麼可能刪除掉呢！」

比嘉像是要為自己的行為辯解一樣，壓低聲音大叫了起來。

「你是第一個撐過兩百年時光的搖光啊！不對……是人類史上活了最長一段時間的人了！怎麼可以把你刪除掉呢……你說對吧，桐人小弟！」

感覺兩手滲出大量汗水的比嘉呼喚著對方的名字。

螢幕上部顯示起動後經過多少時間的數位數字正不停地改變。三十二秒……三十三秒。

桐谷和人的——撐過Underworld長達兩百年的界限加速階段並且剛覺醒後的搖光複製，已經知道自己是經過複製的存在。

至今為止的實驗裡，從得知這一點開始，複製的言行就會失去冷靜並陷入恐慌，發出奇怪的叫聲然後全部崩壞。比嘉咬緊牙根，等待著擴音器傳出的回應。

幾秒鐘後——

「……我早就預料到會有這種事情了……」

類似呢喃般平靜的發言。

「……比嘉先生。你只複製了我的搖光嗎？」

「嗯……是啊。在記憶消除操作當中，還得要瞞過菊岡二佐與神代博士的目光來進行複製作業，所以最多就只能複製你的搖光……」

「這樣啊…………」

再次沉默一段時間後，被封鎖在LightCube裡的複製意識還是以極平穩的聲音說道：

「我曾和王妃……和亞絲娜說過。如果出現這種情況該怎麼辦。亞絲娜表示，如果被複製的只有自己一個人，那就立刻請求把複製刪除。如果兩個人都被複製下來的話，就把所剩不多的時間用在融合現實世界與地底世界上……」

「那麼……只有你一個人的話呢？那時候該怎麼辦？」

像是被勾起興趣而如此詢問的比嘉——

對回答的話產生了深沉的戰慄。

「那個時候，我會只為了地底世界而戰鬥。因為我……是那個世界的守護者。」

「戰……戰鬥……？」

「地底世界目前處於非常不安定的狀況。我沒說錯吧？」

「確實……是如此……」

「那個世界面對現實世界可以說無力到令人傷心。能源、硬體、保養以及網路……所有公共建設的維持與管理都得依存現實世界的人類。這樣的話，實在無法獲得長期的保障。」

這時時間已經過了兩分鐘以上。但是，複製體的口氣依然相當冷靜，完全沒有任何要崩壞的跡象。

在和室椅上挺直背桿的比嘉在下意識中做出反駁：

「但是，那也是沒辦法的事吧。Underworld的實體，LightCube Cluster無法從Ocean Turtle上移動吧。而那艘船目前在國家的管理之下。只要政府下決定，甚至明天就可能關閉電力，Cluster整個遭到格式化……」

「核子反應爐的核燃料可以撐多久？」

突然被問到出乎意料的問題，比嘉不禁眨了眨眼睛。

「呃……嗯，那本來是核子潛艇用的壓水式反應爐……只維持Cluster的話，四五年大概沒問題……」

「這樣的話，原則上這段期間不需要補給燃料。也就是說，只要防止外界的干擾，地底世界就能繼續存在對吧？」

「但……但是，你說防止……Ocean Turtle上面沒有任何武器啊！」

「我說過要戰鬥了。」

平靜、安穩，但是令人聯想到鋼鐵刀刃的聲音簡短響起。

「戰……戰鬥……？但是，現在衛星纜線被阻斷，無法跟Ocean Turtle通訊……」

「纜線是有的。應該有才對。」

「在……在哪裡……？」

忍不住探出身體的比嘉，聽見想像不到的答案。

「希茲克利夫……不對。茅場晶彥。我需要那個男人的力量。首先得找到他才行。比嘉先生……你願意幫忙吧？」

「茅……茅場學長……？」

那個男人應該死了……不對，應該說再次死亡了。

一開始是在長野的山莊裡。接下來是在Ocean Turtle的引擎室。

但是，茅場晶彥的思考模擬程式所潛伏的二衛門身軀卻忽然間消失了。

「他還……活著嗎……」

如此呻吟的比嘉已經忘記確認視窗的時刻表，陷入茫然狀態。

事情怎麼會變成這樣？

過去應該是仇敵的茅場晶彥的複製以及桐谷和人的複製。這兩個物……不對，這兩個人相遇的話，會發生什麼事呢？

難道說……我開啟了某個不得了的東西……

雖然腦袋裡一瞬間掠過這樣的想法，但立刻就被壓倒性的興奮給轟飛了。

很想看見。也想知道今後的發展。

比嘉用力吸了口氣並將其呼出，然後以顫抖的聲音說：

「……我知道了。因為我有幾個舊有的管道……會試著把加密後的訊息流出去……」

已經無法回頭了。

比嘉用力閉上雙眼，把從手掌滲出的汗水在T恤上擦乾後，就猛然敲打起鍵盤。

螢幕上視窗已經無法容納的巨大放射光，像是在注視著比嘉的指尖一般，週期性地搖晃著七彩光輝。

7

我環視了一下隔了兩個月後才再次回來的自己房間。

單調的電腦桌與壁架、折疊床與沒有圖案的窗簾。

好懷念啊……產生這樣的感覺之前，已經先因為單調的程度感到啞然。實際上，主觀來說已經是隔了兩年八個月才又見到這間房間。因為我在Underworld裡足足過了兩年半的歲月。

北聖托利亞修劍學院的自己房間裡，有著沉重的木製家具與美麗的地毯，繪畫與鮮花也設置在很合適的地方，讓我的視覺得到很棒的享受。

更重要的是，身為隨侍練士的羅妮耶與緹潔，以及……尤吉歐的笑容總是圍繞在身邊。

應該已經變成回憶的，沉痛的胸痛鮮明地復甦，讓我的喉嚨一陣哽咽。

放著換洗衣物的包包重重掉到地板，走了幾步後坐到床鋪上。讓身體躺下來，就聞到應該是剛曬過的床單上傳來太陽的味道。

我閉起眼睛。

耳朵深處迴盪著細微的聲音。

——把神聖術的作業寫完後再睡午覺吧。又想抄我的答案了嗎？

——對了，之前你教我的技巧，我稍微做了一些改變。等一下到練習場去吧。

——啊，又偷跑出去買零食了對吧！當然也有我的份吧！

——喂，快起來啊桐人。

——桐人……

我緩緩轉過身體，把臉埋在棉被裡。

然後做出從RATH六本木分部醒過來後就一直忍耐著的事情。

我握緊床單、咬緊牙根，然後放聲哭泣。像個小孩子一樣無盡地流著眼淚，震動著身體盡情大哭。

早知道就乾脆——

乾脆把所有的記憶都刪除掉就好了！

把從獨自在森林裡醒過來，走在小河旁邊，靠著斧頭聲引導，在黑色巨樹根部遇見一名少年的那個瞬間開始，之後兩年半的記憶全部刪除掉！

不論我再怎麼樣哭泣，眼淚都無法流乾。

最後房門傳來經過壓抑的敲門聲。

我雖然沒有回答，但是有細微的腳步聲接在門把轉動的聲音之後響起。依然把臉趴在枕頭上的我，感覺附近的床墊微微下沉。

有手指畏畏縮縮地撫摸我的頭髮。

一道平穩，而且相當堅定的聲音對固執地把臉埋在枕頭裡的我搭話。

「跟我說好嗎，哥哥？那個世界裡發生過的快樂與悲傷等所有的事情。」

「…………」

我繼續保持了幾秒鐘的沉默。

一陣子後把臉朝右邊轉去，滲著眼淚的視界，就浮現出直葉——唯一的妹妹帶著笑容的臉龐。

我回來了。回到家以及家人的身邊。

過去逐漸遠去，現在繼續延續。不斷地往前再往前延續。

我閉上眼睛，拭去淚水後才打開發抖的嘴唇。

「…………一開始在深邃森林中央遇見那個傢伙時，他只是普通的樵夫。或許很難相信，但是三百年來，延續了好幾個世代的人就為了想要砍倒一棵杉樹……」

我是在二〇二六年八月十六日結束復健，回到自己位於埼玉縣川越市的家裡。

當天晚上，我花了一整晚的時間對直葉訴說在Underworld發生的事情。

隔天早上，我被一通電話吵了起來。

那是從ＲＡＴＨ六本木分部打過來，通知我愛麗絲失蹤了的電話。

八月十七日星期一，上午九點。

「失……失蹤？妳是指情報上的嗎？」

我在Ｔ恤與四角褲的打扮下緊握住手機。

電話另一頭的神代博士，以雖然經過壓抑但依然異常緊張的聲音回答：

「不……是連同機械身軀都失蹤了。根據監視攝影機的影像，昨天晚上九點左右，她自己解除了安全鎖，趁著警衛不注意時跑到外面去了。」

「自己……跑出去的嗎？」

我稍微吐出一些憋住的氣息。

現在日本國內對愛麗絲的存在感到不愉快的組織或團體，應該用雙手手指都數不完了吧。再加上因為實際利益、宗教上、信仰或者心情上的理由想破壞她的個人，數量將多到難以推測。如果被這樣的傢伙誘拐，現在無法使用劍術與神聖術的她將無法保護自己。

正因為ＲＡＴＨ也知道這一點，六本木分部的警備體系才會升級到像一座小要塞那麼堅固。但是，愛麗絲主動搞失蹤就是沒有注意到的盲點了。

再來就是要知道，愛麗絲為什麼會做出這樣的舉動——

一週前，在ＡＬＯ內接到語音來電後，在她快要掛斷之前所說的話又重新在腦袋裡出現。

說不出話來的我，耳朵裡聽見神代博士沉痛的聲音。

「我也擔心是不是給愛麗絲太過沉重的負荷了。但問過好幾次『會不會累？』『要不要休息？』，她都只是笑著搖頭……」

「那是……一定的。那個高傲的騎士，不可能會對任何人示弱。」

「只有一個人除外，也就是你……桐谷小弟，我想愛麗絲絕對會跟你聯絡……然後，對才剛出院的你真的很不好意思……」

面對開始欲言又止的博士，我急著這麼回答。

「嗯，我知道。不用擔心。如果愛麗絲跟我聯絡，我會馬上趕過去……但是——博士，現在的愛麗絲可以做出如此長距離的移動嗎？」

「我們也是擔心這一點。內藏電池就算充滿電，也只能保持八個小時，跑步的話大概只能維持一半的時間。如果在六本木附近無法動彈……又被不帶善意的人發現的話……」

「何況她還有那樣的外表……」

我再次因為新的不安要素而繃起臉。愛麗絲那眩目的金髮、透明般的肌膚，以及熟練的工匠精心打造出來的美貌，不論她是不是機器人都同樣引人注目。

「現在有空的工作人員全都在這邊附近到處找人了。也在監視網路的投書，甚至潛入公共監視攝影機檢查錄影畫面。」

「那麼我也先到那邊去。她跟我聯絡時，還是立刻有所行動比較好。」

「能這麼做就太好了。那麼拜託你了，桐谷小弟。」

接著電話就被匆忙地掛斷了。

我從衣櫥裡隨便拉出衣服，才剛把手腳套進去，就抓住背包、手機以及機車鑰匙從自己房間衝出去。

跑下樓梯時發現一樓是一片寂靜。盂蘭盆假期當中的老爸和老媽說要兩個人一起出門，直葉應該去參加劍道部的晨間練習了。雖然今天所有家族成員要一起慶祝我痊癒，但老實說現在不是幹這種事情的時候。

大口灌了幾口冰箱裡的柳橙汁，嘴裡咬著應該是直葉幫我做的貝果三明治就往玄關猛衝。當我把腳伸進馬靴，手握住門把的時候，旁邊的對講機就發出尖銳的聲響。

一瞬間，心臟差點從嘴裡跳出來。難道說——愛麗絲不知道用什麼手段，自己移動到這裡來了嗎？

「愛麗……」

「絲」字脫口而出並解鎖開門後，站在那裡的是……

一身藍色制服與帽子的，極為常見的宅急便大哥哥。

雖然沒有比這個時間點更不湊巧的了，但是看見以開朗口氣說著「您好，有您的包裹」的臉上流下斗大的汗水後，就實在沒辦法要他之後再來。

我才抓下經常放在鞋箱上的原子印章，大哥哥就對我追加了一記攻擊。

「這是貨到付款的包裹！」

「啊……好的。」

正準備從背包裡拿出皮包時，才想到這個世界有種叫作電子貨幣的方便物品。從口袋裡抽出手機，把它對準大哥哥遞出來的平板電腦。

「謝謝！」

目送道完謝就跑走的身影離開，我便再次確認被留在玄關前面的包裹。

那東西比想像中還要大。是一邊七十公分左右的紙箱。如果不是生鮮物品的話就想把它丟著直接出門，於是我便確認起送貨單。物品名稱寫著電器製品。寄件人是——

「什麼……」

以明朝體打著海洋資源探查研究機構。是庫存在ＲＡＴＨ六本木分部的傳票吧。收件人的地方寫著我的地址與姓名。沒看過這種生硬且呈四角形的筆跡。

如果是神代博士寄出的物品，剛才在電話裡應該會提到吧。這樣的話，是比嘉或者菊岡送來的嗎？如此一來，裡面就是裝了與Underworld，或者ＳＴＬ有關的某種機械物品？

我咬緊嘴唇，下定決心後就把手指放到膠帶上。

開始慎重地撕下膠帶。接著靜靜地把微微上揚的蓋子往左右兩邊——打開……

「…………嗚哇啊啊啊啊！」

然後我就發出恐怖的悲鳴。

塞滿箱子的是，往不自然方向扭曲的人類手腳。

瞪大眼睛身體後仰的我，被迫發出第二次尖叫。

「哇啊啊啊啊！」

手腳縫隙的黑暗當中，有一顆眼睛確實地張開，正筆直凝視著我。

正當我感到腳軟時，就從箱子裡伸出一隻雪白的手，緊抓住我放在紙箱邊緣的右手手腕。

在我第三次尖叫之前，就聽見一道傻眼的聲音。

「別大吵大鬧，可不可以快點把我拉出來啊，桐人。」

三分鐘後。

我坐在玄關入口的門檻上，用雙手抱住頭。

在自古就有許多虛構作品所用的題材「宅急便送來的美少女機器人」竟然現實化的狀況

下，我拚命想要調整自己的思緒——但是……

「……哪辦得到啊！」

我這麼大叫，然後放棄努力迅速站起身。

轉過頭的前方，身穿熟悉制服的美少女機器人，像是很感興趣般用手指劃過走廊的柱子。

最後稍微瞄了我一眼，操縱著機器人——正確來說是「Electroactive Muscle Operative Machine三號機」的真正Bottom-up ＡＩ，Underworld公理教會排名第三的愛麗絲・辛賽西斯・薩提就微笑著說道：

「這間房子是由木材所建造的吧。簡直就跟在盧利特村森林裡生活的那個房子一樣。不過比那間小屋要豪華多了。」

「啊～……嗯……我想蓋好到現在已經七八十年嘍……」

我無力地這麼回答完，藍色眼睛就瞪得更大了。

「竟然擁有如此龐大的天命！一定使用了非常優良的樹木吧……」

「是啊……倒是呢……倒是呢！」

我大步經過走廊，一把抓住愛麗絲的肩膀，正想開口質問她這到底是怎麼回事的時候，如花朵綻放般的笑顏就打斷了我的話。

「可不可以先讓我回復這副鋼素製身體的天命？嗯……以這邊的話來說應該是『充電』

吧。」

讓我訂正一下吧。

是「宅急便送來的美少女機器人以家庭用插座充電」的現實。

在我潛行到Underworld的期間，現實生活竟然已經遷移到未來世界了。

「噢……充電嗎……請盡量充吧……」

我推著愛麗絲的肩膀，帶她來到客廳。

從制服口袋裡取出充電用纜線後把一端插在左邊腰骨附近，另一端插進牆壁上插座的愛麗絲，以挺直背桿的姿勢坐到沙發上，並繼續不停地環視著四周的環境。

——想著「是不是要先泡杯茶」而準備起身，才終於想到現在的愛麗絲應該不用飲食。然後我似乎就又產生強烈的動搖。

為了讓心情冷靜下來，我認為應該先從解決眼前的小小疑問做起，於是便開口問道：

「嗯……首先可不可以告訴我，妳是如何實現把自己用宅急便送過來這種驚人的技巧……」

結果金髮碧眼的美少女像要表示聽見無聊的問題般聳了聳肩，然後回答我的問題。

「那很簡單啊。」

她表示——

在六本木分部裡準備好貨到付款寄貨單、捆包膠帶與特大號強化紙箱的愛麗絲，首先故意讓監視攝影機記錄到自己從寢室離開的模樣。

之後在入口攝影機視界之外組裝好箱子，貼上寫好我家地址的送貨單，一邊解除固定各關節的鎖一邊進入紙箱當中。只在上蓋的一邊貼上膠帶，然後從內側把蓋子拉上。再從內側用膠帶簡單地黏住蓋子。

做好這些事情後，就傳電子郵件請宅急便業者來收貨。來到現場的業者，當然會受到大門警衛的檢查，但電子郵件確實是由大樓內部發出，而且入口處也確實有貨物。不可能知道裡面藏著美少女機器人的業者，隨即把黏得不牢靠的膠帶重新黏好，然後把回收的貨物送到卡車上，隔天早晨配送到埼玉縣川越市……

「……原來如此……」

我從沙發上慢慢往下滑，這麼呢喃著。

結果從某方面來看，愛麗絲根本一步都沒有離開過六本木分部的大樓。所以當然無法發現她的行蹤。

但令人驚訝的不是她巧妙的手法，而是來到現實世界才一個月的愛麗絲竟然能想得到這種點子。我這麼表示之後，制服美少女再次震動肩膀笑了起來。

「剛被任命為騎士見習生的時候，我曾經用這樣的手法離開中央聖堂，到街上去參觀了一番。」

「……這……這樣啊。」

這樣的話，一旦愛麗絲熟悉情報科技，將會出現什麼樣的情況呢？她不需要AmuSphere就能立刻潛行到虛擬空間，某種意義上來說是為了網路而生的存在。

——把這令人恐懼的想像推到一邊，我在沙發上重新坐好，然後終於提出最根本的問題。

「但是……愛麗絲。妳為什麼要這麼做？只是想來我家看看的話，只要跟凜子博士說一聲，她應該會給妳時間啊。」

「我想也是。那位女士是好人……總是非常擔心我。因此就算我得到來桐人家拜訪的機會，應該也會有一隊穿著黑衣的衛士跟過來吧。」

很難相信是人造物的細長睫毛伏了下去。

「……我也對做出這種逃走般的行為感到很過意不去。現在凜子博士應該很擔心我，也到處在找我吧。等回去之後，要我怎麼賠罪都沒關係。但是……我無論如何都想獲得這段時間。和你……不是用虛假的模樣，而是擁有真正肉身的桐人單獨面對面交談的時間。」

瞪大的藍色眼睛從正面凝視著我。

兩顆碧眼應該是由藍寶石鏡頭與ＣＭＯＳ影像感測器所構成的光學裝置，但是卻隱藏著令人屏息的美麗光芒。那說不定是由短短線路所連結的，她的搖光本身所綻放出來的光彩。

愛麗絲發出細微的馬達驅動聲，以順暢的動作站了起來。

繞過玻璃桌，一步步往我這邊靠近。

這時連結在牆壁上的充電纜線被拉直，妨礙了她的步行。雪白臉頰上浮現淡淡的憂鬱。

我用力吸了口氣，和她一樣站了起來。

往前走了兩步，來到愛麗絲面前。

位置比我稍微低了一點的雙眸祕藏強烈的意志，閃爍著眩目的光芒。這時她的嘴唇動了起來，發出甜膩清澈，但是帶著些許電子聲響的聲音。

「桐人。我覺得很生氣。」

「我想……也是。」

不用問為什麼生氣，我也能理解她這麼說的意思。

「為什麼？為什麼……那個時候不告訴我，或許再也無法見面了，或許這就是永遠的別離？只要在那個『世界盡頭的祭壇』告訴我，長達兩百年的時間之壁將把我們分隔在兩邊，已經再也無法碰面了，我……我就不會自己一個人逃走了！」

愛麗絲以如果機器軀體有流淚的機能，現在絕對妝點上無盡淚珠的表情這麼大叫。

「我是一名騎士！是註定要戰鬥的人類！但是……你為什麼選擇獨自面對那個恐怖的敵人，不希望我站在你的身邊呢！對你來說，我……愛麗絲．辛賽西斯．薩提究竟是什麼樣的存

在呢！」

舉起的袖珍拳頭咚咚地一次又一次敲打著我的胸膛。

低下的嬌小頭部顫抖著，額頭跟著靠到我的左肩上。

我用雙手靜靜地包覆金色頭髮。

「妳是……我的希望。」

我丟出一句這樣的呢喃。

「不只是對我而已。對於在那個世界生活、死亡的許多人來說，妳都是無可取代的希望。所以我無論如何都想保護，也不想失去妳。想要把希望……延續到未來。」

「……未來…………」

手臂裡傳來濕濡的聲音。

「未來是以什麼樣的形式存在。在這個混沌的現實世界，被賦予不自由的鋼鐵身軀，參加無謂的宴席，然後持續忍耐著無盡的寂寞，最後到底可以獲得什麼？」

「…………抱歉，我現在也還不知道。」

在雙臂上貫注力道，想著至少要拚命傳達自己的感情與思考給她知道。

「但是，妳在這個地方將讓世界逐漸改變。它會被妳改變。我相信改變的終點，卡迪娜爾、亞多米尼史特蕾達、貝爾庫利、艾爾多利耶……以及尤吉歐的願望都一定能夠得到回報。」

不只是這樣。過去在另一個異世界……飄浮在虛擬空間的浮遊城裡生活、戰鬥、死亡的多數年輕人，其生命也與這個地點、這個瞬間聯繫在一起。

依然把額頭靠在我肩膀上的愛麗絲，有相當長一段時間都保持著沉默。

最後，靜靜把身體移開的異世界騎士，就像過去在大理石塔相遇時那樣，露出毅然的微笑表示：

「……得跟凜子博士聯絡才行。讓她太擔心也很不好意思。」

我又持續凝視了愛麗絲的眼睛一陣子。這是因為感覺其深處的緊繃感仍未消失。

但是，我又能多做些什麼呢？這或許是只能慢慢花時間才能解決的問題。

「……嗯，說得也是。」

我點點頭，然後從口袋裡拉出手機。

從電話裡知道事情經過的神代博士，果然還是有五秒鐘左右說不出話來，但一開口所說的就是向愛麗絲道歉。她果然是個好人。不愧是那個茅場晶彥生涯唯一傾心的女性。

「……是我沒有注意到她的心情。反而是我太倚賴愛麗絲小姐了。」

自我反省之後，神代博士又對我做出出乎意料的指示。

掛斷電話的我，對著以擔心表情看向這邊的愛麗絲報以微笑。

「別擔心，她沒有生氣。甚至還說要跟妳道歉。然後……還說妳今天可以在這住一晚。」

「真……真的嗎？」

愛麗絲的臉瞬時笑逐顏開。

「嗯。不過她說為了慎重起見，還是要打開GPS追蹤器。」

「這只是小小的代價。」

愛麗絲點點頭，眨了一下時間較長的眼睛後就迅速站起來。

「既然這麼決定了，你就先帶我逛逛這間房子以及庭院吧。我還是第一次看見現實世界的傳統建築物呢。」

「嗯，好啊……不過，只不過是很普通的民房，實在沒什麼可以看的東西……」

我歪了一下脖子，忽然想到一個點子。

「啊，那麼先到庭院去吧。」

等待愛麗絲把充電結束的纜線收起來，就從玄關來到鋪有碎石的庭院。

我一邊對裡頭有金魚與鯉魚游泳的池子，以及枝節分明的松樹等都相當有興趣的騎士大人解釋這些東西，一邊帶領她走向的目的地是——

獨自佇立在建地東北角的老舊道場。

愛麗絲脫掉鞋子站上木頭地板的瞬間，似乎就看穿這裡是做什麼用的建築物了。她立刻看向我，以急促的口氣說：

「這裡是……練習場吧？」

「沒錯。在這裡是稱作道場。」

「道場……」

呢喃完就轉向正面的愛麗絲，行了一個右手貼胸，左手放在腰部的Underworld風格騎士禮。我也行了個日式的禮，然後並肩往內走去。

由已經過世的祖父所建造，目前只有直葉在使用的劍道場，地板被擦得發出烏黑的亮光。雖然是盛夏時節，光著的腳卻涼颼颼地感到冰冷。感覺就連空氣也變得不一樣了。

愛麗絲首先直盯著掛在牆壁正面的掛軸看，接著走向設置在旁邊的架子。

伸出右手，靜靜拿起一把相當有年紀的竹刀。

「這是……修練用的木劍吧。但是和地底世界的完全不一樣。」

「嗯。這是用竹子所做，設計成就算打中了也不會受到重傷。Underworld的木劍，一個搞不好就會被削掉三成天命。」

「這樣啊……這邊不存在具即效性的治癒術對吧。想要修練劍法一定很辛苦吧……」

用力點點頭後，愛麗絲就沉默了幾秒鐘。

然後突然間……

一個轉身，令人驚訝地把手上竹刀的劍柄朝我遞過來。

「啥？做什麼……」

「那還用說嗎，在練習場只能做一件事吧？」

「咦……咦咦？真的嗎？」

這個時候，愛麗絲的左手已經握住另一把竹刀。我在沒辦法的情況下，也只能握住遞過來的劍柄。

「但……但是，愛麗絲，妳那副身體……」

「不用擔心！」

氣勢一緊。

她丟出銳利又堅毅的一句話。

我只能半張著嘴巴，眺望著在木頭地板上往前走的少女。

即使用二〇二六年現在的科技水準來檢視，給予愛麗絲的機械身軀依然具有相當先進的技術。之所以能把超過在Ocean Turtle裡實驗的一號機、二號機的動力性能，搭載在纖細許多的身軀上，理由似乎是……因為可以把人型雙腳步行機器人最大難關的平衡機能整個省略掉的緣故。

我們人類在直立的期間，會在下意識當中不斷控制加諸於左右腳上的重量來維持平衡。想以掃描器、陀螺儀以及程式等機械來重現這種能力的話，真實的人體形狀實在無法容納相關硬體的容積。但是愛麗絲就不受到這個限制。因為她的搖光具備跟我們人類完全相同的自動平衡機能。只要把內藏在各個關節的驅動器與聚合物人工肌肉的控制，交給從LightCube輸出的訊號就可以了。

——但話又說回來了。

現在這個時間點，她的動作還是追不上真正的人類。只要從寫在宅急便送貨單上的生硬文字，就能夠了解這一點了。實在不認為能夠承受揮舞竹刀……應該說揮舞劍這種複雜且高速的動作。

我一瞬間就想到這些事情，然後感到有些困擾。

但是愛麗絲以毫不猶豫的腳步移動到距離我正面五公尺左右的位置，就把雙手握住的竹刀穩穩地擺在頭上。

這是海伊．諾魯基亞流，「天山烈波」的起手式。

突然間，一股冷冽的風輕撫過我的皮膚。我不由得屏住呼吸，往後退了半步。

劍氣。

在我浮現「不會吧，怎麼可能」的想法之前——

身體就自然動了起來。把同樣用雙手握住的竹刀在右側擺出水平的姿勢。然後直接沉下腰部，左腳一點一點往前進。這是賽魯魯特流，「輪渦」的起手式。

現在想起來，我不但剛完成復建，而且在現實世界裡不過是個虛弱的網路遊戲玩家。根本沒有立場評論機械軀體的性能如何。既然如此，盡全力擔任她這一回合的對手才算合乎禮儀吧。

面對露出淺笑的我，愛麗絲也報以微笑。

「讓人想起……在中央聖堂第八十層的庭園裡，和你首次交手時的事情。」

「那個時候被妳痛扁了一頓。但這次可沒那麼容易了。」

雖然沒有喊「開始」的裁判，但我和愛麗絲臉上的笑容同時消失了。

雙方在沒有改變姿勢的情況下，一點一點縮短彼此之間的距離。緊繃的空氣帶著電流，在庭院裡持續狂吼的蟬叫聲也逐漸遠去。

令耳朵感到疼痛的寂靜，毫無界限地增加密度。

愛麗絲的藍色眼睛瞬間瞇了起來。

一道光芒宛如剎那的閃電一般在她瞳孔深處閃爍——

「咿呀啊啊啊啊！」

「嘿咿咿咿啊啊！」

即使同時發出足以撕裂綿帛的吼叫聲，我卻只是著迷地看著騎士拖著金髮從正面把劍砍落的模樣。

嗚咿咿嗯！

在驅動器最大輸出所發出的咆哮聲之後，猛烈的衝擊就襲擊了我的雙手。下一刻，清脆的聲音響徹整座道場。從雙方手中脫手而出的兩把竹刀往左邊與右邊落下，一邊旋轉一邊在地板上滑行。

我和愛麗絲無法抑制打突的去勢而從正面撞在一起，然後往右側倒下。我反射性把自己的身體墊到下方。

背部撞上地板。接著聽到「喀喀」兩聲鈍重的聲響。第一聲是來自於愛麗絲的額頭撞上我的額頭。第二聲則是我的後腦勺猛烈撞上地板。

「好痛…………」

愛麗絲從至近距離看著我發出呻吟的臉，接著咧嘴露出微笑。

「是我贏了。獲勝的招式是祕奧義『鋼鐵頭錘』喲。」

「沒……沒聽過有這種招式……」

「我剛才創的。」

很高興般竊笑了一陣子後，雪白臉頰再次降下來觸碰我的臉頰。耳邊傳出了彷彿春風一般的聲音。

「桐人。我不要緊了。能夠在這個世界繼續生活下去。只要能揮劍，不論身處何方，我就依然是我。現在知道了……我的戰鬥尚未結束。而你的戰鬥也一樣。所以要看著前面，只看著前面筆直地前進吧。」

當天晚上，充滿了與對戰時完全不同的緊迫感。

自宅的客廳裡，已經不知道有多久沒聚在一起的一家四口——再加上一名賓客，一起慶祝我的復原。

早已在ALO裡成為好友的直葉與愛麗絲在這邊也很快就混熟，兩個人熱烈地討論著劍道的事情。和媽媽之間，愛麗絲也主要拿我幹的好事來當成話題，和氣融融地閒聊著。

但是，在桌子右側面對面的我和老爸之間，則是流動著一股相當緊繃的空氣。

我的養父，桐谷峰嵩幾乎在所有方面都是擁有和我相反人格特質的人物。認真、勤勞、天資聰穎。從一流大學畢業後就到美國的商學院留學，然後直接在現地最龐大的證券公司就職，這幾年都幾乎沒有回日本。虧他竟然能和各方面都相當豪爽的媽媽沒有任何摩擦——應該說，依然能持續著熱戀夫妻的關係。

老爸明明已經喝了許多啤酒與紅酒，卻還是以完全沒有改變的臉色看著我，然後正式切入今天晚上的主題。

「和人。雖然有許多話想說，但想先從你嘴裡聽見應該要說的話。」

這個瞬間，飯桌的左側也陷入一片寂靜。

我把正準備咬下去的雞翅放到盤子上，乾咳了幾聲後站起身子。雙手撐在桌子邊緣，用力低下頭來。

「……老爸、媽媽。又讓你們擔心了，真的很抱歉。」

結果媽媽桐谷翠露出開朗的微笑並搖了搖頭。

「已經習慣了啦。而且這次小和完成了很重要的工作對吧？人一旦承接下工作，不論發生什麼事情都得把它完成。說要寫的原稿就是要寫出來，說要遵守的截稿日就一定要遵守！」

「媽媽，扯到妳的私事了。」

因為直葉的吐嘈而放鬆下來的空氣，再次被老爸變得緊繃。

「媽媽嘴裡雖然這麼說，但你失蹤的那段期間，媽媽真的很替你擔心。雖然海洋資源探查研究機構的人已經跟我們說明過，而看見那邊那位小姐就能夠知道你完成了很重要的工作，但是和人，你不能忘了自己的本分究竟是什麼。」

雖然覺得回答「劍士！」的話一定極為痛快，但是目前這種情況下我不可能說出這種話。

「是高中生。」

沒有比這更令人喪氣的了。這樣簡直就像遭到父母親說教的小孩子一樣。啞然瞪大眼睛的愛麗絲，傳過來的視線讓臉頰覺得好痛。在Underworld與眾多強敵對抗過的我，在現實世界其實是這麼地狼狽。

老爸點了點頭，然後用更嚴厲的聲音繼續表示：

「沒錯。這樣的話，你應該清楚自己最應該盡力完成的事情是什麼吧。」

「……用功讀書，然後繼續升學。」

「現在已經是高二的夏天了。我記得從媽媽那裡聽說過你想去美國留學，準備得怎麼樣了啊？」

「啊～……關於這件事……」

我閉上嘴巴，先看著媽媽然後是老爸的臉，接著再次低下頭。

「抱歉。我想要改變志願。」

老爸金屬框眼鏡底下的眼睛變得更嚴厲了。

「你說說看。」

在他的催促下，我便下定決心說出目前只告訴過亞絲娜的新志願。

「我想在日本的大學念電機電子工程學系……可以的話想念東都工業大學。然後將來想到RA……不對，是海洋資源探查研究機構上班。」

喀噹！

讓椅子發出聲音站起來的是愛麗絲。

她在胸前緊握住雙手瞪大了雙眼。我瞄了一下她的碧眼，一瞬間對她微笑了一下。

感覺像是從很早之前——不過實際上只有短短兩個月前，我對亞絲娜說過想到美國留學，學習關於Brain Implant Chip的知識。理由是因為，我認為ＢＩＣ是由NERvGear開始的完全潛行技術的正常進化形態。因為跟使用汎用視覺化記憶這種異質檔案形式的ＳＴＬ比起來，我還是比較喜歡使用傳統多邊形檔案的完全潛行機器。

但是……

在Underworld度過的日子完全顛覆了我的觀念。

我已經離不開那個世界，也不打算離開了。因為我終於找到應該花一輩子的時間來實現的主題。

也就是Underworld與現實世界的融合。

筆直凝視著我，露出盛開花朵般笑容的愛麗絲，把視線移到老爸身上開口表示：

「……父親大人。」

這樣的稱呼讓直葉嚇一跳般瞪大了眼睛。

「我的父親到最後都沒有允許我走上騎士的道路。但是，我已經不為了這件事感到懊悔了。因為我以行動宣示了自己的信念，也相信父親能夠理解。桐人……不對，和人也是能辦得到這種事的人。因為他在這個世界雖然只是一介學生，但是在那個世界絕對是世界最強的劍士。他是勇猛地戰鬥，守護了無數人民的英雄。」

「愛麗絲……」

我不由得想要制止她繼續說下去。因為我確信對老爸說什麼騎士、戰鬥之類的事情他也無法理解。

但是……

「愛麗絲小姐。」

當看見老爸那經常不失冷峻的嘴角浮現些許微笑時，我打從心底嚇了一大跳。

「我和媽媽都很清楚這一點。因為和人他在這個世界也已經是英雄了。我沒說錯吧，『黑衣劍士』。」

「咿……」

更加強烈的驚愕降臨，讓我忍不住往後仰。他們兩個人不會也看過那本全是瞎扯蛋的「SAO事件全紀錄」了吧。

老爸收起笑容，以在美國訓練出來的直截了當的眼神望著我說：

「和人。決定志願、用功讀書、參加學測、升學然後就職等雖然全都只是過程，但也是人生給予我們的果實。即使有所迷惑、動搖，也要過一個不讓自己後悔的人生。」

我閉上眼睛，大大吸了一口氣——

第三次低下頭來回答：

「我一定會辦到。謝謝老爸、媽媽。」

抬起臉後，右側嘴角露出笑容並加了一句：

「雖然不能算給我貴重建議的謝禮……但是老爸，如果你有Glowgen Defense Systems或者其相關企業的股票的話，還是快點賣掉比較好喔。他們最近好像做了很大的賭注然後造成龐大的損失。」

面對我小小的逆襲，老爸只是稍微揚起一邊的眉毛而已。

「哦。我會記住的。」

——就像這樣，現實一點一點取回了真實感。

我一邊這麼想，一邊躺到自己房間的床鋪上。

家庭派對順利結束，老爸和媽媽回到一樓寢室，愛麗絲則是在二樓直葉的房間和她一起睡。雖然想像她們兩個人獨處時會聊些什麼就感到有些害怕，但是感情能夠加深總是令人高興。我認為愛麗絲只要像這樣一步一步習慣現實世界就可以了。

暑假馬上要結束，第二學期即將開始。

我在體感時間上已經長達兩年沒有上過高中的課了，因此暑假的最後兩週就接受亞絲娜的地獄式訓練。要用數學公式與英文單字，把大腦皮層記憶中北聖托利亞修劍學院所學神聖術的部分覆蓋過去。

愛麗絲雖然那麼說，但我恐怕真的不會再有拿起劍來進行戰鬥的機會了。

今後為了實現在這個現實世界的目標，必須把所有的時間與精力花費在上面。用功念書、升學，先不管能不能實現願望，總之就是得就職並盡可能筆直地走在人生道路上。

這也是相當重要的戰鬥。雖然還是會覺得有點寂寞。

但少年期總有一天會結束。

當注意到被陽光與涼風、歡聲與興奮、冒險與眾多未知事物所點綴的黃金時代有多珍貴時，它就已經離開到遠方去，而且再也不會回來了。

我應該是相當幸運的小孩吧。

因為能夠右手持愛劍，左手拿著空白地圖，然後懷著興奮的心情持續奔走於許多的異世界當中。因為我能夠把大量宛如各色寶石般的光輝回憶，刻劃在自己的靈魂裡。

窗戶外面，可以聽見遠方末班電車通過鐵橋的聲音。

庭院的草叢裡，蟲子們正在演奏夏季即將結束的歌曲。

微涼的風透過紗窗搖晃著窗簾。

我吸收大量現實世界的聲音與氣味到身體裡，然後閉上眼睛。

「……再見了。」

隨著靜靜這麼呢喃的告別辭——

一個時代就這樣過去了。

——我原本是這麼想的。

8

直到八月十七日深夜，在自己床上陷入安穩睡眠的前一刻為止。

「……桐人。起來啊，桐人。」

肩膀被搖晃著，我就從充滿酸甜感傷的朦朧當中被拉了回來。

「…………嗯……」

一邊從喉嚨裡發出沙啞的聲音，一邊不甘願地抬起眼瞼。

在眼前發現由黃金睫毛點綴著的深藍眼睛，我就在床單上僵住了。

「呼咕……！愛……愛麗絲……！」

「噓，別大聲嚷嚷。」

「話雖如此，但是妳這樣，實在不太好……」

「你在想什麼啊。」

左耳被用力一拉，我的意識才終於開始清醒過來。

以惺忪睡眼再次看了一下枕頭邊的時鐘，發現才剛過凌晨三點。圓圓的月亮依然高掛在天空中大放光明。

我把視線移回來。

朦朧月光照耀下跪在枕頭邊的愛麗絲，是只穿一件藍色無圖案T恤這種極不適切的打扮。宛如自己發光一般的雪白腿部毫不忸怩地露在外面。矽膠皮膚上應該會出現的淡淡接合線在這種亮度下也完全看不出來，讓人無法相信那優美的曲線是人造物。

「……別……別一直盯著看好嗎？」

用力拉下T恤下襬的模樣，讓我再次喉嚨堵塞並跳了起來。

雖然硬是把視線往上移，但這次換成把薄薄布料往上抬的隆起，以及上方類似將黃金融化一樣的金髮映入眼簾，使得我的思考急速減緩。

我極容易了解的動搖模樣，或許終於讓愛麗絲感到害羞了吧，她邊把頭轉往旁邊噘起嘴唇說：

「……你應該不記得了，但我們兩個人有半年的時間都同枕共眠。事到如今也不用再出現那種反應了吧。」

「咦……是……是這樣嗎？」

「就是這樣！」

大叫之後才急忙用雙手蓋住嘴巴。我也縮起脖子，注意著隔壁房間的動靜，幸好直葉似乎沒有醒過來。不過她本來就是到起床晨間練習的三十分鐘前，就算地震和颱風一起襲擊過來也不會清醒的人了。

愛麗絲乾咳了一聲，然後狠狠瞪著我說：

「都是你有那種奇怪的反應，才會一直沒辦法進入主題啦。」

「那……那真是抱歉了。咦～啊～嗯，已經不要緊了。」

隨著輕聲嘆息與細微馬達聲站起身子，愛麗絲隨即正色開口表示：

「大約五分鐘前……有人經由遠距傳信術式……不對，是網路傳給我內容非比尋常的通訊文。」

「電子郵件？是誰寄來的？」

「沒有寄件人姓名。至於內容……與其口說，倒不如你直接看文字比較清楚。」

她瞬間移動視線，凝視著我擺設在桌子上的印表機。

令人嚇破膽的是，印表機的排熱風扇忽然就開始運轉起來。無疑是愛麗絲利用無線網路命令它開始影印。到底是什麼時候學會這種技能的。

此時我的驚訝……

在拿到被吐出到托盤上的紙，並且迅速瀏覽上面內容時，就瞬時被新的驚愕給轟飛到地平線去了。

橫向書寫的文字，內容是——

「登上白塔，前往那個世界。

雲上庭園·大廚房武器庫·曉星望樓·聖泉階梯靈光大迴廊。」

整整有五秒以上，我看不懂自己所看見的內容。

隨著半清醒狀態的腦袋開始運轉，我才終於對愛麗絲所說的「非比尋常」的形容有了真實感。

先不管第一行的內容。

問題是第二行。黑字所刻劃出來的全是曾經聽過的名稱。

雲上庭園……曉星望樓……這些無疑都是屹立在Underworld的人界首都，聖托利亞中央部分的公理教會中央聖堂的樓層名稱。

但是，這樣的話，這封電子郵件的寄件人究竟是誰呢？

現實世界裡，應該只存在兩個人熟悉中央聖堂內部的構造。也就是我和愛麗絲。

就算菊岡與比嘉等ＲＡＴＨ工作人員，可以從外部的螢幕得知公理教會這個統治組織的名稱，應該也無法連樓層的名稱都調查出來才對。另外，雖然有許多像亞絲娜以及克萊因等以援軍身分登入到Underworld的ＶＲＭＭＯ玩家，但他們全出現在距離聖托利亞相當遙遠的黑暗領域荒野上，然後幾乎都在那裡登出。甚至連親眼看到中央聖堂的機會都沒有才對。

不對——

再仔細順著文字看了一遍內容，我就注意到更加令人難以置信的事實。

出現在第二行後半的「聖泉階梯」這個名稱。無論我怎麼想，都想不起來曾經通過這個樓層。也就是說，這封電子郵件的寄件人，甚至知道連我也不清楚的內容。

我以緊張的表情看著愛麗絲並且問道：

「……愛麗絲。中央聖堂裡有這個叫作聖泉階梯的地方嗎？」

「嗯……確實是有。」

騎士點了一下頭，用力合握住雪白的雙手繼續表示：

「但是……那是被隱藏起來的地點。聖泉階梯是高達百層的雄偉聖堂，在很久之前只是三層樓高小小教堂時殘留下來的古老建築！它被封印在第一層的大階梯下方，不是輕易能發現的地點。知道其存在的人，甚至就只有叔叔、我，以及……最高司祭亞多米尼史特蕾達等三個人而已……」

「什………」

遭受更強烈驚訝襲擊的我發出了喘息。

愛麗絲踏出一步，緊抓住我的右手。不知道是不是ＥＡＰ氣壓缸的機能失常所致，她的手指正微微發抖。

「桐人……難道說……難道說那個半神人……最高司祭她……竟然還活著……？」

發出的聲音裡帶著深沉的敬畏。

我靜靜地用左手按住她纖細的肩膀說：

「不……那不可能。最高司祭確實死了。我的確看見她和元老長裘迪魯金變成光粒往四處飛散的模樣。對了……而且妳看這裡。」

我把右手上的影印紙拿給愛麗絲看。

「第一行是這麼寫的。『登上白塔，前往那個世界』。白塔指的應該是中央聖堂，而那個世界應該就是Underworld吧。如果寄件人是亞多米尼史特蕾達的話，絕對不會寫那個世界。應該會寫『吾之世界』。」

「說得也是……確實是這樣。這一點我也可以確信。」

愛麗絲在金色瀏海幾乎可以碰到我臉頰的距離下點了點頭。

「但是……這樣的話，這篇文字到底是誰……」

「我也不知道。能夠推測的材料實在太少了。應該說……如果能了解這篇文章的意思，就能夠知道寄件人是誰了吧……」

「意思……？」

「嗯。仔細閱讀之後，就發現有幾個奇怪的地方。」

我要愛麗絲和我並肩坐到床上，然後用指尖滑過印刷出來的文字。

「第一行雖然寫著『爬上』……但是這樣的話，第二行就有點奇怪了吧？一開始的『雲上庭園』是我和妳首次戰鬥的樓層。我記得那已經是很高的地方了。但是，接下來是『大廚房武器庫』。大廚房我是不知道，但武器庫的所在地應該是很下方的第三層才對。這樣想起來，接下去的『曉星望樓』是我們辛苦爬上外牆，好不容易回到中央聖堂內部的樓層對吧。那幾乎已經是塔的頂端了。順序實在差異太大。」

「的確……是這樣耶……真令人懷念……只靠一把劍掛在塔的外牆上時，你這傢伙罵了我八次笨蛋喔。」

「不……不用回想到那麼小的事情吧。」

愛麗絲往上看著縮起脖子的我，接著露出微笑。

「但是，其實當時真的有點高興。因為那是我第一次出自內心和人爭吵。」

我不由得認真地回望著她帶有透明感的笑容。

藍寶石鏡頭製的眼睛似乎顯得有些濕潤，不過應該只是我想太多了。

我擠出所有的精神力，把視線從那深沉水底般的光輝移開。以有點沙啞的聲音繼續說明：

「……而且這個地方。標點符號的位置很奇怪。為什麼大廚房與武器庫之間，以及聖泉階梯與靈光大迴廊之間沒有標點符號呢？」

愛麗絲發出低沉驅動音把視線移回影印紙上。

「……應該不會是……忘記寫了吧……」

兩人雖然朝同一個方向歪著脖子，但是也想不出更多點子了。

沒辦法的我，只好為了召喚擅長解讀這種暗號的專家而從牆架上取出小小的硬體。

放在手掌上的黑色半球體，是名為「視聽覺雙向通訊探測器」的東西，亦即高性能網路攝影機。將放置在左肩上的攝影機電源打開，確認它已經與桌上型電腦連線之後就對著它搭話：

「結衣，還醒著嗎？」

結果大約兩秒鐘後，探測器的擴音器裡就傳出仍未睡醒般的聲音。

「呼啊……早安啊，爸爸。」

圓球體裡的攝影機轉動，也對坐在旁邊的人物打招呼。

「早安啊，愛麗絲小姐。」

「啊……早……早安，結衣小姐。」

愛麗絲雖然是首次看見探測器，但是已經在阿爾普海姆裡和結衣交談過幾次了。她應該是了解我右肩上的硬體是結衣在現實世界當中的儀器了吧，只見她也立刻笑著打招呼。

結衣依然不停轉動著攝影機，最後終於以嚴肅一些的聲音對著我問：

「……爸爸。這到底是什麼狀況？」

「沒……沒有啦，真的沒有任何可疑的地方喔，完全沒有。」

「時間是淩晨三點二十一分，然後爸爸在自己房間和愛麗絲小姐獨處的這種狀況，我只能做出不太尋常的判斷喲。」

「不……不是啦，不太尋常是沒有錯，但也不是我自己希望出現這種狀況……」

代替拚命辯解的我，愛麗絲以忍著笑一般的表情說明了狀況。

「結衣小姐，真的什麼事都沒有。是有人寄了奇怪的書信，不對，是電子郵件給我，所以我才來找桐人商量。」

「既然愛麗絲小姐這麼說，我就這樣記錄下來。但是爸爸，不能有事情瞞著媽媽喲。」

「那是當然了。」

在偷偷鬆了一口氣的我右側，愛麗絲把剛才的影印紙拿給結衣看並且向她說明內容。

看見兩個人對話著的畫面，我總是會產生難以言喻的感慨。

結衣是在既存計算機系統結構實行的程式進化到極限後的Top-down型ＡＩ。

而愛麗絲則是LightCube這種模仿人類大腦的全新系統結構的Bottom-up型ＡＩ。

從相反路徑誕生的兩種人工智慧，非常自然且高興地對話著的畫面，會讓人覺得這就是世上最大的奇蹟了……

不理會偷偷嗆著淚水的我，兩個人交換了許多意見，最後結衣才像注意到什麼一樣開口表示：

「哎呀……仔細一看，第一行與第二行的標點符號有點不太一樣。」

「咦，真的嗎？」

我也把臉靠近愛麗絲拿著的影印紙，凝視著那一公釐以下的黑點。

結衣說的一點都沒錯。第一行「白塔」與「前往」之間所打的是一般的逗點。

但是第二行所打的三個符號不是逗點，看起來像是英文的句點。或者是小圓點。

小圓點…………

「啊…………啊！」

我發出低叫聲，接著半抬起腰部。

「對……對喔。中央聖堂只到一百層……所以把兩個連結起來……也就是說，這是……」

用手摸索床頭從該處抓下原子筆。一邊拔開筆蓋，一邊以沙啞的聲音對愛麗絲問：

「愛麗絲，雲上庭園是在第幾層？」

「……你忘記了嗎？忘了我和桐人首次對戰的地方？」

「沒……沒有啦，怎麼可能忘記，嗯……」

「第八十層。」

她用有些鬧彆扭的聲音告訴我後，我便在影印紙空白處寫下數字。

「對對對。那……大廚房呢？」

「第十層。」

我持續潦草地把對方宣告的數字寫到影印紙的空白處。

「望樓記得是……然後……聖泉階梯是一樓……大迴廊是……」

當我的手停下來時，白紙上已經並排著四個由小圓點區隔開來的數字。

似乎在哪裡見過這種形式——當然不只是這樣而已。這是像我這樣的人種，在日常生活當中已經見慣了的某種格式。

看見這種格式的瞬間，結衣也小聲叫了起來。

「啊……這是ＩＰ位置吧，爸爸！」

「我認為是這樣。」

那不是二〇二六年的現在幾乎快完成轉移的ＩＰｖ６形式，而是舊世代的ＩＰｖ４形式。但ｖ４也並非無法使用了。

這封電子郵件，顯示存在於現實世界的一個伺服器。

我飛快從床上跳下來坐到電腦前的網狀椅上並握住滑鼠。在解除待機狀態的螢幕上打開瀏覽器，首先以ＨＴＴＰ，接著以ＦＴＰ連結紙上寫著的伺服器。但是全被拒絕連線。

「ＲＳＴＰ……等等，是ｔｅｌｅｎｔ嗎……？」

當我嘴裡這麼嘟囔著，準備起動命令提示視窗時，我的右肩……

就再次傳出結衣認真的聲音。

「爸爸！請再次回想電子郵件的文字！」

「咦……？」

愛麗絲從背後遞出影印紙。結衣一邊用攝影機看著它一邊說：

「我想應該登上的『白塔』，指的應該是第二行的網址本身。」

「嗯嗯。」

「而登上之後將會到達『那個世界』。這也就表示，這個網址所顯示的伺服器是……」

「啊……！是……是這樣啊！」

我一邊感覺指尖逐漸冰冷麻痺，一邊迅速轉過頭。

「愛麗絲。這是連接那個世界……也就是Underworld的道路！」

聽見我以壓抑的聲音這麼叫道的瞬間，站在身後的愛麗絲就瞪大了眼睛。

「…………連接的……道路。也就是說……可以到，不對，可以回去了嗎？回到那個世界……我的世界……」

聽見她的呢喃，我就隨著確信用力點點頭。

驅動器的驅動聲高聲響起，我則是用雙手接住一直線衝過來的身體。

耳邊響起的嗚咽，以及觸碰到臉頰的水滴感觸，大概都是我的錯覺吧。

因為金屬與矽膠製成的機械身軀，不可能有那種機能才對。

我和愛麗絲都沒有等待到合適時間的忍耐力。

因此強行認為凌晨四點不是深夜而是早晨，毫不留情地按下凜子博士的手機電話。

幸好，博士似乎住在六本木分部裡面。一開始果然是搞不清楚究竟是怎麼回事，但我的說明漸入佳境時，她就以參雜著悲鳴的聲音回答：「那……那是真的嗎？」

「是真的。雖然無法追蹤訊息的來源，但從內容來看應該是事實。」

「這……這樣啊。那麼，現在馬上得加以確認才行……」

面對這麼表示的博士，我立刻加上一句：

「這個任務……請交給我和愛麗絲吧。」

「咦…………」

接下來聽見的呼吸，應該是一半驚訝一半傻眼的嘆息吧。

「桐谷小弟……你明明有了那樣的遭遇……」

「如果我是這樣就學乖了的人，打從一開始就不會到ＲＡＴＨ去打工了！」

再次聽見長長的嘆息。

「……說得也是。過去有些事情正是因為你的這種個性才能完成，今後應該也有事情需要你去做。但是……這次要確實獲得你雙親的允許才行。」

「那是當然了，請交給我吧。然後……有件事情想先確認一下……愛麗絲從那邊連線到Ocean Turtle時，需要使用ＳＴＬ嗎？」

「不，沒有這個必要。因為愛麗絲的LightCube收納盒，能夠辦到你的活體腦加上ＳＴＬ後完全相同的機能。唯一需要的就只有一條纜線。」

「我想也是。這樣的話……嗯，請稍等一下。」

這時愛麗絲在旁邊握緊住雙手，而我則看向她的臉龐。

「愛麗絲。那個……很抱歉，可以帶她……亞絲娜一起去嗎？」

一邊的眉毛動了一下。

接著是取代嘆息的輕微馬達聲。

「……嗯，好吧。發生什麼不測的時候，戰力還是多一點比較保險。」

「這……這樣啊，我欠妳一個人情……那麼，事情就是這樣，博士……」

再經過一些對話後就掛斷電話，接著我便吵醒亞絲娜，把狀況告訴她。

只告訴她「找到通往Underworld的路線了」，她似乎便了解接下來有什麼樣的發展。

短短一兩分鐘就結束聯絡，我隨即拿下右肩上的探測器，然後一直凝視著鏡頭。

「……抱歉了，結衣。還沒發現把妳帶到Underworld去的方法……」

一這麼道歉，心愛的女兒便很懂事……但還是感到有點寂寞般這麼回答：

「好的，我能夠了解，爸爸。出門要注意安全喔。」

「總有一天也會帶結衣過去的。」

這麼約定好後，就把探測器放到桌上。

它的旁邊就疊著一大堆原本從今天開始就要拚命消化掉的參考書與教科書。雖然不願意，但可能還得過一陣子才能輪到它們上場了。

從印表機內藏的托盤裡抽出一張白紙後，就用原子筆在上面疾書。和從直葉房間把制服拿回來的愛麗絲背對背換好衣服，就躡手躡腳地離開房間。

走下樓梯，在客廳的桌子上放下手寫的紙條。

慎重打開老舊的拉門後，我和愛麗絲就踏進門外還有點冰涼的早晨空氣當中。

把125cc摩托車推到離家夠遠的距離外就跨上座墊。讓愛麗絲戴上直葉使用的安全帽後，自己也戴上安全帽並扭動油門。

低調著催動幾乎放置了三個月卻很賞臉地發動了的引擎，然後對後座的人叫道：

「抓牢嘍！我會飆得跟飛龍一樣快！」

愛麗絲一邊把手繞過我的腹部一邊回答：

「你以為我是誰啊！」

「哈哈，對喔，整合騎士小姐。那麼……走吧！」

留在自宅客廳的文字內容如下：

「給老爸、媽媽和直葉。我去參加尚未結束的冒險。馬上就回來了，不用擔心。」

當我以川越道路、環七、246縣道的順序奔馳過早晨空曠的道路，順利來到RATH六本木分部的前面時，就看見已經搭計程車來到這裡的亞絲娜。

笑著對我說「哈囉」並打算揮手的她，注意到坐在我身後的愛麗絲時表情瞬間僵住了。

「……桐人。這是怎麼回事呢？」

「這……這個嘛，簡單來說，就是雖然發生了很多事，但沒有幹任何壞事……」

「詳細說明一下『很多』和『沒有任何』的內容。」

我早就知道會這樣了。雖然知道，我還是故意在沒有任何對策的情況下來到這裡。這是因為不可能做出什麼穩當的說明。

「詳細內容之後會跟妳說，我保證！等到……養老喝茶閒聊的時候……」

加上含糊不清的語尾後，我就把摩托車停到員工停車場。

回過頭的我，立刻有恐怖的光景衝進眼簾。

雙手扠腰站在那裡的亞絲娜。雙手抱胸站在那裡的愛麗絲。對峙的兩者中間，似乎能看見足以燒焦空氣的電光。

我畏畏縮縮地對兩個人搭話：

「……那個～兩位，這種事情不是早就已經結束了嗎……就是，在人界守備軍的野營地裡……」

「那只不過是停戰協議！」

「所謂的停戰，是在戰爭將再次發生的前提下所進行的！」

女孩們同時做出銳利的發言，然後視線再次爭鋒相對。

凝視了一陣子兩名劍士鬥氣全開，誰也不讓誰的模樣——

我就做出現場唯一能做的事情。

也就是極力消除氣息，然後慢慢地後退，準備退避到入口的內部。

但是，讓嚴格的警備系統檢查過ＩＤ卡、指紋與視網膜的瞬間就傳出尖銳的電子音，兩個

人就迅速把頭轉向這邊。

「啊，喂，桐人！」

「為什麼要逃走！」

當聽見這樣的聲音時，我已經衝進大樓裡面了。

結果神代博士瞪大了眼睛，迎接氣喘吁吁地到達ＳＴＬ室的我和亞絲娜，以及雖然不用呼吸但是機體溫度應該上升了的愛麗絲。

「……我能了解你們著急的心情，但是也不用跑成這樣，ＳＴＬ和Underworld又不會逃走。」

聽見博士傻眼地這麼說，我就以刻意的笑容回答：

「沒有啦，因為想盡快連線！怎麼說這次的潛行成功與否，都會對今後Underworld的安全保障產生很大的影響哇呀！」

語尾的怪聲是因為亞絲娜捏了我右側腹造成的結果。

在受到愛麗絲的追擊前，我就為了換上ＳＴＬ潛行用的無菌衣而退避到隔壁的更衣室裡。

實際上，對博士所說的是我毫無保留的真心話。

停泊在伊豆群島海域的Ocean Turtle目前處於非常微妙的狀態。維持其運作與獨立的方法，目前就只有一個。

推進人工搖光——也就是Underworld人與現實世界人類之間的交流，醞釀彼此之間友好的關係。只要現實世界的大多數人都認為Underworld人也是人類，國家與企業就無法行使強硬的手段。

不對——

在知道是粗暴言論的前提下，其實還是有其他方法。

也就是獲得實際的防衛力。利用開發應該有一定進展的「LightCube搭載型無人戰鬥機」作為武裝，獨立成為一個國家。

只不過，這也只是在痴人說夢。要如何入手UAV，保養經費又要從何處籌措，而且要花上幾個月……甚至幾年的時間才能讓只知道飛龍的Underworld人操縱超音速戰鬥機呢？要克服的難關實在太多了。

不論如何，絕對需要的是政府管理的通訊衛星之外的大容量纜線。這是為了讓Underworld人潛行到對他們來說是新天地的The Seed連結體，使得現實世界人得知他們的存在。

能不能辦到這一點，就要看我胸前口袋裡那張紙條上所寫的那個IP位置了。

換好衣服從更衣室裡出來的我，把紙條遞給了神代博士。

博士稍微猶豫了一下是不是該接下紙條。但馬上就抬起右手，把紙條接了過去。

「……應該跟那個人有關吧。」

這沉靜的發言，讓我輕輕點了點頭。

不知道他究竟是如何得知中央聖堂各樓層的名稱。但是能夠設置連接Ocean Turtle與網路的祕密線路，也只有那個男人才辦得到。

也只有茅場晶彥……希茲克利夫了。

現在想起來——

我的戰鬥每次都得與那個男人直接對峙才能結束。這次希茲克利夫只是經過我所沉睡的ＳＴＬ旁邊，就再次消失在網路的暗處當中。但總有一天還會再出現才對。為了把從鋼鐵浮遊城誕生的多數碎片合而為一，然後把一切做個了斷。

背對著開始潛行準備的神代博士，我起動了自己的手機。

「結衣，關於那個ＩＰ位置，有沒有什麼新的情報？」

出現在畫面上的結衣，可愛的臉龐左右搖了搖。

「伺服器的所在地是冰島，但應該只是中繼點而已。防火牆相當棘手，我沒辦法繼續探查下去。」

「這樣啊……謝謝。那麼追蹤到是誰寄電子郵件給愛麗絲了嗎？」

「這個嘛……雖然在The Seed連結體的第３０４號節點發現類似的痕跡，但是最後也失去線索……」

結衣說完就沮喪地垂下肩膀，我則隔著觸控螢幕用指尖摸著她的頭。

「別這麼說，已經很足夠了。三百多號的話，是美國嗎……不用再追下去了。就算是結衣，與對方直接接觸也太危險了。那傢伙應該幾乎變成跟結衣同性質的存在了。」

「我比較厲害！」

我苦笑著戳著她鼓起來的臉頰。

「嗯，總之我們先過去看看吧。這次不會有各種危險了……我想啦。」

「有什麼事情的話，我會立刻過去幫忙！」

「那就拜託了。那麼，再見嘍。」

手指透過畫面與伸出來的小手互碰後，我就把手機的電源關上。這時換好衣服的愛麗絲與亞絲娜也正好從女性更衣室走出來。

幸好她們似乎締結第二次停戰協定了，兩個人臉上都充滿期待的光芒。

依序與她們交換眼神，接著開口表示：

「……怎說也是兩百年後了。不清楚人界與黑暗界變成什麼樣子。嗯，跟亞多米尼史特蕾達支配了人界三百年比起來也算是短，應該沒有太劇烈的變化才對……」

愛麗絲深深點頭回答：

「至少可以確定的是中央聖堂依然存在。這樣應該可以認為人界也還是那個樣子吧。」

亞絲娜也碰著愛麗絲的手臂並微笑著。

「一開始得先讓賽魯卡小姐醒過來才行。」

「嗯！」

再次互相用力點點頭——

我們就各自走向兩台ＳＴＬ以及一張總統座椅。

身體躺到冰涼的軟膠床上。在凜子博士的操作下，巨大的頭套緩緩降落，從額頭上方蓋了下來。

「那麼……要出發嘍。」

我們各自對博士的聲音做出回應。

「好的！」

巨大機器傳出低吼。

構成我意識的光子網路——搖光從肉體被分離出來，身體便喪失了五感與重力。

意識被轉換成電子訊號，飛向廣大無邊的網路。

以超高速在大容量的光纖纜線裡前進，朝著懷念的異世界飛翔。

前往新的冒險。

前往下一個物語當中。

首先可以看見光芒。

極小的白色光輝變成七彩放射光並且擴大——覆蓋視界——接著繼續擴大。

其深處出現純粹的黑暗。

我一直線朝著光之隧道前方的黑暗潛行。

不對，那不是完全的黑暗。

以黑色作為背景，有數量驚人的各色光點正靜靜地閃爍著。

是星星。還是夜空……

都不是。

因為……

「……嗚……嗚哇啊啊啊！」

我低頭看向腳下的瞬間就發出了悲鳴。

因為下方根本不存在地面。

雖然急忙踢動雙腳，但是靴子底部卻碰不到任何東西。只有一片無限往前延伸的星空。即使看向旁邊與上方也全都是星星。

「呀啊啊啊！」

「這……這是……？」

從左右兩邊可以聽見這樣的聲音。

我攤開到極限的雙手，同時被緊緊抓住。

往右看去，發現身上包裹著珍珠色胸甲與同色裙子，加上華麗細劍這種史提西亞神裝束的亞絲娜飄浮在那裡。

左邊則是黃金胸甲與白色長裙，腰間裝備著白銀長鞭與黃橙色長劍的愛麗絲。

兩人都瞪大眼睛看著眼前那一片無止盡的星空。

不對。

這已經不是星空。

「…………宇宙…………？」

我畏畏縮縮地這麼呢喃著。

下一刻，猛烈的寒氣襲上心頭。亞絲娜與愛麗絲也打了個大大的噴嚏。這是足以令人感覺到天命急遽減少的極低溫環境。

不對，還能聽見兩人的聲音就代表不是真正的宇宙空間，但是與其十分接近。而我們的肉體正輕輕飄浮在其中。

集中意識，把光屬性的防禦牆變成球形後包裹住所有人。

被淡淡光芒裹住的瞬間，刺骨般的寒氣終於離我們遠去。

我鬆了一口氣，再次環視眼前超乎想像的光景。

從視界右上到左下，可以看見極為密集的星星集團形成帶狀往前延伸。銀河——應該可以這麼稱呼了吧，但是再怎麼用線把發出強烈光芒的恆星們連結起來，也找不到任何現實世界熟悉的星座。

這裡果然是Underworld。

但是，這樣的話大地……以及天空都到哪去了呢？

忽然被強烈的惡寒襲擊，讓我的身體整個僵硬。

——不會吧。

消失……了嗎？

經過兩百年的時間後，構成人界與黑暗界的大地用完了天命。而生活在該處的十幾萬人民，也跟著一起回歸到虛無了嗎……

「騙人……怎麼會…………」

當我以發抖的聲音這麼呢喃時……

愛麗絲突然用足以發出擠壓聲的力道握住我的左手。

「桐人……你看那個。」

臉一轉向左邊，就看見黃金騎士不知道什麼時候已經改變身體的方向，現在凝視著正後方。

伸出去的左手筆直地指向某一點。

我也一邊屏住呼吸，一邊慢慢、慢慢地轉過頭。

我看見了星星。

不是在遙遠彼方微微閃爍的恆星——而是占據視界好幾成的巨大行星出現在眼前。球體的上半部沉浸在濃密的黑暗當中。

但是從中段附近慢慢由黑轉藍，並且逐漸轉變成鮮藍，再轉變成深藍色。而下側邊緣的半圓弧線則是呈眩目的水藍色。

水藍色慢慢、慢慢地增強光輝。圓弧的中央部分冒出白光，光芒迅速橫向筆直地延伸。天亮了。

隱藏在行星後方的太陽——索魯斯正準備現出身影。

把眼睛從眩目的白光移開，再次看向行星的表面。

到剛才都還籠罩在深藍當中的地表，開始逐漸染上明亮的藍色。

連綿的淡淡白雲後方，可以看見大陸的輪廓線。

那是上下略短的倒三角形。

大陸的右上附近有一個白光聚合體。左上則可以看見一個更大的光線群。

那很明顯是文明的光芒。仔仔細細地觀察，就能發現連結兩個聚合體，並且繼續往下方延伸的幾條光線呈網狀擴散。

我從大陸的形狀以及兩大都市的位置，就立刻了解到自己看見的是什麼了。

右上的都市是暗黑界的首都黑曜岩城。

而左上——則是人界的央都聖托利亞。

那塊大陸、那顆行星，正是我過去生活、戰鬥、奔馳過的Underworld。

茫然的我移動視線，看向旁邊的愛麗絲。

她白色的臉上也浮現出深刻的驚訝與敬畏。

這時愛麗絲忽然瞪大眼睛，放開我的手之後，開始到裝備在劍帶上的小包包裡尋找東西。

她靜靜拿出來的是可以放在手掌上的兩顆小蛋。

一顆帶著淡淡的綠光，另一顆則發出藍光。光線以每兩秒的間隔反覆變強變弱。簡直就像是呼吸，也像是心臟的跳動一樣。

愛麗絲靜靜地把兩顆蛋抱在胸口並閉上眼睛。她的臉頰上無聲地流著淚水，從臉頰滑落後變成水滴飄浮在空中。

我感覺自己眼裡也滲出淚水。看向另一邊，就發現依然牽著手的亞絲娜眼眶也濕了。

在我們的注視中，愛麗絲朝著前方的星海踏出穩定的一步。左手抱著兩顆蛋的她，右手筆直地往巨大的行星伸去。

與晨星同樣顏色的眼睛，帶著無限的光輝，這時黃金整合騎士就用凜然且清晰的聲音高叫著：

「世界啊！我所出生、心愛的地底世界啊！聽得見嗎！」

全宇宙的恆星開始震動，藍色行星也像是呼吸一般一瞬間發出強光。

我閉上眼睛，豎起了耳朵。

這是為了把宣告新時代來臨的言語，永遠刻劃到記憶裡面。

「我現在回來了！…………我就在這裡！」

序幕Ⅲ　星界曆五八二年

「這裡是藍玫瑰73。確認脫離大氣圈。轉移至星間巡航速度。」

整合機士絲緹卡・休特里涅對嘴邊的傳聲器如此宣告後，就用左手把操縱桿往前倒。

機龍白銀的身軀開始震動。完全張開的雙翼發出淡淡的藍色光芒。從寬廣範圍收集宇宙空間稀薄的資源，並將其送進驅動機關。

封鎖在機關心臟部的永久熱素發出尖銳的吼聲產生反應，長長尾翼兩側的主噴射孔吐出了白色火焰。接著是身體被用力按到操縱席上的感覺。在行星大氣層裡無法體驗到的強烈加速，讓絲緹卡忍不住浮現笑容。

「藍玫瑰74，了解了。」

從傳聲器傳出簡短的回應。稍微瞄了一眼右側的副影像盤，就看到二號機的噴焰也發出盛大的光芒，從斜後方追趕上來。

與絲緹卡同時敘任之後，就成為搭檔的整合機士羅蘭涅・阿拉貝魯正是二號機的搭乘者。

她平常就是個不多話的女孩子，在操縱機龍的時候則更為冷漠。

但是，喜歡飆速的個性卻比絲緹卡還要嚴重。絲緹卡一邊露出苦笑，一邊稍微提醒對方。

「太快嘍，羅蘭。」

「是妳太慢了，絲緹。」

心裡冒出「妳說什麼」的想法。

雖然地底世界宇宙軍必須嚴守紀律，但就算是魔鬼教官也無法注意到大氣層外的情形。而且到達目的地伴星亞多米娜是長達三小時的旅程。出現些許誤差也是理所當然的事。

絲緹卡又將操縱桿往下壓了一格，把並排在旁邊的二號機稍微拋在後方，便咧嘴笑著把身體靠在椅背上。

往上的視線被嵌在狹窄操縱室天花板上的精緻浮雕吸引過去。

那是垂直並排的黑白兩把劍。以及圍繞著它們的藍色薔薇與橙色的金木樨花朵。這是目前存在逐漸變成傳說的「星王」的紋章。

自從星王與星王妃離開主星卡爾迪娜的王宮中央聖堂，已經過了三十年的歲月。

被任命為整合機士四年，仍然只有十五歲的絲緹卡與羅蘭涅，當然沒有直接謁見過他們。但兩人的成長過程當中，已經各自從同為機士的母親那裡聽過關於他們的軼聞。而母親們也同樣是從她們的母親那裡聽聞許多的故事。

休特里涅家與阿拉貝魯家，在長達兩百年的星王治世中，擁有從近衛機士開始——當時似乎是稱為「騎士」——就一直侍奉星王的歷史。

七代前的祖先，騎士緹潔·休特里涅以及羅妮耶·阿拉貝魯擁護尚未即位的星王，在與卡爾迪娜第一大陸裡有權有勢的四皇帝家的戰鬥中立下戰功。廢止了專橫無理的皇帝與大貴族的權力，解放所有在私人領地裡遭到虐待的人民。

星王之後開發出最初的機龍，超越了包圍大陸且一直聳立到大氣圈為止的「世界盡頭之壁」。

耐著性子與在未開化之地肆虐的太古神獸交涉，有時與其一對一決鬥並獲勝，然後不斷開拓肥沃的殖民地，將其給予當時因為歧視而被稱為「亞人族」的哥布林族與半獸人族，讓他們建立起自己的國家。

最後踏破卡爾迪娜全星的王，注意力便轉向無限的宇宙。

經過不斷改良的機龍，終於得以脫離大氣層。

在索魯斯周圍找出與卡爾迪娜成對的行星，將其命名為亞多米娜。

開拓使用大型星間航行用機龍的定期航路，在亞多米娜建立第一座移民都市後不久，就被推舉為地底世界的首任星王。

在擁有永遠的天命，完全不會老化的王與王妃統治下，兩顆行星將會永遠維持繁榮——原本所有人都這麼相信，但兩人卻在某個時間點隨著一個預言步下王座進入長眠當中。到了三十年前，終於沒有再次出現在人民面前而一起離開了這個世界。

之後政治便由軍隊與市民代表所形成的議會來決定。在已經沒有敵人存在的現在，地上軍與宇宙軍的規模雖然逐漸縮小，但是遵從星王的預言，機士的訓練依然保持著相當嚴格的傳統。

星王留下的預言是這樣的。

——總有一天，異世界「現實世界」的門將會再次打開。

——那個時候，將會為兩個世界帶來巨大的變革。

雖然絲緹卡覺得這些話沒有什麼真實感，但異世界的門打開之後，據說地底世界是否能繼續存在都會變得不確定的時代就會降臨。預言表示不能只期望融合與友愛，也必須持續磨練能貫徹驕傲與獨立的力量，否則人、巨人、哥布林、半獸人、食人鬼等人類五族將會遭遇比兩百年前「異界戰爭」還要悽慘的悲劇。

但是絲緹卡並不覺得害怕。

不論到什麼樣的世界或者是什麼樣的時代來臨，自己只要有機龍的翅膀就能夠勇猛地作戰。

——因為我是光榮的整合機士團的一員啊，我們可是擁有從遙遠創世時代流傳至今的傳統。

在內心如此呢喃，並且再次看向天花板的紋章——

就在下一刻。

正面主影像盤下部出現鮮紅光輝，文字與警告音同時宣告著感應到異常規模的素因集合體。

「什……什麼？」

才剛邊叫邊跳起來，傳聲器就同時響起羅蘭涅緊張的聲音。

「藍玫瑰74，探查到有暗素系超大型生物接近！素因密度……兩萬七千！」

「是神話級宇宙獸…………『深淵之恐懼（Abyssal horror）』…………」

當她用神聖語呢喃著生物的名字時，主影像盤上那一整片星海的右端，就已經映照出宛如墨水滴落般的漆黑虛無。

被賦予深淵之恐懼這個專有名稱的生物，即使是在經過確認的宇宙獸當中也是最為凶惡的一頭。球狀身體上長出多達十二根的長大觸手伸長之後，全長最大可超過兩百梅爾。尺寸足足是單座戰鬥機龍的二十倍。

而牠巨大的身軀是純粹由高密度的暗素所構成，幾乎所有的屬性攻擊都沒有用。但被稱為最凶惡其實是因為其他的理由。

深淵之恐懼與其他眾多的神獸不同，完全拒絕與人類進行溝通。簡直就像單純由破壞與殺戮的衝動所構成一樣，只要發現在星間航行的機龍就會一直線衝過來，然後將其啃噬殆盡。

連過去總是以敬意來對待神獸們的星王，在承受前往亞多米娜星的民間大型機龍遭到破壞的悲劇後，似乎也曾試著要消滅這頭宇宙獸。但是據說一個人就可超越一支軍隊的王，過去也無法完全殲滅深淵之恐懼。

根據之後的觀察，那隻宇宙獸是維持一定的速度與軌道巡迴於兩顆行星之間，苦思許久之後，才做出所有機龍只能在避免與其接觸的時間點才允許進行星間航行的決定。

當然，絲緹卡與羅蘭涅也選擇了宇宙獸應該在遙遠亞多米娜星背面飛行的時日才由卡爾迪娜星起飛。

——但是。

「為什麼……出現的時間太快了……」

發抖的雙手依然放在操縱桿上的絲緹卡這麼呢喃著。

但立刻就重新打起精神，以尖銳的聲音對著傳聲器大叫：

「左迴旋一百八十度，之後全速脫離！退避到卡爾迪娜大氣圈當中！」

「了解！」

如此回答的羅蘭涅，聲音裡也帶著緊張。

絲緹卡一邊讓機龍往左邊迴旋，一邊用力拉起操縱桿。從姿勢控制噴射孔迸發長長的白色火焰，身體則被幾乎無法呼吸的重量推到座位上。影像盤上的群星劃出弧形後往右下方流去。

結束迴旋時，主影像盤上就全部是短短數十分鐘前才剛離陸的行星卡爾迪娜所發出的藍光。明明看起來像是伸手可及，實際上卻是遠得令人絕望。

以祈禱的心情發動最大加速。永久熱素發出近似悲鳴的咆哮。

但是，速度計的指針卻在界限值的第五格之前就停了下來。由於深淵之恐懼從超寬廣範圍裡奪走資源，讓機龍翅膀上的資源收集器無法發揮原本的性能。

副影像盤的後方視界裡，宇宙獸一片漆黑的身影明顯比變得剛才更大了。已經可以看見不停蠢動著的觸手。

當中特別長的兩根觸手前端，開始積蓄起朦朧的藍紫色光芒。

「絲緹，那傢伙進入攻擊態勢了！」

絲緹卡立刻回應了二號機傳來的聲音。

「我也看到了！在後方張開光素障壁！」

邊說邊用左手敲打並排在控制盤上的一顆按鈕。機龍腰部的裝甲隨著「轟、轟」的聲音打開。

絲緹卡吸了一大口氣並且集中意識——

「System call！Generate luminous element！」

一這麼大叫，就透過緊握住的操縱桿內部的傳達路徑，從機龍兩邊的腰部朝宇宙發射出十個光素。

這些光素立刻遵照絲緹卡的意志變形，形成了圓形的障壁。

下一刻。

宇宙獸的觸手就像投球一樣丟出了帶著眩目藍紫色光芒的球體。

隨著撕裂金屬一般的共鳴聲，暗色的攻擊彈貫穿了宇宙。

短短三秒鐘左右就與光素障壁接觸——

「……呀啊啊啊！」

襲擊機龍的猛烈震動，讓絲緹卡忍不住發出悲鳴。同一時間，傳聲器裡也能聽見羅蘭涅的叫聲。

兩顆攻擊彈輕易地把絲緹卡生成的障壁像紙一樣撕裂，深深地刨開了機體的背面裝甲。

各種儀器一瞬間染上紅色。資源傳達路徑也發生異常，加速變得更加遲鈍。

透過副影像盤，絲緹卡確實感覺到只是不定形黑暗的深淵之恐懼咧嘴笑了起來。

看向側面影像，就能發現二號機的單翼也遭到破壞，速度大大地降低。

「羅蘭！羅蘭！」

大叫著呼喚對方後，幸好可以聽見沙啞的回應。

「……不要緊，我沒事。但是……這孩子已經沒辦法飛了……」

「……只能脫離到機體外了。想辦法光靠機士服的噴射器到達卡爾迪娜……」

「不可能啦！不對……應該說我不想這麼做！不可能丟下這個孩子自己走！」

聽見羅蘭涅的吼叫後──

絲緹卡無法做出任何回應。

對於機士來說，機龍不單單只是鋼鐵的人工物。而是心靈相通且獨一無二的伙伴。就像遠古時期整合騎士們所騎乘的飛龍一樣。

「…………沒錯。說得也是。」

絲緹卡這麼呢喃，用雙手靜靜包裹住操縱桿。

大大吸了口氣後，露出微笑來呢喃著：

「那麼就一起戰鬥到最後吧……再次迴旋，之後以主砲全力攻擊。這樣可以吧，羅蘭？」

「……了解。」

最後的通訊還是跟平常一樣，只有冷冷的一句話。

依然帶著微笑的絲緹卡緩緩拉起操縱桿，讓受傷的愛龍再次一百八十度旋轉。

主影像盤上充滿了迫近的巨大宇宙獸。蠢動著的長大觸手上已經積蓄了多達八個攻擊彈。

喔喔喔喔喔喔──…………

深淵之恐懼發出吼聲。或許是哄笑聲也說不定。

——至少死前要給牠一點顏色瞧瞧。盡量讓那傢伙隔久一點之後才能再次襲擊這條航路。

有所覺悟後，絲緹卡就把操縱桿上部的紅色按鍵按下一半。

裝備在機龍前端的主砲喀嚓一聲打開。原本這時候應該要生成最有效屬性的素因，但是對於實體單薄的深淵之恐懼來說，就連相反屬性的光素也無法給牠太大的損傷。

這樣的話，就以最擅長的凍素進行攻擊吧，這麼想的絲緹卡開始詠唱術式。

機龍的下顎出現清澈的藍色光輝。

稍微瞄了一下旁邊，就看見二號機的主砲發出紅色光芒。看來羅蘭涅選擇了熱素攻擊。

接近到僅僅一千梅爾距離的宇宙獸，攤開做好攻擊準備的八根觸手。

絲緹卡用力吸氣，準備叫出發射命令。

但是——

「等……等等，絲緹！那是……？」

右耳被羅蘭涅驚愕的聲音貫穿。

事到如今還有什麼好說……當絲緹卡這麼想的時候。

她也看見了。

有星星降了下來。

一道白色眩目的光芒以驚人速度從主影像盤正上方接近。

一瞬間浮現「機龍？」的想法。但是立刻就加以否定。以這樣的距離來說，光芒實在太小了。大概是兩梅爾以下，幾乎只有一個人類的大小……

不對。

那就是人類。

之所以看起來像星星，是因為呈球形的光素障壁所發出的光芒。其內側可以清楚地看見呈人形的黑影。

人影在距離兩架機龍大約一百梅爾的前方停了下來。

深淵之恐懼幾乎是同時隨著巨大的咆哮發射八顆光彈。

在被「活生生的人為什麼出現在極低溫的宇宙空間」這樣的驚訝襲擊之前，絲緹卡就大叫了出來：

「在做什麼啊！快點逃走！」

但是那個人卻絲毫沒有動靜。

長大衣的下襬翻飛當中，果敢地雙手抱胸，靜止在空間的一點。

那麼薄的防護牆，在深淵之恐懼的攻擊彈面前就跟一張薄紙一樣沒有用。絲緹卡似乎看見了與發出低吼襲來的光彈之一觸碰的瞬間，人影就血肉四濺的幻影。

「快逃啊——！」

「快點逃！」

和羅蘭涅同時再次放聲大叫。

八顆每顆直徑應該有三梅爾的藍紫色光彈，全隨著金屬質的低吼飛過來。

然後就像是與透明的牆壁猛烈對撞般停在空中，接著往各個方向彈開。

宇宙產生了震動。

絲緹卡瞪大的雙眼裡所看見的無數星群，像是水面的波紋一樣晃動著。下一刻，來到她身邊的衝擊波，讓機龍巨大的身軀也跟著震動。

不知道該說什麼的絲緹卡，注意到影像盤右端的小儀器，指針一瞬間舉到最上方。

「騙人……怎……怎麼可能……」

絲緹卡甚至沒有看過被稱為「心念計」的儀器往上移動兩成的模樣。耳朵裡聽見羅蘭涅帶著敬畏的聲音。

「……真不敢相信……這樣的心念強度……簡直就像整個宇宙都在晃動……」

但眼前的事實卻是無庸置疑。

小小的人類，沒有使用素因障壁，就用心念——古老的整合騎士的祕奧義——把宇宙獸的攻擊彈開確實不容否認。

喔……喔喔喔喔喔喔————……………

遠方的深淵之恐懼發出怒吼。

那是憤怒還是恐懼的聲音呢？

或許是了解使用暗素彈的攻擊發揮不了效果吧，宇宙獸把無數的觸手伸到前方並且開始突進。

與其對峙的小小人影，把攤開的雙臂伸到背後，一口氣拔出裝備在該處的兩把長劍。

「該不會……想用劍戰鬥吧？」

絲緹卡忍不住探出身子，雙手撐在影像盤上。

深淵之恐懼的全長可是超過兩百梅爾。而且牠的身軀是沒有實體的暗素聚集之後所構成。長度不到一梅爾的金屬劍刃不可能對付得了牠。

但是，謎樣的劍士以輕鬆的動作把左手的白劍對準巨獸。

接著叫了一聲。

即使處於空虛的宇宙空間，以及隔著機龍厚重的裝甲，絲緹卡都能聽見劍士清澈的聲音。

「Release recollection！」

強烈的光芒在主影像盤上烙印下一片雪白。

立刻回復的影像中央，可以看見從劍士舉起的劍刃上迸發出幾條藍白色光芒朝著深淵之恐懼殺去。

和宇宙獸的巨大身軀相比，那些光芒就跟絲線一樣細，但是被其貫穿與纏上之後，巨獸的突進速度就明顯降低了。自由自在蠢動著的十二根觸手也急速變得僵硬。簡直就像被冰凍住一樣。

但不可能有這種事情。深淵之恐懼是適應宇宙這種極低溫環境的生物。不可能創造出比宇宙空間的溫度還要低的寒氣。

絲緹卡這樣的驚愕，立刻就被耳邊來自於羅蘭涅的呢喃聲給趕跑了。

「那是……那個技巧難道是『武裝完全支配術』……不對，是『記憶解放術』……？」

「咦……那只有最上級的機士才能使用啊！」

「但是……只有那個術式才……」

斷斷續續的通話被宇宙獸第三次響起的怒吼給打斷。

喔……喔喔喔喔喔喔嗯嗯嗯嗯！

突然間，被束縛住的巨體震動起來並伸出三根新的觸手。這些觸手變成漆黑的大槍，朝著謎之劍士刺去。

但是這次劍士依然以悠閒的動作舉起右手的劍。

然後再次開口叫道：

「Release……recollection！」

迸發出來的是比宇宙獸的觸手更深、更重且更稠密的黑暗。

長度超過五十梅爾的驚人巨大暗刃，迎擊了三根觸手。

雙方接觸的瞬間，再次產生似乎讓整個空間扭曲的衝擊波，機龍也隨之晃動。藍紫色電光在虛空中爬動，讓影像盤映照出眩目光線。

絲緹卡自身的驚訝已經到達筆墨難以形容的地步。

竟然能同時複數發動僅僅七名最上級整合機士才能使用的祕奧義。而且深淵之恐懼的全力攻擊連驅逐型機龍的編隊都無法與其對抗，但是那名劍士卻獨自擋了下來。

就連待在聖托利亞的雙親，都不可能相信會有這樣的劍士存在。

但是——

真正值得驚訝的光景還在後面等著她。

「絲緹！又有……一名劍士！」

急速讓視線四處巡梭後，就看見一道新的人影從剛才謎樣二刀流劍士出現的方向降下來。

新出現的人影更加嬌小。即使透過光素障壁，也能看見對方搖曳的長髮與裙子。右手上拿著似乎十分脆弱的細劍。

女性劍士右手筆直往上舉起——

然後以順暢的動作往前方揮落。

絲緹卡看見漆黑的宇宙裡出現一條七彩極光並美麗地搖晃著。同一時間，也響起宛如無數歌手一起唱和般的不可思議聲音。

啦——

心念計的指針在上端不停震動。

一顆星星……

巨大到不可思議的隕石不知道從哪裡出現，纏繞著火焰橫越過頭頂。

早在幾十年前，連結卡爾迪娜與亞多米娜的航路上，所有的小行星就都已經被破壞掉了。

但是讓機龍全體產生晃動的重量感不可能是幻覺。

可能是注意到朝自己突進的巨大岩石了吧，深淵之恐懼發出了吼聲。

牠又生長兩根新的觸手，像要擋下星星一樣揮舞著它們。

發生衝突時沒有任何聲音。

熾烈燃燒的隕石前端，瞬間就把宇宙獸的觸手分解掉。

接著輕易地陷入巨軀的中心——

一擊就把暗素凝聚而成的巨獸粉碎了。

喔喔喔喔喔喔喔喔喔喔喔——………………

臨死前的吼叫與隕石的爆炸聲重疊在一起，傳遍了整個宇宙。資源由純白變成鮮紅再變成紫色的大解放，深深烙印在絲緹卡眼底。

「把……那隻……怪物……打倒了…………？」

以顫抖的聲音這麼呢喃。

但是——

「啊……還沒……還沒完！」

平常總是比絲緹卡稍微冷靜一點的二號機搭乘員率先注意到那個現象。

原本以為深淵之恐懼四處爆散的碎片會被爆炸給全部燒燬，但這個時候卻開始動了起來。

每一塊只有數十限，和原本的巨體比起來根本不成比例的細微暗素塊，一邊像一群蒼蠅般不規則地蠢動著一邊逃走。

根據紀錄，過去星王也曾把那頭惡獸逼到這種地步。

但終究無法消滅變成數千塊碎片逃走的深淵之恐懼，結果逃到宇宙盡頭的巨獸還是養好了傷，然後再次襲擊航路。

這樣的話，就只是再重複一遍那個傳說而已。

「不行……不能讓牠逃走！得把那些傢伙全部燒燬才行！」

絲緹卡忍不住這麼大叫。

但二刀流劍士與細劍士似乎無法立刻有所行動。也難怪他們會這樣，怎麼說也是發動了那麼巨大的心念。

深淵之恐懼的碎片群簡直像在嘲笑他們般劃出扭曲的軌道，然後逐漸飛去。

——這時候。

蒼蠅群忽然出現了混亂。

展現出分散且不知道該逃往何方的不規則動作。

絲緹卡屏住呼吸，用指尖觸碰主影像盤，放大了一部分的影像。

結果看見黃金色的光芒。

她又繼續放大簡直就像小型的索魯斯般綻放純粹光芒的某種物體。

「…………人…………」

是第三名劍士。

宛若液態黃金般的頭髮。同為黃金色的裝甲。純白裙子。堅定望著敵人的眼睛是天空藍。

…………我認識她。

「我……認識這名劍士……不對，是騎士。」

絲緹卡呢喃著。立刻可以聽見羅蘭涅「我也是」的回答。

這名黃金騎士，與裝飾在中央聖堂第五十層王座房間那幅巨大肖像畫一模一樣。那是在許久之前的異界戰爭當中立下許多戰功，卻據說在戰時消失的史上最強整合騎士之一。名字確實是叫作——

「……愛麗絲……大人……？」

簡直就像聽見她們的聲音一樣，騎士的右手動了起來。

她以順暢的動作拔出左腰間的長劍。

黃橙色劍身反射索魯斯的光芒，讓它帶有驚人的亮光。宇宙獸的眾多碎片，像是感到害怕一樣失去秩序，開始往各個方向落荒而逃。

騎士把長劍擺到身體前方。

接著從她嘴裡叫出的聲音，讓人聯想到吹遍宇宙的風。機龍的心念計也隨著細微的爆炸聲損毀了。

「Release recollection！」

劍發出更為強烈的閃光。

劍身隨著「鏘！」的金屬聲分裂成無數的細片。

騎士緩緩動著留在右手上的劍柄。

細片們彷彿被風吹散的花瓣般「沙……」一聲在虛空中擴散開來。

化成黃金的流星雨一口氣往外飛翔。

每道小小的光芒都以讓人害怕的準確度貫穿宇宙獸四處逃竄的碎片。被貫穿的暗素塊，隨即遭到金色光輝燒盡並且蒸發。

「……………好厲害……」

絲緹卡嘴裡只能這麼呢喃。

就算整合機士團的所有機龍並排並且一起發射主砲，也無法發揮出如此的準度與威力。

地底世界最凶惡的宇宙獸且深為大眾所懼怕的深淵之恐懼，當其最後的碎片遭到黃金箭貫穿的瞬間，就發出至今為止最為詭異的吼叫聲。

嘰咿咿咿咿咿咿咿咿咿喔喔喔喔喔…………

聲音消失之後，宇宙獸終於完全消滅了。

絲緹卡茫然注視著黃金流星聚集到騎士手邊，再次變回一把長劍的模樣。

就算黃金騎士真的是遠古的整合騎士愛麗絲，那麼剩下來的兩個人到底是誰呢？

影像盤裡面，把劍收回劍鞘裡的黃金騎士，迅速飛過宇宙空間朝著黑衣劍士與珍珠色服裝的劍士靠近。

三人簡短地對話之後，就一起把身體轉向絲緹卡她們。

看不清楚他們的臉。但可以知道三個人的嘴角都掛著微笑。

這時二刀流劍士把白色與黑色長劍放回背上，接著輕輕揮動右手。

這個瞬間——

絲緹卡胸口極為深沉之處，就被莫名的巨大感情所貫穿。

那是幾乎讓人無法呼吸的切身之痛。

「啊……啊啊……」

羅蘭涅在耳旁悄然響起的聲音與呼出的氣息重疊在一起。

「絲緹。我知道那個人。」

「嗯，羅拉。我……我也是喔。」

絲緹卡點了兩三次頭。

不是像王座房間的肖像畫那樣，作為知識的記憶。跟那種認識不同。是心臟、指尖、靈魂都確實記得。

忽然間，甘甜蜂蜜派的香味刺激著鼻子。

風兒吹過草原的涼爽。太陽光平穩降下時的溫暖。

遠方傳來的細微笑聲。

絲緹卡忘我地戴上氣密頭罩，接著拉下操縱席右側的把手。

保溫的空氣「噗咻」一聲排出。保護機龍操縱席的裝甲板打開，星海在頭頂擴散開來。二號機也同樣打開搭乘口。

從操縱席站起身的絲緹卡，以自己的眼睛凝視著一起站在大約三十梅爾外持續揮著手的三名劍士。

不對。

還有一個人──

絲緹卡紅葉色的眼睛，確實捕捉到晃動著出現在眼前的第四名劍士。

站在黑衣劍士的左手邊，露出平穩笑容的一名青年。他虛幻、透明，如同熱氣般晃動著的身影就像一移開視線的瞬間就會消失一樣。

有著亞麻色頭髮的青年，對著絲緹卡緩慢且大大地點點頭。

絲緹卡的雙眼溢出淚水。

溫暖的淚滴順著臉頰不停在氣密頭罩中落下。

最後青年的身影，像是融化在從卡爾迪娜背後出現的索魯斯光芒裡一樣消失了。

同一時間，年輕的整合機士也了解了。

這正是──這個瞬間正是星王預言裡所記載的新時代的揭幕。

他們是來自過去，前來打開未來之門的使者。

從這個時候開始，世界將產生變化。

異界的門開啟，新時代的潮流將隨著轟然巨響湧至。

那絕對不是樂園即將到來的宣告。無法想像的變革與激動的時代將會降臨地底世界吧。

但是絲緹卡並不感到害怕。

這是因為——

心中感到如此地雀躍啊。

因為早就渴望這場邂逅到足以撼動靈魂的地步。

眨眼將眼淚甩落之後，絲緹卡筆直地看著前方。

依然站著的她，用指尖靜靜地把操縱桿往前倒。

機龍受傷的機翼出現些許藍色光輝。

永久熱素吐氣，產生微小的推力移動機體。

和旁邊的羅蘭涅一瞬間交換了一下眼神，然後互相用力點頭。

在地底世界出生的少女，整合機士絲緹卡·休特里涅讓機龍緩緩地飛翔。

朝著在遠方揮手的，雖然不認識，但是令人懷念的劍士們。

朝著下一個時代的大門。

同時也朝著未來而去。

但是所有的可能性
目前只是還在
不確定的光芒彼方
微微地搖晃
飄盪著。

Thanks for the luck to meet......

《Comic Unit》
Tamako Nakamura
Minamijyujisei
Tsubasa Haduki
Neko Nekobyou
Kiseki Himura
Koutarou Yamada
CSY

《Animation Unit》
Tomohiko Ito
Shingo Adachi
Tetsuya Kawakami
Yu Yamashita
Takahiro Shikama
Tetsuya Takeuchi
Yoshikazu Iwanami
Yasuyuki Konno
and more ...

《Producer Unit》
Atsuhiro Iwakami
Nobuhiro Osawa
Shinichiro Kashiwada
Jun Kato

《Voice Actor Unit》
Yoshitsugu Matsuoka
Haruka Tomatsu
Ayana Taketatsu
Miyuki Sawashiro
and more ...

《Artist Unit》
LiSA
Eir Aoi
Runa Haruna
Yuki Kajiura
Takeshi Washizaki

《Game Unit》
Yosuke Futami
Yasukazu Kawai

and you.

後記

很感謝您閱讀Sword Art Online刀劍神域第18集〈Alicization lasting〉。同時也由衷地感謝您從第9集開始就陪著我，一直到長達十集的「Alicization篇」結束。

雖然與第1集的後記重複了，不過要再提一次，這部Sword Art Online刀劍神域（以下簡稱ＳＡＯ）是二〇〇一年秋天左右，為了參加第9屆的電擊小說大獎而開始創作的故事。在二〇〇二年春天的截稿日之前雖然完成了初稿，但因為大幅超過當時規定的頁數，也不知從何刪減起於是便放棄參賽。

也就是說，開始創作ＳＡＯ時存在我腦袋裡頭的就只有所謂的〈艾恩葛朗特篇〉——說得更詳細一點就是在第75層死亡遊戲被完全攻略之前的短短幾個星期的故事。但是之後我開設了網頁，把ＳＡＯ作為網路小說來刊載，結果很幸運地獲得許多讀者「想看後續」的聲音。在夾雜著外傳的情況下，持續連載了第二部〈妖精之舞篇〉、第三部〈幽靈子彈篇〉（網路時代是〈死槍篇〉），我記得第四部〈Alicization篇〉是在二〇〇五年一月開始連載。

到了現在這個時候，已經想不起來為什麼會離開一路寫來的ＶＲＭＭＯ故事，踏入Bottom-upＡＩ與無人兵器、量子意識理論以及模擬現實等規模龐大的題目。只記得雖然好幾次碰到瓶頸，還是忘我地持續寫下去。

Alicization篇是在二〇〇八年七月結束網路連載。

幾乎在同一時期，我也在小說投稿網站連載名為《超絕加速超頻連線者》的作品，然後在事隔六年之後以該作品來再次挑戰了第15屆的電擊小說大獎，幸運得獎後把《超頻連線者》改名為《加速世界》，並且正式出道成為商業作家。把這個通知刊載在自家網頁上之後，看見通知的責任編輯三木一馬先生便傳了想看看「ＳＡＯ」的電子郵件給我。

整理好花了八年時間寫成的ＳＡＯ系列原稿後寄出，而三木先生趁著編輯業務的空檔時間，只花了一個星期就把它們看完，到現在我都還很清楚地記得他跟我說「這部作品也在電擊文庫出版吧」的那個時候。

當時三木先生也說了「希望以刊行到Alicization篇的結局為目標」。老實說，我那個時候覺得這根本是難以實現的夢想。網路版ＳＡＯ的文字數量換算成文庫的話將多達十五集以上，就算一年出版三集，也要五年裡都持續獲得讀者的支持才能達到這個目標。

不要說要把Alicization篇刊載完畢了，我甚至連自己能不能當那麼久的作家都沒有自信。

但是在三木先生充滿熱情的書籍製作、三木先生幫忙說服的ａｂｅｃ老師那端正且充滿魄力的插畫，當然還有許多讀者的愛護之下，電擊文庫版ＳＡＯ不斷地出版，從第1集的發售日開始過了大約七年的二〇一六年八月，Alicization篇就像這樣為各位獻上了完結篇。

實際上，電擊文庫版ＳＡＯ增加了許多內容，這本第18集——加上《Progressive》的話就是第二十二本了。如果要再加上其他系列就是第四十五本，出道至今已經七年半，從創作ＳＡＯ這個故事開始到現在這大約十五年的歲月，有時感覺起來相當漫長，但有時卻又有種稍縱即逝的感覺。

像這樣寫著完結篇的後記時，閃過胸口的是我為什麼會寫ＳＡＯ，以及Alicization這樣模糊的提問。

因為喜歡網路遊戲以及死亡遊戲的緣故……我想一開始大概就只有這樣。雖然不知道如果按照當初的預定，以艾恩葛朗特篇參加電擊大獎的話會有什麼結果，但也很有可能只是把艾恩葛朗特篇按段落刊載在ＨＰ上就結束了。因為十五年前的我想寫的，就只有並肩坐在黃昏當中，眺望著艾恩葛朗特崩壞的桐人與亞絲娜，以及回到現實世界後為了尋找亞絲娜而開始往前走的桐人而已。

但是沒有在那裡擱下筆，繼續創作了妖精之舞篇、幽靈子彈篇、Alicization篇的原動力，除了訪問ＨＰ的讀者們的鼓勵之外，或許還要加上與故事……一起歡笑、哭泣、戰鬥過來的角色們的存在吧。在桐人與亞絲娜等人尋求新世界、新冒險而持續奔馳的背影領導下，我才能一直寫到今天……這就是我的想法。

現在停下敲打鍵盤的手並且閉上眼睛，感覺就能看見桐人他們持續朝著彼方的亮光奔跑的背影。他們的旅程尚未結束，不論是以ALO為首的The Seed連結體、遭到封印的地底世界還是現實世界，都還有許多冒險在等著他們吧。

我當然還是想繼續跟他們一起追尋新的故事。但在面對那過於寬廣且不確定的未來藍圖的同時，內心也不由得感到猶豫。在跨足接下去的世界之前，想先好好地思考、感覺Alicization這個漫長的故事究竟給桐人、亞絲娜、愛麗絲等人以及我留下些什麼。這就是我現在的想法。

SAO系列持續到現在的這段期間裡，真的受到許多人的照顧。

負責漫畫化的中村貯子老師、南十字星老師、葉月翼老師、猫猫 猫老師、比村奇石老師、山田孝太郎老師、木谷椎老師。

經手動畫系列的伊藤智彥監督、負責角色設計的足立慎吾先生與川上哲也先生，動作作畫監督的鹿間貴裕先生，以A-1 Pictures為首的許多工作人員、製作人岩上敦宏先生、大澤信博先生、柏田真一郎先生、加藤淳先生、丹羽將己先生。擔任桐人聲優的松岡禎丞先生、亞絲娜的聲優戶松遙小姐、莉法的聲優竹達彩奈小姐、詩乃的聲優沢城みゆき小姐以及其他諸位聲優。幫忙演唱主題曲的LiSA小姐、藍井エイル小姐、春奈るな小姐。音響監督的岩浪美和先生、音響效果的今野康之先生，負責音樂的梶浦由紀小姐。

幫忙製作許多遊戲的二見鷹介先生、河合泰一先生。幫忙炒熱廣播與活動氣氛的鷲崎健先生。

責任編輯的三木一馬先生與土屋智之先生。幫忙繪製迷你地圖的来栖達也先生。繪製了許多精彩插畫來點綴故事的ａｂｅｃ老師。

接著最後要由衷地感謝跟著故事一直來到這裡的所有讀者。

真的很謝謝各位。今後也要請大家繼續支持ＳＡＯ系列。

二〇一六年七月某日　　川原　礫

Kirito will return.

桐人即將回歸。

全新創作的

《Sword Art Online刀劍神域》新章，

將於2017年揭幕!!!

國家圖書館出版品預行編目(CIP)資料

Sword Art Online刀劍神域. 18, Alicization lasting / 川原礫作 ; 周庭旭譯. -- 初版. -- 臺北市 : 臺灣角川, 2017.04

面； 公分

譯自 : ソードアート・オンライン. 18, アリシゼーション・ラスティング

ISBN 978-986-473-610-2(平裝)

861.57 106002903

Kadokawa
Fantastic
Novels

Sword Art Online刀劍神域 18

Alicization lasting

（原著名：ソードアート・オンライン 18 アリシゼーション・ラスティング）

2017年4月13日　初版第1刷發行
2020年7月15日　初版第7刷發行

作　者：川原 礫
插　畫：abec
日版設計：BEE-PEE
譯　者：周庭旭

發行人：岩崎剛人
總編輯：蔡佩芬
主　編：朱哲成
美術設計：胡芳銘
印　務：李明修（主任）、張加恩（主任）、張凱棋

發行所：台灣角川股份有限公司
地　址：105台北市光復北路11巷44號5樓
電　話：（02）2747-2433
傳　真：（02）2747-2558
網　址：http://www.kadokawa.com.tw
劃撥帳戶：台灣角川股份有限公司
劃撥帳號：19487412
法律顧問：有澤法律事務所
製　版：尚騰印刷事業有限公司
ＩＳＢＮ：978-986-473-610-2